シェイクスピアをもう一度

Reade him, therefore; and againe, and againe:

大井邦雄

玄文社

ハムレット（マイケル・ベントル演出、1953年）

オールド・ヴィック劇場で1953年９月4日に始まった、シェイクスピアのF_1による全曲上演の最初を飾った舞台。ハムレット＝リチャード・バートン、ポローニアス＝マイケル・ホルダーン。

Roger Wood & Mary Clarke: *Shakespeare at the Old Vic*, Adam and Charles Black, London, 1954.

シェイクスピアをもう一度　目次

I　シェイクスピアを読むとはどういうことか

1　はじめて『ハムレット』に触れる人のために

たいへん有名な笑い話がある。あるアメリカの観光客がイギリスを訪れたときの話。はじめて本場のシェイクスピア劇を、それもいきなり『ハムレット』をみる機会に恵まれて、舞台がはねたあとでこう言ったという――

「なーンだ、シェイクスピアの劇って、ことわざのよせ集めなんだ、そうとは知らなかったなあ」

――

もちろん、話は逆である。『ハムレット』が書かれたのは今からちょうど四百年前、わが国でいえば天下分け目の関ヶ原の合戦（一六〇〇年）の頃である。にもかかわらず『ハムレット』の名せりふは何十となく、人々の経験と結びついて、いつの間にかひとり立ちして劇の世界からぬけだし、日々の暮らしのなかにとけこんでゆき、それが何かのはずみで口をついてでる。これが何世代も続けば、出どころは忘れられても警句になったり、ことわざになったり、気のきいた挨拶ことばになったり、結婚式のスピーチでの贈ることばになったりする。劇中人物の誰かがしゃべったことばが、聞く人の人生経験と重なって不思議な調べを奏でるようになるからである。人はこれを、「思いあたる」と言う。シェイクスピアにはそんなことばが、山のようにある。

たとえば、こうである、――

量《はか》れるような愛情なんて、高《たか》がしれてる(『アントニーとクレオパトラ』)。

理由なんてない、そう思うからそう思うまで(『ヴェローナの二紳士』)。

楽しんでやらなければ、何だって身につきません(『じゃじゃ馬馴らし』)。

そら、金だ、人間の心には毒より恐ろしい毒だ(『ロミオとジュリエット』)。

どんな長い夜も、いつかは明ける(『マクベス』)。

私は生身《なまみ》の人間でいい、いくら哲学を説《と》かれても歯の痛みはこらえられない(『から騒ぎ』)。

井戸のなかの蛙《かえる》は、あきれかえるほど井戸のなかしかしらない(『ヴェローナの二紳士』)。

人の一生は、「一つ」と数えるひまもない。

最後の一つは『ハムレット』からのもので、他は、とっさに思いつくままのシェイクスピア劇からの引用だが、それでも私には、私なりに「思いあたる」ことがある。

このたび、早稲田大学文学部の総合講座の一つ、「ハムレット・二〇〇一年の旅」[1]が、担当の先生方の協力をえて本の形をとることになった。ひとつのテーマを二年交替でとりあげてゆくことになっているのだが、なぜかこの「ハムレット」講座（一九九八年に開設）は学生の熱い支持をうけて、もう一期（二年）延長ときまった。毎年百人を超える学生の科目登録があるが、そのアンケート調査で明らかになったことは、シェイクスピアの『ハムレット』を、（原文では無理だとしても）、翻訳であれ、映画であれ、舞台であれ、丸ごと目を通したことのある者は、全体の一割にも満たないことであった。私は、あわてた（受講者の大半が、自分はまだ『ハムレット』に接したことがない、だからこの講座をとったのだ、と正直に記していた）。それでも一年たつと、「どの先生もみんなハムレットのようだった」という何人もの感想からうかがえるように、ほとんどの学生が一年前とはうって変わって興味と関心をもって、『ハムレット』と向きあうようになっていった。そのことが何よりもこの本を編むきっかけになった。

この本は、「ハムレット・二〇〇一年の旅」の講座担当の諸先生方に、それぞれの視点・切口・専門分野から自由に書いていただいたものである。『ハムレット』の話の筋も漠然としか知らない大勢の受講生を前に、どの先生もいきなり、立ち入った話をされる。学生はあわてて『ハムレット』を読むことになる。しかし、小説と違って、劇を読み慣れない者にとっては、「せりふ」だけの読みものは読み辿るのが容易でない。まして『ハムレット』ともなれば、読む前から身構えてしまう。だから、

――誰だ？
――何、そっちこそ返答しろ。止れ、名乗れ。
――国王萬歳！
（横山有策訳、新潮社版世界文学全集第3巻「沙翁傑作集」昭和四年＝一九二九年）

という最初の出だしから、つまずいてしまう。季節は、時間は、場所は、服装は？　このやりとりから、暗いこと、姿もぼんやりしていること、何かぴりぴりした緊張感があること、敵味方の区別もつかなくて、そういう場合は合言葉で（「山」といえば「川」というように）識別してゆき、「国王萬歳！」がその合言葉であることが分ると、抵抗感がうすれてごく自然に先へ進める。この劇のしょっぱなのことば、「誰だ？」（Who's there?）は、歩哨に立っている兵士（フランシスコー）の方から放つべき誰何《すいか》であるはずなのに、見張りの交替時間（真夜中の十二時）にあわせて城壁にのぼってきた兵士（バーナードー）の方が先に、何かにぎょッとおびえたように質問する。ただならぬ気配がこうして作り

だされてゆく。しかし舞台を見なれていない人、劇を読みなれていない人にとっては、そういう事情が立ちあがってこない。

『ハムレット』をまるまるまだ読んだことも見たこともない人にとっても、この本が興味深くつきあえる本であるように、そのためには、はじめに、せめて荒筋だけでも書いておいてもらえないかとの要望がだされて、この講座のコーディネーター役である私が「まえがき」を書くことになった。始めるとしよう。

＊　＊　＊

ドイツのウィッテンベルグ大学に留学中のデンマーク王子ハムレットは、父である国王急死の報せをうけて祖国へ駆け戻る。そして真先に目にしたのが、父の弟である叔父（クローディアス）の国王就任と母（ガートルード）の再婚、それも父の弟、現国王との再婚であった。父の死後、まだ、ひと月もたたないうちに。夜な夜な前国王そっくりの亡霊が城壁にでると知らされたハムレットは歩哨に立ち、その亡霊と出会い、その口から弟に毒殺され王冠と妻を奪われたいきさつを知らされる。「復讐を！　だが母には手をふれるな！」

ことの真相を何としてでも、つきとめなければならぬ、たとえ気違いのふりをしてでも、こうしてハムレットの物語は始まる。――

そしてこれから先は、普通五幕からなるテキストで「名せりふ」として知られるものを一幕から一つずつ、あわせて五つ引用する形で荒筋を伝えることにしよう。参考までにニュー・ケンブリッジ版『ハムレット』(*Hamlet*, 1985. フィリップ・エドワーズ編)からの原文と、私の訳を添えた。

第一幕　新国王と、その国王と再婚した母(だからもう一度王妃《クイーン》である)とがはなやかに笑みをまく宮廷で新国王は弁舌もさわやかに就任演説をする。そして一同が退場したあと、ハムレットの第一独白がやってくる、――この世のことが、何もかも、うとましく、むなしい!

frailty, thy name is woman

――もろいものだなあ、女というものは。

第二幕　狂人の形《なり》をして恋人(オフィーリア)の部屋を訪れたが一言もしゃべらずに立ち去ったハムレットは、誰の目にも様変りしたと映り、王は原因究明のためハムレットの幼馴染《おさななじみ》二人(ローゼンクランツとギルデンスターン)を呼びよせて、さぐらせる。やっと一人になれたハムレットの口から第二独白がほとばしりでる――

——情しらずの、裏切者の、色気違いの、人でなしの、ごろつき！

おお、復讐！

ああ、どこまでおれは馬鹿なんだ！

Remorseless, treacherous, lecherous, kindless villain!

Oh, vengeance!

Why, what an ass am I !

これを発音するとき（リモースレス、トレチャラス、レチャラス、カインドレス・ヴィラン！／オー、ヴェンジャンス！／ホワィ、ホワッタンナス、アム・アイ！）、なんとも音がすさまじい。

第三幕　あの有名な第三独白（トゥ・ビー、オァ・ノット・トゥ・ビー　To be, or not to be）がやってくる。それに引き続いて、オフィーリアが父（ポローニアス、宮内大臣）のいいつけ通りにハムレットに贈り物を返す場面が、それを拒んだハムレットがオフィーリアに「尼寺へ行け」（Get thee to a nunnery）と言う場面が、やってくる。そして、立ち聞きしていた国王は、ハムレット狂気の原因は失恋などではない、と思う。一方ハムレットもまた、エルシノア城を訪れた旅役者の上演にひと工夫こらして、前国王急死の原因究明にのりだす。劇中劇での毒殺の場が現国王の怒りを買い、芝居は中断される。王妃である母も怒って息子を部屋へ呼びよせるが、ハムレットは逆に母の不行跡を糾弾する。王妃の悲鳴に壁掛けに隠れていた内大臣ポローニアスも驚きの声をあげ、それを国王と思ったハムレットは突き殺す。——数多くの名文句のなかから、劇中劇の上演の前にハムレットが旅役者に向かって言う心得をひとつ。

——演劇の目ざすものは、昔も今もかわらない、いうなれば大自然に向かって鏡をかざすこと。

the purpose of playing, whose end both at the first and now, was and is, to hold as 'twere the mirror up to nature

第四幕　誤ってとはいえ、オフィーリアの父を殺してしまったハムレットは、危険分子として国外退去を命じられ、当時デンマークの属領だったイギリス送りとなり、同行する幼友達の二人（ローゼンクランツとギルデンスターン）には英国王あての秘密文書（到着後、すぐに死刑執行を、との依頼文書）が渡される。船へ向かう途中、ポーランド遠征へ向かうノルウェーの王子（フォーティンブラス）の一行と出会ったハムレットの口から第四独白がしゃべられる、——

「時間の一番大事な使いみちが、食って眠る、それだけだとしたら、人間とはいったい何だ？」
——ハムレットの旅立ったあと、父は殺され、兄（レアティーズ）はパリへ行ったままのオフィーリアは、神経がずたずたにやられて発狂する。そして狂乱のオフィーリアは川に溺れ、昔の小唄をうたいながら水底に沈んでゆく——

——どしたら、どしたら、分るやろ、
まことの恋とにせものと？
How should I your true love know
From another one?

第五幕　イギリスへ行ったはずのハムレットが突然、デンマークへ舞いもどる。途中で海賊船におそわれるという不幸が幸いして、斬りむすんで敵船に乗り移ったハムレット一人が、身代金めあての海賊によってデンマークへ送りとどけられたというわけだ。そのハムレットが上陸して最初に目撃するのが、恋人オフィーリアの葬式であり、パリからひそかに舞いもどって父と妹の復讐を誓ってやまないレアティーズであった。国王は一計をあみだし、剣の腕だめしという名目でハムレットとレアティーズに、フェンシングによる御前試合を所望する。国王は乾杯用の盃に猛毒入りの真珠をおとして機会を待ち、レアティーズは、かすり傷でも命を奪う猛毒を剣先にぬっておいて機会をうかがう。しかしながら、思いがけなく毒盃に先に口をつけたのは王妃だった。そして、レアティーズもまた、ハムレットの肌をかすめたその毒ぬりの剣でわが身を刺されることとなり、息たえる直前に国王の陰謀をうちあける。自分が刺されレアティーズを刺したその剣で、ハムレットは、やっと、王を刺す。そこに四つの死体がころがっている。ハムレットにいつも影のように寄りそっていた親友で、ウィッテンベルグの大学生のホレーシオが、別れのことばをのべる、——

——〔ハムレット〕……あとは、もう、沈黙。〔死ぬ〕
——〔ホレーシオ〕　いま、砕け散った、気高い心。おやすみなさい、王子さま。

HAMLET　… the rest is silence. *Dies*
HORATIO　Now cracks a noble heart. Good night sweet prince.

死に際のハムレットが遺言として、デンマークの次の国王に指名したのは、ノルウェーの王子フォーティンブラスだった。かつてハムレットの父親（先のデンマーク国王の老ハムレット）との戦場での一騎打ちで命を落としたノルウェー王の忘れ形見である。こうして最終場面で、いずれも父親を殺された三人の若者が勢揃いすることになる。王子ハムレット、そしてそのハムレットの恋人だったオフィーリアの兄レアティーズは、冷たい二つの死骸《むくろ》となって。そして、ポーランド遠征から凱旋《がいせん》して帰国途上にあるノルウェー王子フォーティンブラスは、弔いの砲声を天空にとどろかせる。

注

（1）この人気講座は二〇〇一年に一冊の本『「ハムレット」への旅立ち』（早稲田大学出版部）となった。諸先生方の名講義のお陰で今もって「ハムレット入門」にうってつけ。以下にその目次と執筆者十一人の名を記す。①『ハムレット』演習——書斎と舞台からの「尼寺の場」（大井邦雄）。②映画のなかのハムレットたち（岩本憲児）。③黒衣の王子と水の処女——絵画のなかの『ハムレット』（喜多崎親）。④心理学からみたハムレット——「ハムレットって、どんな人？」（深澤道子）。⑤『ハムレット』と日本の近代作家——明治期の『ハムレット』移入から浮かび上がるもの（中島国彦）。⑥六代目菊五郎とハムレット（古井戸秀夫）。⑦フランスの舞台におけるハムレット——ロマン派を中心に（佐藤実枝）。⑧父親を失った息子たち（野中涼）。⑨ドイツのハムレット——ハイナー・ミュラー『ハムレットマシーン』を中心にして（岡田恒雄）。⑩スマローコフの『ハムレット』（一七四八年）——死から生への変容（柳富子）。⑪二〇世紀ロシアのハムレット（井桁貞義）。

2　『ハムレット』をどう読むか――ひとつの試み
――早稲田大学エクステンション（一般公開）講座の場合

ここ日本でシェイクスピアが、より良く、より面白く、より広く、より深く知られるようになることは、とてもいいことである。それは宝の山なのだから。そのためには、いろいろなやり方があっていい。映画も上演も翻訳も、優れた研究の発表も講演も、そして時には静かな読みあわせの積み重ねも。これから記すことは、そうした試みの一つ、早稲田大学エクステンション（一般公開）講座での二十余年に及ぶ私のささやかな奮闘記の一端である。

一　はじめに

数年の準備期間をおいて、早稲田大学エクステンション講座が正式に発足したのは一九八一（昭和五六）年のことであった。それから十年ほど経った一九八九年、ちょうど昭和から平成へと元号が移り変わった年に、はじめて、シェイクスピアを原書で読むクラスが誕生した。「いつか機会があったら、一生に一度でいいからシェイクスピアを原書で読んでみたい、それも生き生きと楽しく」という受講者の間からの熱い要望にこたえての誕生であった。論より証拠を、批評よりも作品を、これが自然にわきおこった声であった。

定員三十名。クラスは一つ。テキストにニュー・ケンブリッジ版『夏の夜の夢』を使用。週一回九十分授業、年間通読で全二十回（春十回、秋十回）。こうして私の担当する「楽しみのシェイクスピア・『夏の夜の夢』篇」が始まった。受講者の平均年齢は五十歳台なかば。大学出の方が多かったが、職歴・出身校・専攻学科は実にさまざま、ただし思いは一つ、これまで原書では読む機会のなかったシェイクスピアを、まるまる一本ここ早稲田で読んでみようということだった。

一九八九（平成元）年に始まったこのクラスで私は四年かけて『夏の夜の夢』を読み了えた。一九九三（平成五）年からは、さらに四年をかけて『十二夜』を読み了えた。エクステンションのいいところは、学部や大学院での英文科の授業とは違って、一年間で何もかもつめこもうとやっきにならなくていい、最新の研究書からの情報伝達にこだわらなくてもいい、という点である。その代り、徹底してテキストと向きあわなくてはならない。受講者の方がごく普通に抱くであろう疑問をいち早く察知して教室にのぞむだけではなくて、私自身がまずどんなささやかな疑問にも反応して自分自身に問いかけなくてはならない。気がかりな箇所については、少なくとも手許にあるこれまでの註釈にはすべて目を通したうえで、要点を分かりやすくまとめておき、最後には必ず自分の判断をくだすように努めた。しかも、事あるごとに良い舞台は積極的に紹介して、シェイクスピア劇にじかに触れる機会を設けた。いつもクラスの半分以上の方々が劇場に足をはこび、観劇そのものが授業の延長線上に定着していった。幸い一九九〇年代は上演舞台に恵まれていて、その中には、ユーリー・リュビーモフ演出のレスター・ヘイマーケット劇場の「ハムレット」（一九九〇年、銀座セゾン劇場）、モスクワ・ユーゴザーパド劇場のアヴィーロフの「ハムレット」（一九九〇年、渋谷パルコ劇場）、エイドリアン・ノーブル演出のRSC（ロイヤル・シェイクスピア劇団）の「冬物語」（一九九四年、銀座セゾン劇場）、そしてイアン・ジャッジ演出のRSCの「恋の骨折り損」（一九九五年、銀座セゾン劇場）などがあった。

『夏の夜の夢』を読み続けるうちに一つの問題が生じた。講座案内にはクラス紹介と新規受講生募集の記述がありながら、「楽しみのシェイクスピア」の受講者はほとんどが優先的に継続受講されるため定員の枠に余裕がなくなり、二、三年待たされるケースが出てきた。そこで新しい作品へ移る段階で、『十二夜』（一九九三年＝平成五年）から定員を十五名増やして四十五名とし、さらに一九九七（平成九）年、『ハムレット』へ移る段階で、もう一度十五名増やして定員は六十名となった。この間にも受講者には次々と優れた舞台を紹介し、心ゆくまで観劇を楽しんでもらった。その中にはピーター・ブルック演出のエイドリアン・レスターの「ハムレット」(二〇〇一年、世田谷パブリックシアター)があり、ドイツ人ペーター・シュタイン演出の、出演者が全員ロシア人のロシア語による「ハムレット」(二〇〇二年、新国立劇場)もあった。

そして迎えた二〇〇二(平成一四)年、この年が、定年退職を翌年春に控えた私の最後の「ハムレット」講座の年となった。この年ばかりは特別に、私のクラスを希望される方は全員受けつけてもらうことにして四月からは、かっきり七十名でスタートした。受講者は、四十歳台から八十歳近い方まで、その平均年齢は六十三歳になっていた。学期はじめに私は全員にお願いして、八月までに、各人、四百字詰め原稿用紙三枚に、「ハムレットへの手紙」を書いてもらうことにした。それを、できれば一冊の本にまとめて、「ハムレット」講座六年のしめくくりにしたいと思っていたからである。その思いはこの年の一二月に、紙装版ながら一冊の『ハムレットへの手紙』(早稲田大学エクステンションセンター刊、A5判、二一四頁)となって実った。健康など個人的な事情で遠慮された方(十名)を除けば、残る六十名の方々が思い思いの心情と発見をのびのびとした筆づかいで書き上げ、私としては、他に類をみない、市井の日本人の実にユニークな「ハムレット」見聞記だと思っている。こうして一九八九(平成元)年に始まった私の担当クラス「楽しみのシェイクスピア」、その『ハムレット』篇は、「尼寺の場」が終わったところでおしまいになった。翌年春三月、私は住みなれた東京を完全にひきはらって郷里の新潟県長岡市へ移り住んだ。早大エクステンションの授業からも身をひいた。

すべてはそこで終わるはずであった。そのつもりだった。

ところが受講者のあいだから、せっかくここまで読み進んだ『ハムレット』、それも学生時代とはまるで違う新たなよろこびでテキストを手にとるようになったいま、この喜びを奪わないでいただきたい、せめて『ハムレット』を読み了えるまではという要望が次々と出された。「やっとひとりになれた（Now I am alone. 第二幕第二場五〇一行）」という思いで上京する気分になれなかった私だが、内心、六年かかって『ハムレット』を三幕途中までしか読めなかった自責の念もふつふつと湧いてきて、思案の末にエクステンションセンターに一つの提案をした。場所は、東京と長岡の中間で宿泊施設も整っている早稲田大学セミナーハウスの所在地、軽井沢・追分とする、時期はセミナーハウスの比較的混まない七月前半とし、二泊三日の集中特別講座、夜は最優秀のシェイクスピア劇映画（か上演舞台の録画）を観る、参加者はこれまでの受講生に限る――こうして二〇〇三（平成一五）年夏から始まったのが『ハムレット』特修講座である。そしてここ四年、毎年三十余名の方々が、ただ『ハムレット』を読みつぐためにだけ軽井沢へ足をはこび、今年（二〇〇六年）辿りついたのが、「オフィーリア狂乱の場（第四幕第五場）」である。

次に記すことは、その軽井沢セミナーハウスで第二の人生の出発を志す方々と一緒に私もまた歩きはじめた、ごく普通のスタイルでの歩行記録である。ただし、限られた紙数では、ある箇所、ある部分を断片的にとりあげるしかなく、普段の話し方とは大違いである。そこで具体的な記述に先立って、これまで私が心がけてきた二、三の基本的な方向を紹介させていただくことにしよう。

二　講座で心がけてきた二、三のこと

1　「動きのかたまり」で読むこと

シェイクスピアを原書で読むといっても、難しい語句や表現を別のやさしい英語に置きかえて読んだところで、それは「英語」を読むだけで、シェイクスピアの「劇」を読んだことにはならない。気がかりな部分を解説して、訳して、いくつかの学説（解釈）を披露、分析してみても、それでおしまいというのでは「劇」を読んだことにはならない。これまで私がとりわけ注意を払ってきたことは、たとえば一つの場面を目の前にするとき、それをある行動の「動きのかたまり」として読むやり方である。エクステンションの受講者のようにさまざまな分野で人生経験を積んできた方々に、「劇」の

中身を、はっきり目にみえる形で伝えるのには、「動きのかたまり」として読みとるのが有効であると思うようになった。分かりやすい例をあげよう。たとえば『ハムレット』の第一幕第三場。

この場面は、後にも先にもたった一度だけポローニアス一家三人がうちとけて顔をそろえる場面があり、パリへ旅立つレアティーズが妹オフィーリアと父ポローニアスに別れを（まさかこれが永遠の別れになるとは思ってもいない別れを）告げる場面であるが、〔ニュー・ケンブリッジ版では〕全部で一三六行から成るこの場面は、ある行動のかたまりとして読み進むとき、ごく自然に三つになる（のが分る）。その一つは、（デンマーク王子ハムレットとのつきあいのことで）兄レアティーズが妹にきびしく忠告する、それに対して妹オフィーリアが一矢報いる忠告を兄に言い返す、という動きであり、その忠告の中味は、ありていに言えば、若い（男の）血は何をしでかすか分らないということである。そしてこの動きは父の登場（「ほれ父のおでましだ」五二行目）で中断される。次のは、その父ポローニアスが旅立つ息子に異国の土地での立居振舞・身だしなみ・交際術などについての心得を諄々と忠告する、という動き。この動きは、息子が重ねて父に別れを告げるところ（八二行目）で終わる。三つ目は、別れ際にレアティーズが妹に投げかけた念押しのことば（「さっき言ったこと、忘れちゃだめだよ」八四―八五行）が引金になって、父ポローニアスがその中味を問いただしたうえで、（ハムレット王子のことで）年の功にものを言わせてきつく忠告する。オフィーリアは（どんな思いで父の忠告を耳にするにせよ)、ただひとこと(「お言いつけ通りに」一三六行目)と述べるだけで、この動きは終わりとなる。こうしてこの場面は、都合三つの、それぞれの立場のそれぞれの忠告を軸にした「動きのかたまり」に区切られていて、この場面をそのように見直すとき、区切られながらも全体が流れるようにつながってゆくのが分る。

このような読み方を私は全篇で心がけた。

2 「これって何?」へのこだわり

ごく普通の感覚で、私自身が、そして受講者のどなたかが、これって何だろう、と思う(か、思うであろう)箇所には特別の注意を払って進むように心がけた。実を言うと『ハムレット』ではこういう箇所がいたるところにあって、そのいちいちを気にしたら前へはまったく進めなくなってしまう。今はほんの一つ二つの例をあげて、どんなところがどんなふうに気になったかを示すとしよう。専門家はいざ知らず、普通の人ならきっと「オヤッ」と思うところである。

たとえば、服装の乱れもはなはだしい姿でハムレットが、縫い物をしているオフィーリアの部屋へいきなり入りこんで、やがて一言も言わずに立ち去る、それも後ずさりで、肩越しにオフィーリアを見つめたまま――このことを父ポローニアスに息せききって報告するときのオフィーリアのせりふに「帽子もかぶらず（No hat upon his head. 第二幕第一場七七行）」とある。上着の胸ははだけ、靴下はきたないまま、留めははずれてくるぶしまで垂れ下がってという異様な風体は、これだけでもオフィーリアの度肝を抜くのに十分であるが、ここで帽子をかぶらぬことがなぜそんなにオフィーリアをギョッとさせるのかと、一瞬とまどうのが（私たち日本人の場合には）普通であろう。これは、北国の城塞としての城の建築様式と帽子をかぶる生活習慣との深い相関関係がその背後にあってのことであるが、それと同時に、このだらしないハムレットの服装、そしてその溜息まじりに目を凝らしてオフィーリアを見続ける挙動は、これだけでも典型的な恋患いの症状と当時は考えられていて、このオフィーリアの報告が父ポローニアスに、ハムレットは恋患いゆえに発狂と思わせる証拠の一つとなるところだけに、この「帽子」のところで立ち止まるのは意味のあることだろう。

そしてもう一つ。今度はポローニアスがじきじきに、狂乱の疑いをかけたハムレットと一対一で向かいあい探りを入れるところで、こんな対話が交わされる（第二幕第二場一七一―一七七行）。

POLONIUS　Do you know me, my lord?
HAMLET　Excellent well, y'are a fishmonger.

POLONIUS Not I my lord.
HAMLET Then I would you were so honest a man.
POLONIUS Honest my lord?
HAMLET Ay sir. To be honest, as this world goes, is to be one man picked out of ten thousand.

この二人のやりとりをかいつまんで訳せば、

——わたしがおわかりで？
——きまってらァ、魚屋だろ。
——とんでもない。
——じゃ頼むよ、せめてそれくらい正直に。
——正直？
——そうだよ。近頃、正直は一万人に一人ってとこか。

普通の人なら、ここで、これってどういうことといぶかるのが自然であろう。こういう場合たいてい、ほとんど注らしい注がないか、逆にありすぎて何が何だか要領を得ないことが多い。この場合、この奇妙なつながりをひとまとめに考えて、この奇妙さこそシェイクスピアの狙いで、すでに娘オフィーリアからの報告でハムレットに狂乱の兆候ありと思い始めたポローニアスに念押しの一撃を加える箇所、と解釈する人（G. E. Kittredge *Hamlet*, 1939, p. 185. 浦口文治『新評註ハムレット』三省堂、昭和七年、八九頁）がいる。他方、「魚屋」に、エリザベス朝時代の人々が（特に「魚屋の女房」「魚屋の娘」という言い方に特別の「ジョーク（ひやかし、からかい）」をこめたらしい用例をもとにして）どんな連想を働かせたかに探りを入れて、「魚（fish）を商う人〔注・fish には陰語で「女・女体《にょたい》」の意があった〕」には芳しからざる「女体斡旋業者（bawd）」の意がこめられていたととる人が多い。当時のいくつかの用例から、魚屋は精力旺盛な好色家で、その女房（そして娘）は、ちょうど魚がわんさと卵をうみおとすように、多産・繁殖の気があるばかりでなく、器量よしで淫奔というイメージがまとわりついていたらしい〔Malone, Dowden の引例に始まり Jenkins, Hibbard へと続く見方〕。もっと深読みをする説もあるにはあるが、ここで肝心なことは、ポローニアスの側からすれば、いくら何でも「魚屋」呼ばわりとは、なぞらえるにも程がある（ハムレットはまともじゃない）ということになり、ハムレットの側からすれば、秘密を嗅ぎまわるこの老人こそは（事実これからも、尼寺の場で、そして王妃の居室で、いつも物陰にかくれて嗅ぎまわる）、腐りかけた魚がそうであるように、その臭気は鼻をつまんで耐えるしかないという嫌悪感であろう。そこで問題となるのがこの「魚屋」と、「(魚屋ほどの)正直者」とのつながりということになる。ところが、この点になると、「オネスト(honest)」には「正直な」の意のほかに「尊敬すべき(respectable)」の意も含まれるとする程度の注はみかけるが〔Kittredge、浦口文治〕、ほとんどの編者は沈黙を守っている。[1] というよりは、気にとめていないかに見える。これはどう考えたらいいのだろうか。この二つのことばを耳にして、明らかにポローニアスは不意打ちをくらって戸惑っている。

これまで一様に申し立てられてきたことから一つはっきり言えることとは、「魚屋」には(裏の意味のあるなしに関係なく)マイナスの印象が強く、それに対して「オネスト(honest)」にはプラスの印象が色濃いということである。そこでこの二つは、結びつけようがないほど正反対の性質で、ひどくかけ離れているにもかかわらず、ハムレットはこれを不意に結びつけた——そこに違和感が生じてきて、このことがポローニアスに、ハムレット王子発狂せりと思わせる痛烈な一撃となっているという見方である。このような推理分析に、私など、なるほどと肯きながらも、なにかひとつ足りないような気がしてくる。この件については、次項でもう少し詳しく触れてみよう。

3　「ことばの壁」の向うの沃野へ

受講者の中にはSOD（ショーター・オックスフォード辞典）を常用する方も、OED（オックスフォード大辞典）に当たる方もおられるが、普通は、定評のある英和辞典が主である（と思われる）。私はこの講座ではそれでいいと思っている。シェイクスピア時代の英語は、英語史のうえからいえば、基本的には私たちが学んできたのと同じ近代英語であるから、「きちんと英語を勉強しさえすれば、日本人にも楽に読める。逆に、英語に対して得意意識を持っていながらシェイクスピアの英語がまったく理解できないとしたら、それは間違った英語を身につけているということだ」（斎藤兆史著『日本人に一番合った英語学習法』祥伝社、平成一五年、二一頁）。

受講者の方に私がいつも気を配ってきたことは、英語の単語一つ一つとその語義との関係で、たとえてみればそれは竹とその節のようなもので、OEDでは語義がその発生・使用の早い時代順に上から下へと並んでいる。従ってシェイクスピアの時代までにどんな意味があって一般にどの意味が（優先的に）使われていたか、シェイクスピアがどんな意味を「発明・添加」ときに「創造」したかが分るのであるが、日本で市販されている普通の辞典では、いま有力な意味から先に目に入るようになっているから、いうなれば、竹を節目ごとに切り分けて私たちにとって大事なところから順位をつけて横一列に並べるようなものである。そこで私は、ＯＥＤの語義の配列順序を活かした研究社の『英語語源辞典』（編集主幹　寺澤芳雄、一九九七年）をことあるごとに活用して、受講生の方々に、一語一語が、語義の堆積地層から成る一個の高層建築物のようにイメージしてもらうように努めた。手間はかかるがこれを重ねていくうちに、言葉が、個々の単語が、なじみのある知人のように息づいてくるから不思議である。

ここで先の「魚屋」との関連で用いられた「オネスト」に戻ると、『英語語源辞典』にはこう記されている。

honest adj. †**1** 《? *a* 1300 *Alisaunder*》– 《1715–20》*名誉ある，尊敬すべき*. **2** 《*a* 1325 *Cursor Mundi*》*正直な*. ◆**ME** (*h*) *onest* (*e*) OF *honeste* (F *honnête*) L *honestus* honourable, honoured ← *honōs* 'HONOUR'.

語義1に短剣《ダガー》のマーク（†）がついているのは、この語義はいまは廃れて使われなくなったことを示している。「オネスト」は、これでみると、もとの意味が「名誉」であるラテン語に発してフランス語経由で英語になって、今では、一四世紀前半に使われはじめた「正直な」が主たる意味であることが分る。

ここでさらに「オネスト」の語義とその最初の用例を確かめるためにOEDを引いてみると、その語義は四つに大別されているのが分る。そのうちの二つの語義（2と4）は、「物・状態・行為・感情などについて」の語義なので省略して、「人について」の語義（1と3）のみを示すと次のようになる〔用例は、その意味に使われた年代が分ればいいので最初と最後のものだけを示した。語義には参考までに私の訳を添えたが、引用の範囲はシェイクスピア時代までにとどめた〕。

†1 Of persons : Held in honour ; holding an honourable position ; respectable. *Obs.* 《c 1325 *Metr. Hom.*》 – 《1692 *Lond. Gaz.*》〔†1. 人について：名誉ある（とされる）、名誉ある地位を占めている、尊敬される。《廃義》〕。

c. As a vague epithet of appreciation or praise, esp. as used in a patronizing way to an inferior. (Cf. *worthy*.) 《1551 T. Wilson *Logic*》 – 《1846 Brockett》〔c. 評価あるいは賞賛の、何とはなしの飾りことばとして、特に目下の者をひきたてるような形で使われる〕。

3. Of persons : Having honourable motives or principles ; marked by uprightness or probity.〔3. 人について：立派な動機ないしプリンシプルがある、真直ないし実直が際立つ〕。

†a. In early use in a wide sense : Of good moral character ; virtuous, upright, well-disposed. 《1390 Gower

Conf.)》 – 《1702 Rowe *Tamerl.*)》〔†a. 初期には広い意味で使用：良きモラルの性質をもつ、有徳の、真っすぐな、気立てのいい。《廃義》〕。

b. *spec.* Chaste, 'virtuous'; usually of a woman. *arch.* 《*c* 1400 *Cursor M.*)》 – 《1711 Steele *Spect.*)》〔b.（特別に）清らかな、「貞淑な、操正しき」：普通は女性についていう。《古語》〕。

c. That deals fairly and uprightly in speech and act; sincere, truthful, candid; that will not lie, cheat, or steal.（The prevailing modern sense, the 'honest man' being the 'good citizen', the law-abiding man, as opposed to the rogue, thief, or enemy of society.）《*c* 1400 *Destr. Troy*)》 – 《1897 W. Raleigh *Style*)》〔話・行動で公明正大にとり行なう。真摯な、誠実な、裏表のない。嘘・騙《かた》り・盗みを決してしない（広く行き渡っている近代の意味で、「正直者（'honest man'）」といえば、悪党・泥棒・社会の敵に対して、「善良な市民（'good citizen'）」、法を遵守する人、のこと）〕。

用例もふくめてよく見ると、「オネスト」という語の意味の変遷が、時代ごとのモラルの変化と深いつながりがあったことに思い当る。この問題に興味深いメスを入れた一人の学者の研究によれば〔William Empson, *The Structure of Complex Words.* 1952, London：Chatto & Windus. 特に第九章（Honest Man）と第一〇章（Honest Numbers）一八五—二一七頁を参照〕、一六世紀半ば、ちょうどシェイクスピアの生まれる前後あたりで、「オネスト」の語義の優先順位に大きな変動が生じて、中世からルネサンスにかけてずっと筆頭の位置を占めてきた語義「社会的名誉をうける（にふさわしい）、尊敬されるべき」が、一六世紀半ばにはうしろに後退して、第一義におどりでたのが「嘘をつかない、盗みをしない、約束を守る（not lying, not stealing, keeping promises）」であったという。それから五十年後、『ハムレット』が上演された頃には、「オネスト」と言えば、男性については「正直な」が、女性については「操正しき」が一般に支持される普通の意味になっていったのではないかと考えられる。

最初に帰るが、この「オネスト」がどうして「魚屋」と結びつけられたのかが、やはり気になってくる。たしかにポローニアスにとっては、「魚屋」もさることながら、「オネスト」もまた、予想だにしない言葉で、ここでまた一本、ハムレットの乱心を疑うポローニアスの気持に杭が打ちこまれたことだろう。からかいの言葉としてハムレットがとっさに思いついた平明な「魚屋」に、観客はどっと笑ったかもしれない。それに続く問題の「オネスト」だが、これまで何度かこの二つは、水と油の関係で相反するものと指摘されてきた。しかし、他にとりようはないのだろうか。

ごく普通の感覚と常識でもう一度、商人としての「魚屋」と商品としての「魚」とを思い浮かべるとき、世に数ある商品のなかでも、「魚」ほど誤魔化しの利かない商品はほかにないのではなかろうか。今もって「鮮魚商」というほどなのだから。そうだとすれば、ハムレットの「魚屋ほどの正直者」

の「魚屋と（魚と）正直者」との結び付きは《奇想天外》と申し立てられてきたほど異様ではなくて、並の生活感覚に照らしてみれば、これほど適切な組み合せは他にそうないのではなかろうか。私の言いたかったことはこうである、ハムレットの発想とポローニアスの連想は、どこかで決定的にくい違っているということ。平凡な言い方だが、宮廷で美しい娘（＝「女」→「魚」'fish'）を取引の材料にする「（にせ）魚屋」と、市井で実直に生魚《なまざかな》を商う「魚屋」と、その二つのイメージの交錯するところに感嘆の驚きを覚えるのは私ひとりであろうか。

一つの単語の壁からその向こうへ何とか辿りつこうとする、そんな試みを「魚屋」と「正直者」を例にとって記してみた。このような迷走をくり返しながら進めるのも、時計の針にせかされずに進んでいいエクステンションならではの利点だったのかもしれぬ。

以上で私の心がけた三項目は終わりにして、次に二〇〇三年夏・軽井沢の一例に移ろう。

三　雲問答――二〇〇三年夏、軽井沢――

二〇〇三（平成一五）年夏、気分一新して始めた軽井沢セミナーハウスでの『ハムレット』講座は、劇中劇「ゴンザーゴ殺し」の終わったところから入っていった。「動きのかたまり」として読むやり方で言うと、椅子を蹴って立ち上がった国王クローディアスの「明りを！（Give me some light. 第三幕第二場二四四行）」で宮殿内が大混乱におちいる、そこで第三幕第二場の四つ目の動きが終わる。そして、ついに証拠をつかんだと思ったハムレットが、（きっと有頂天なのだろう）いきなり歌をうたいだす。ここからが五つ目の「動きのかたまり」となり、それは、親友ホレーシオとの、劇中劇で毒殺の話のもちあがった瞬間の国王の挙動の確認作業で終わる。そこへハムレットの小学校時代の旧友で今は国王の傭われスパイをしている二人（ローゼンクランツとギルデンスターン、略してロズ・ギルと呼ばれることがある）が、国王の不快と王妃の驚きを伝えるためにやってくる（ここから六つ目の「動きのかたまり」となる。いわゆる「笛問答」である）。

気色ばんだ旧友二人は、かさにかかってハムレットを責めたて、昔は愛してくださったのに、となじる。通りかかった役者から笛を借りるとハムレットは幼友だちに、笛を吹いてと頼む、ぜひに、と。吹けないと断る旧友に、指先を孔にあてて息を吹くだけでいいと言う、だめですと断る旧友にハムレットは尋ねる、おれを笛以下だと思っているのか、場所を押さえさえすればいくらでもいい音色をだす（秘密を洩らす）とでも？――（一九七〇年夏、シェイクスピアの生まれ故郷ストラットフォードで観たトレヴァ・ナン演出の「ハムレット」では、ここのところで、アラン・ハワード演じるハムレットが、通りかかった（テレンス・タプリンの演じる）親友ホレーシオに笛を手渡すと、彼はいともやすやすと美しい音色を奏でてみせた——そんな話を私は挿む。折りにふれてこういう話をすることが授業を活性化させる〕。

その直後にポローニアスが登場して、今すぐ母君の許へとせきたてる（ここから第三幕第二場の七つ目の「動きのかたまり」が始まる。これは僅か十二行（三三七—三四八行）で、ハムレット一人残して全員が退場するところで終わるが、ここが「雲問答」として知られる場面で、すぐ前の「笛問答」の場面と対照的になっている）。

この七つ目の「動きのかたまり」は、こう始まる。

Enter POLONIUS

HAMLET God bless you sir.

POLONIUS My lord, the queen would speak with you, and presently.

ポローニアス登場。

——ようこそ。

——殿下、お后さまがお話を、それも今すぐ。

ハムレットの方が先に挨拶をする。それに対してポローニアスは挨拶抜きでいきなり用件を切りだす。こんな短いやりとりの中にもポローニアスがどんなにせかついているかが見てとれる。王妃ガートルードの驚きを目のあたりにしてのポローニアスのいらだちは、王妃からじかに、それもすぐに、息子をきつく叱ってもらわねばという一点に集中する。そこへ絶妙なタイミングで「雲問答」がやってくる。

HAMLET　Do you see yonder cloud that's almost in shape of a camel?
POLONIUS　By th'mass, and 'tis like a camel indeed.
HAMLET　Methinks it is like a weasel.
POLONIUS　It is backed like a weasel.
HAMLET　Or like a whale?
POLONIUS　Very like a whale.

二人のこのやりとりをかいつまんで訳せば次のようになろうか。

——ほれ、あの雲、形はラクダそっくり？
——いやはや、それにしてもラクダですな。
——さあなあ、イタチのようにも、
——背中あたり、似てますなあイタチに。
——それともクジラに？
——似てる似てる、クジラですな。

ここもまた、普通の感覚の持主なら、これっていったい何なんだと問いたくなるような箇所である。駱駝（ラクダ）、鼬（イタチ）、鯨（クジラ）——よりによってなぜこの三つの似ても似つかぬ動物なんだろう？　それにしてもなぜハムレットは突拍子もなくいきなり空を指差してこんなことを言ったのだろう？　なぜポローニアスは、二つ返事の唯々諾々でハムレットの口真似をするのだろう？　二人のそれぞれの思惑について、これまでいろいろな憶測がなされてきたが、その一つに、ハムレットの側からすれば、王と王妃からの相次いでの怒りと驚きを伝える動きがあったということは、劇中劇の上演成果を雄弁に物語るもので、本当は小躍りして喜びを爆発させたいところだが、これは、ゆめ、気取られてはならぬことで、この雲問答はそんなハムレットの気持ちをカモフラージュするための、いうなれば「はぐらかし」の、絶妙なテクニックであるという。また一つには、ハムレットの側からすれば、先の二人の旧友（ロズ・ギル）に対するときの態度とは一変して、ポローニアスに対するときは徹底して狂人のふりをしてきた、それをここでも踏襲していて、この雲問答は、狂気を演じることでポローニアスのかねてからの思いこみを一層つのらせるためのものであるとする。その証しはポローニアスの「イエス・マン」ぶりで、これはエリザベス朝時代の常識、狂人には決して逆らってはならぬを忠実に反映しているとする（これはシェイクスピアのちょうどこの頃の喜劇『十二夜』の中で、狂人扱いされたマルヴォーリオに対して何人かが申しあわせてとる態度である）。

このような憶測は、結局、シェイクスピアはなぜここに、このような「雲問答」を設けたのかということを探る試みに転じてゆく。このような作者の意図の推測とは別に、雲をめぐる二人のやりとりで、観客の目には何が映るのかを問題にする人もいる。ハムレットはここで、自分が言ったことに次々と自分で異をとなえていて、そのことを楽しんでいるのだ、とする。その場合、ハムレットは自分の見立てに自分で修正を加えて変更してゆくのに対して、ポローニアスはただその後追いをしてゆくだけ、似ても似つかぬラクダとイタチ、イタチとクジラをひとからげにくくってゆくだけ、ここでさらけだされるのがポローニアスの「いい加減さ（'insincerity'）」であって、これが観客の目に映ること、となる〔Ann Thompson, Neil Taylor〕。人によっては、またここに、ハムレットの物の見方そのものを見てとる場合もある。ハムレットはポローニアスをからかっている、さりながらその根底にあるのは、雲は、こちらがこうだと思えばそれにあわせてどんな形にもなるという意識、（――ずっと前、ハムレットが、旧友のロズ・ギルと久方ぶりに再会したときに二人に向かって、この国デンマークは牢獄だと言ったのに対して二人が反論すると、ハムレットはこう答えていた、「この世のものにはそれ自体で良いも悪いもない、考え方一つで決まることだ（there is nothing either good or bad but thinking makes it so. 第二幕第二場二三九―二四〇行）」――これと相通じる意識）であって、これこれこうと断定しかねる意識がここで打ちだされているのだと言う〔Philip Edwards〕。人によってはまた、先のロズ・ギルに笛を吹いてと頼んだハムレットが、笛の吹けぬ旧友におれを楽器扱いにするなと警告したが、今度は逆に自分が演奏者になって、ポローニアスに対して、狂気を装い狂気を盾に、蛇腹楽器の手風琴に風を送りこむ手さばきで布袋腹のこの老人を楽器扱いしてみせているのだ、ととる〔Bernard Lott, G. R. Hibbard〕。この場合、ポローニアスの「はいはい左様で」という二つ返事は、物騒きわまりないと思えてならないこの王子の御機嫌をそこねないようにとの懸命の応答ということになる〔Bernard Lott〕。考え方一つでいかようにも取れるとなると、さまざまな説そのものが「雲問答」になってくる。

これはそっくり上演についても言えて、その昔、第一次世界大戦で受けたシェル・ショック（砲弾ショックによる戦争神経症で、記憶力・発話能力などの喪失症）から完全には立ち直れなかったもののシェイクスピア役者として数々の名舞台を作りだしたアイアン・スウィンリー（Ion Swinley, 1891–1937）のハムレットは、ラクダの背をした雲をひたすらじっと見つめたままでラクダ、イタチ、クジラと続く動物の名を口にしたというし、その昔、オールド・ヴィック劇場で、緊張感のある熱血あふれるハムレットを演じて名を馳せたアーネスト・ミルトン（Ernest Milton, 1890–1974）は、ラクダ、イタチ、クジラと動物の名が変わる間じゅう、ただ「うんうん」と肯くだけの老人（ポローニアス）の顔から決して目をそらさなかったという〔*Shakespeare in Production : Hamlet*, ed. Robert Hapgood. CUP, 1999, p. 202.〕。

私が目にした数々のハムレットの中でも対照的な演技として、一つは、「ほれ、あの雲」とハムレットが指差す空の方など見向きもしないで、次々とくりだされる動物の名にひたすら首振り人形のように対応していたポローニアスがいたかと思うと、リュビーモフ演出の「ハムレット」（一九九〇年、銀座セゾン劇場）では、この雲問答の場では、舞台いっぱいに横に広がった厚地の緞帳を背にして、ポローニアスとハムレットの二人だけで登場して、ラクダ、イタチ、クジラと言うたびにハムレットは、舞台の一方から中央へ、中央からもう一方へと立つ位置を移動してじっと空を見つめ、ポローニアスもそのたびに場所を移動してハムレットの見つめる空を見定め、確認してから答えるようにしていた。

駱駝、鼬、鯨というそれぞれの動物のシンボル（表象性）にこだわる見方もあるが、それよりももっと具体的なイメージ（形象）にこだわる注もあって、その一つに、ラクダには瘤（こぶ a hump）がある、イタチは自力でからだを「こぶ」にしてしまう、クジラはそれ自体が一つの「こぶ」であると見る人〔George MacDonald〕もいれば、別の人は、雲の形をしかと脳裡に思い描きながら、ハムレットが最初にラクダと言ったとき、雲はまぎれもなくくっきりとラクダの瘤の形をしていて（sharply humped）、次に雲は、す早い変形でたちまち平べったくなり（quite flat）、最後に雲は丸っこくなって（rounded）ゆくのだという〔J. J. Hogan〕。

これまで私の目にふれた注では誰も言及していないが、この「雲問答」の場面を、僅かに一頁ではあるが、ありありと目に見える形で活写してくれた人がいる。映画「戦艦ポチョムキン」（一九二五年）の監督エイゼンシュテイン（Eisenshtein, 1898–1948）である。一九三七（昭和一二）年の早きに執筆された彼の「モンタージュ」論を私が初めて目にしたのは、その翻訳が出版された一九八一（昭和五六）年のことであったが、そこには「らくだ」「いたち」「くじら」の背中の部分だけの挿入図があって、何よりも感心したのは、普通三つの動物の全体像をつい思い浮かべてしまうのに対して、その図では背中の部分の特徴にだけ眼を釘づけにしている点だった。雲問答のこのくだりは——とエイゼンシュテインは書き記す——「読みとりの不安定性を例証するもの」であると同時に、「《純粋にモンタージュ的手法による》雲の運動の伝達」のすばらしい例証として活用できたのではなかったかと。彼はシェイクスピアの鋭い「モンタージュ感覚」をここに見ていて、シェイクスピアは、「形が変化する結果としての運動」ばかりでなく、「大空に渦巻き、変形するデコレーションのテンポさえ」も見ていたと解する。いかにも映像作家らしい目のつけ所である〔エイゼンシュテイン全集『第二部映画——芸術と科学　第七巻　モンタージュ』キネマ旬報社刊、一九八一年、一八二頁〕。想像力で勝負とはこのことであろう。

話せばきりのない「雲問答」も、ハムレット一人を残して皆が立ち去ったところで七つ目の「動き」は終わり、次に、八つ目の最後の「動き」がやってくる。母親の待つ部屋へと向かう前のハムレットの十二行の短い独白がそれである。「今は真夜中、魔の刻、……今なら生き血もすすれる（'Tis now the very witching time of night, ... Now could I drink hot blood. 第三幕第二場三四九、三五一行）」。

うっかり言い忘れていたが、この独白の直前のあの「雲問答」の場面は実は夜だったのだ。ところでパブリック・シアター（公衆劇場）の場合、上演は昼間と相場が決まっていた。シェイクスピアの所属劇団の本拠地グローブ座はパブリック・シアターの一つであって、その建物はドーナツ型で中央部分は屋根がなくて吹き抜け構造になっていたから、ハムレットがこの雲問答の場で「ほれ、あの雲」

と天井を指差すとき、まちがいなく空が見えたはずである。従ってその日のお天気次第では、真っ青に晴れ渡って雲一つない日もあったろう。空一面、鉛色の雲が垂れこめた日もあったろう。そして時には、おあつらえ向きの雲が、ラクダのこぶそっくりの雲が、ぽっかり浮かんでいる日もあったろう。もしそうだとすると——（これから先は、結びに代えて、二〇〇三年夏、軽井沢で、講座のしめくくりに私がいつもの口調で話したことを、そのままここに再現することにしよう）——

——もしそうだとすると、これはここだけの話ですが、ポローニアスはハムレットのことを、空に雲のあるなしによって、しゃべるせりふは同じでも、今日は少し頭が変、今日は本物の狂気、今日はまったくの正常、と、日ごとに空模様を眺めながら相槌をうっていたかもしれませんねえ。イギリスのお天気は変わりやすいですから。この続きはまた来年、今年はこれで終わります。ありがとうございました。それでは皆さん、ごきげんよう。——

こうして二〇〇三年夏の『ハムレット』講座は無事終了した。

注

（1）ちなみにこの「オネスト」について私の目にしたいちばん長い注は次のものである。講座の授業では、このような引用をする場合は必ず私なりの訳を添えることにしているので、ここでもそれを踏襲した（頭の 1213 は行数を示す）。

1213 **honest** playing on senses《That deals fairly and uprightly》(*a* 3 c), and "sexually virtuous"（Partridge 1968）in relation to the bawdy overtones of 'fishmonger.'（「公明正大にとり扱う」（ＯＥＤの形容詞 honest の３ｃの語義）という意味と、「魚屋（'fishmonger'）」に秘められた卑猥な含み《注・エリック・パートリジの『シェイクスピアの卑猥語辞典』の見出し語「魚屋」に'A procurer ; a pimp'（売春周旋者）とあるのを指している》との関連で「性的にやましいところのない、操正しき」（パートリジ、一九六八年）という意味の両方に利かしている」（Jesús Tronch-Pérez : *A Synoptic 'Hamlet' : a Critical-Synoptic Edition of the Second Quarto and First Folio Texts of 'Hamlet'*. Universitat de València, 2002, p.166）。

3　『ハムレット』演習　《尼寺へ行け》

——書斎と舞台からの「尼寺の場」（三幕一場）

1　美しいオフィーリア

私がこれからとりあげるのは、ハムレットとその恋人（だった）オフィーリアがふたりだけで出会って対話する場面、世に「尼寺の場」で知られる短い場面である。この二人が、私たち（観客）の目の前でふたりきりでことばを交わすのは、ここ一回きりであって、その長さも、フィリップ・エドワーズ編のニュー・ケンブリッジ・シェイクスピアの『ハムレット』（The New Cambridge Shakespeare, *Hamlet*, ed. by Philip Edwards, 1985）では、わずかに五五行の長さである。わずか五五行の長さだが、この「尼寺の場」は、これを読み解くのがもっともむずかしい場面の一つとされていて、学者・評論家にとってもさることながら役者にとっては、その一行一行が悪戦苦闘の連続である。この章ではそのなまなましい姿を、ごく一般の『ハムレット』愛好者にも分っていただけるように、できるだけ平明に話を進めてゆきたいと思う（なおテキストはつい今しがた挙げたニュー・ケンブリッジ版を使うこととし、訳はすべて私の試訳を用いることにする。この版の『ハムレット』は全部で三六七一行を数え、「尼寺の場」（三幕一場八八―一四三行、ハムレットの退場まで）の五五行は、全体との比率でいえば二パーセントにも達しない）。

その「尼寺の場」へ入る前に、ここで、ぜひ、二つのことに注目しておきたい。

一つは、『ハムレット』という劇では、不思議なことに、ここに登場する主要人物のほとんど全員が、いつかどこかで必ずハムレットと一対一で向きあうか出会うようになっていることである。それだけではない。主人公ハムレットは、自分自身とも一対一で向きあうようになっていて、世にいう「四大独白」[1]は、ハムレットがハムレット自身と出会う、もっとも魅力的な「出会いの瞬間」だと言ってもいい。主要人物のほとんど全員が、一対一でハムレットとめぐり会うのだが、「ほとんど」と言ったのは例外があるからで、その例外はレアティーズとフォーティンブラスである。劇の重要人物でありながら、ハムレットがついぞ二人きりで出会うことのないのがこのふたりである。ハムレット、レアティーズ、フォーティンブラス、この三人は、いずれも父親を誰かに殺されたか殺されてしまう若者三人であって、[2]その「誰か」とは、浅からぬ縁でこの三人を結びつけずにはおかない「誰か」なのである。デンマーク王子ハムレットは、父親のデンマーク王（老ハムレット）を、父の弟で若ハムレットの叔父にあたるクローディアス（現国王）に毒殺され、しかもハムレットの母（ガートルード）

は、夫の死後、その叔父と電撃的な速さで再婚している。ハムレットの恋するオフィーリア、この美しい娘の兄レアティーズは、パリ留学中に父（で宮内大臣の）ポローニアスを、誤ってとはいえハムレット王子に刺殺《ころ》されてしまう。そしてノルウェーの王子フォーティンブラスは、その父（ノルウェー王）を、デンマーク王（老ハムレット）との戦場での一騎討ちで失っている。このことをこの三人の若者の側からもう一度分りやすく言い直せば、ノルウェーの王子フォーティンブラスは、その父をハムレットの父に殺され、オフィーリアの兄レアティーズは、その父をハムレットに殺され、デンマーク王子ハムレットはその父を、叔父クローディアスに殺され、母まで奪われた形になっている。ともに父を殺された若者三人が、ふたりきりの一対一でめぐり会う機会はついに一度もないのだが、これを例外とすれば、ハムレットは、他の主要人物とは、いつかどこかでふたりきりの一対一の形で出会うか、ゆき会うようになっている。そのことを確認するために、舞台の上で、私たち（観客）の目の前で、一対一でハムレットが誰とゆき会うのかを、はじめから順に見とどけておこう。「独白」という形での、ハムレットの、ハムレット自身との出会いもここに含めることにしよう。

1　ハムレット自身との出会い・第一独白（一幕二場一二九―一五九行）――その直後にもたらされた父の亡霊出現の報に不安がよぎるハムレットの短い独白（一幕二場二五四―二五七行）

2　亡き父の亡霊との出会い（一幕五場一―九一行）

3　独白・ハムレットの驚きと誓い――「わしを忘れるな」「父よ、あなたを忘れはしない」（一幕五場九二―一一二行）

4　ポローニアスとの出会い――「何をお読みで？」「ことば、ことば、ことば」（二幕二場一六九―二一一行）

5　（小学校時代の学友）ローゼンクランツとギルデンスターンとの再会（この二人はいつもペアで行動、二人で一人分）（二幕二場二二五―三三八行）

6　ハムレット自身、やっと一人きりになれて自分と出会う・第二独白（二幕二場五〇一―五五八行）

7　「トゥ・ビー、オァ、ノット・トゥ・ビー」・第三独白（三幕一場五六―八八行）

8　オフィーリアとの出会い・「尼寺の場」（三幕一場八八―一四三行）

9　（ハムレットと同じウィッテンベルグの大学に学ぶ）親友ホレーシオとの語らい（三幕二場四二―八〇行）――（「劇中劇」の中断後の）ホレーシオとの再度の語らい（二四六―二六四行）

10　（「劇中劇」後の）王と王妃の怒りと不快感を代弁伝達するローゼンクランツ、ギルデンスターンとの出会い・「頼む、笛を吹いてくれ、穴を押さえて息を吹くだけだ」「できません」「すると、僕は笛以下か？」（三幕二場二六九―三三六行）

11 ポローニアスとの出会い・「雲問答」の場（三幕二場三三八―三四七行）
12 独白・母に会う前の覚悟（三幕二場三四九―三六〇行）
13 現国王（で叔父の）クローディアスの祈りと告白の場・その後姿に向かってのハムレットの独白（三幕三場七三―九六行）
14 母（で王妃の）ガートルードとの対面・「寝室（または私室、または居室）の場」（ハムレットによるポローニアス殺し、亡き父の亡霊の再出現、を含む）（三幕四場八―二一八行）
15 第四独白・「時間の一番大事な使いみちが、食って眠る、それだけだとしたら、人間とはいったい何だ?」（四幕四場三三―六六行）
16 親友ホレーシオとの語らい（イギリス送りの船上での新事実発見のこと。ローゼンクランツ、ギルデンスターンに託された国王の密書の恐るべき内容とそのすりかえ工作）（五幕二場一―八〇行）
17 （レアティーズとのフェンシング試合を前にして）ホレーシオに打ち明ける胸さわぎと心境・「レット・ビー（なるようになるのさ）」（五幕二場一八三―一九六行）

以上の十七ヶ所は、ハムレットが文字通り一対一の形で誰かと出会う場面であるが、そのような瞬間は、その一つ一つが独立した「場面」として記憶されるほど印象的である。それというのも、車輪の「輻《や》」のようにその中心部にいつもハムレットがいるからで、ハムレットが誰かと一対一で向きあうとき、そこには必ず思いがけない発見と認識と進展がみられる。私たちはこれを「驚き」という。そして気がつくと私たちは、それにぐんぐんと巻きこまれているのを実感する。私たちはこれを「怖れ」という。純然たる一対一の形ではないものの、ほとんどそれに近い出会いと語りかけがほかにもあって、その場合ハムレットが親しくしゃべりかけるのは、テキストでは名前を持たない人々、旅役者（の一行）と墓掘り人夫（道化）である。このような（一対一の）出会いの積み重ねがあってはじめて私たちは大きな山場に立ち会える。その一つは、すべての過去が現在によみがえる「劇中劇の場」、現国王クローディアスの良心を捕える「ねずみ落しの場」（三幕二場）であり、もう一つが終幕の、ハムレットとレアティーズのフェンシング試合の場である（これが実質的な真剣勝負であることを私たち観客はみんな知っている）。それはいずれも、衆人環視のなかで行われて一対一の出会いとはほど遠い印象を与えながら、その実、根底にあるのは、常に、ハムレットと国王クローディアスとの、しのぎを削る、一対一の、対決という名の「出会い」である。ハムレットは、いっときたりとも、「わしを忘れるな！」（**Remember me.** 一幕五場九一行）という亡き父の亡霊の「声」を忘れることはなかったのだ。

「尼寺の場」に立ち入る前に、もう一つ注目しておきたいことは、「尼寺の場」は、「トゥ・ビー、オァ、ノット・トゥ・ビー」ではじまる、あまりにも有名なハムレットのあの第三独白のすぐ後にやってくる、ということである。もっと正確に言えば、「トゥ・ビー、オァ、ノット・トゥ・ビー」('To be, or not to be' 三幕一場五六行。これをどう訳したらいいのかは、ここでは今は問わないことにして(3)先を急ぐと)で始まるハムレットの思考の流れを、ほとんど唐突にさえぎる形でやってくる、ということである。ハムレットの思考の流れ――《いったいどっちが一層立派なんだ、耐えるのと、立ち上がるのと。死ぬ、眠る――死ぬ、眠る――夢をみる、どんな夢を? そこが気になるのだ。誰がすき好んで耐えるというのだ、屑人間がまきちらす不遜なことばの数々を、誰がすき好んで耐えるというのだ、汗水たらしてあえぎながらのぼるこの人生の坂道を? だが、行ったきり一人も帰ってこない死後の世界のことを思うと、見ず知らずの国よりは勝手知ったいまの悪しき世界の方がまだ耐えられる気になる。こうして私らはみんな腰ぬけのぐずになって、ここ一番という大事なときに――》と続くハムレットの思考を、イメージがごく自然にイメージをよびこんでゆく思考の流れを、ハムレットは、ふと、「美しいオフィーリア」(The fair Ophelia 八九行)を目にしたことで、みずから中断することになる。

しーッ、美しいオフィーリア。――

Soft you now,
The fair Ophelia,——

（三幕一場八八—八九行）

まっ先に口をついて出る'Soft you now'（「しーッ」八八行）は、オフィーリアを目にしたハムレットが、自分の言葉の高ぶりと熱っぽさを落ち着かせようとして自分自身に命令したことばである（'Soft'は「静かに、穏やかに」の意の副詞であるが、これが命令調で動詞のように使われるとき「静かに！」「急いではだめ！」の意となり、そのあとに時として'you'を伴う）。

ここではじめてハムレットはオフィーリアに語りかける。

2　水の妖精

水の妖精、きみのお祈りのついでに思い出しておくれ、ぼくの罪も全部。

Nymph, in thy orisons
Be all my sins remembered.

（三幕一場八九—九〇行）

祈禱書を手にして祈りをささげる美しいオフィーリアには、その姿と態度にふさわしい言葉がかけられる。――

しかし、この何気ない最初のことば（Nymph　ニンフ・水の妖精）からして、すでに厄介な問題が生じる。オフィーリアへの呼びかけ「ニンフ」は、本来はギリシア・ローマ神話にでてくる海・川・泉・小山・森などに住む半神半人の少女をさすことばで、これが英文学にでてくるもっとも早い例は『ハムレット』の二〇〇年ほど前のチョーサーの時代あたりであるが、[4] これが「（ニンフのように若くて）美しい少女」をさすようになるのは『ハムレット』の十五年ほど前が最初とされる。[5]『ハムレット』で一回だけ使われるこの言葉は、『ハムレット』以前で九回、以後では晩年のロマンス劇『テンペスト』での五回のみで、[6] 要するにオフィーリアによびかけるには一風《いっぷう》変った用語だとも言える。一風変った言葉といえば「お祈り」という箇所にごく普通に用いる‘prayers《プレイアーズ》’を使わずに、いささか古風で堅苦しくて形式ばった‘orisons《オリゾンズ》’（祈禱）という語をあてているのに、専門家は目をとがらせてきた。問題は、オフィーリアへのこの最初のことばが、どのような調子で、あるいは、どんな思いをこめて、あるいは、どんな含みをもって、ハムレットの口をついてでるのかという点である。書斎の人々が考えたことは、「真剣でまじめ」（ジョンソン博士）から「気どりと皮肉たっぷり」（ジョン・ドーヴァー・ウィルソン）まで、大きく見方が分れる。一八世紀を代表する独自の感性と知性でシェイクスピアを読みこなしたジョンソン博士は、不意にオフィーリアを目にして即座には狂気をよそおうことを思いつかずに、つい今しがたまでの深い瞑想と思索の名残りをとどめながら、ハムレットは「厳粛(grave and solemn)」な様子でオフィーリアに声をかけるのだ、ととる。[7] 片や、新《ニュー》・シェイクスピアのテキスト編纂(一九二一年の『テンペスト』に始まり一九六六年の『ソネット集』で完結)で新時代を切りひらいた二〇世紀の代表的なシェイクスピア学者の一人ドーヴァー・ウィルソンは、先の一風変った二つの単語に、仕組まれた「気障《きざ》っぽさ」を、気取りと皮肉を、読みとる。[8] もう一度この問題を問い直せば、こう言いかえてもいいだろう——いま、ここで出逢ったハムレットとオフィーリアは(かつてはどうであれ、今は)、まったくの赤の他人(の間柄)なのだろうか、それとも、まだ、いささかの礼節と親近感を持ち続けて(いて、他の者に比べたら、はるかにましな部類に入る人間だと思って)いるのだろうか。ロマン派時代から現代まで、役者は大きく様変りしながらこの場面を演じてきた。それを辿るだけでも、時代がみえ、役者の「解釈」がみえ、観客がみえ、「われわれ自身」がみえる。その一端を、「尼寺の場」の五五行のうちの、さらにほんの数行ずつに的を絞って、この場面がかかえる問題点を見つめ直すとしよう。

3　お返しします、戴いた品々を

テキストでは九三行から一〇二行にかけての十行にわたる二人の対話を簡潔に要約すると、次のようになる。

――ハムレット様、いただいた思い出の品々、お返しします。どうぞ、お受けとり下さい。

――いいや、ぼくは何一つやってはいない。

――いいえ、かぐわしい息のこもったお言葉まで添えて私にくださったじゃありませんか。

オフィーリアは、これまでにハムレットから贈られた記念の品々を、贈り主に返そうとする。ハムレットは受取りを拒む。そしてその理由として、君には何一つやらなかったと言う。オフィーリアは、「そんな、ばかな」と思う。品物をひきたてるのに、うれしい言葉まで添えて人に物を贈っておきながら（そしてその品は現にここにあるのに）、やった覚えはないなどと、どこを押したら言えるのだろうか。オフィーリアはここで、昔からの諺を思いだす、「贈物は贈る人の心によって評価される」(9)。そこでこの諺に、オフィーリア流の精一杯のひねりを加えて、さらに、ほんの一滴、ささやかな抵抗をこめてこう答える、――

さあ、これを、まともな心の持主には、高価な贈物も、贈り主の心が冷めては、味気ないもの。さあどうぞ。

Take these again, for to the noble mind
Rich gifts wax poor when givers prove unkind.
There my lord.

（三幕一場一〇〇―一〇二行）

いったい、ここで、何が起っているのであろうか。それをいくらかでも適確につかむためには、私たち（観客）がこれまでに舞台の上で見たり聞いたりしたことのいくつかを、改めて思いおこす必要がある。

この「尼寺の場」で、オフィーリアが真っ先に尋ねたことは、ハムレットの健康のことであった（Good my lord, / How does your honour for this many a day? 三幕一場八九―九〇行）。ハムレットは「元気、元気、元気」（I humbly thank you, well, well, well. 九一行）と答えている。オフィーリアが最後にハムレットに会ったのは、かなり前のことである。その時ハムレットは（オフィーリアの父への報告、二幕一場七二―一〇八行、では）、一人縫いものをしているオフィーリアの前へ、「地獄からとき放たれて地獄のこわさを語るみたいに」（二幕一場八一―八二行）、髪も服も靴下もめちゃめちゃの姿で現れて、肖像画でも描くみたいにじっと見入って、オフィーリアをつかみ、やがて手放して、深いため息をつき、オフィーリアを見据えたままひとこともしゃべらずに遠ざかっていった。まさしくハムレット狂乱の場であり、オフィーリアの父ポローニアスは直ちに国王に報告（二幕一場一一五─一一六行）、国王もまた、慎重に「狂気」ということば遣いは避けながらも、「ハムレットの様変り（Hamlet's transformation 二幕二場五行）」にはただならぬものを感じている。その様変りは誰知らぬものがなくて、ポローニアスは、ずばり、娘（オフィーリア）が親（ポローニアス）の言いつけ通り、面会謝絶、手紙拒否を続けている（二幕一場一〇六─一〇八行、二幕二場一四〇─一四二行）ことから、「失恋ゆえの、段階的発狂」（二幕二場一四四─一四九行）と言い切る。その決定的証拠をにぎるためにポローニアスが考案したのが、散歩の習慣のあるハムレットの通り道に娘（オフィーリア）を放って出会わせ、私（ポローニアス）と国王とで壁掛け《アラス》のうしろに隠れて立ち聞きしようというものである。この提案の直後にハムレットとポローニアスの（一対一の）出会いがあり、ポローニアスが真っ先に尋ねることがハムレットの健康のことであり、「元気だ（Well, God-a-mercy, 二幕二場一七〇行）」の返事に対して、ほんとかなとばかりに問いただすのが、あのポローニアスの珍問（というより愚問）であり、それに対するのがハムレットのあの珍答（というよりは珍無類の名答）である。

──わたしがおわかりですか、殿下？
──おおわかりだ、子持ち鱈《だら》を売る魚屋さんだ。
──Do you know me, my lord?
──Excellent well, y'are a fishmonger.
（二幕二場一七一－一七二行）

ハムレットの狙いは、ポローニアスの狙い通りに「狂人」と思わせること、それでいながら、狂気こそ正気という、的をはずさぬドリルの正確な穴ほりである。ポローニアスにはハムレットのいう「魚屋」の意味が分らない。「魚《フィッシュ》」とは、多産系の嫁入り前の娘をいう。従って「魚屋」とは、結婚したらたくさん子どもを産みそうな娘を持っていて、その娘をいいところへ嫁入りさせようとしている男（オフィーリアという年頃の娘をもった父親、すなわち、ポローニアス）ということになる。この意味がポローニアスに分ろうはずはなく、「魚屋ですって？　とんでもない（国務大臣ですよ）」と真っ向否定する。ハムレットはそれに逆らわずに、「ではせめて魚屋くらいに正直《オネスト》であってほしいな」（Then I would you were so honest a man. 二幕二場一七四行）という。「正直《オネスト》？」と、鸚鵡《おうむ》返しに聞きかえすポローニアスには、またしてもハムレットの言わんとしていることがつかめない。──脇道にそれたのは、実は、「正直《オネスト》？」をめぐってこれと同じことが「尼寺の場」でも起きるからである。

ところでオフィーリアを囮《おとり》に使ってハムレット狂乱の本当の原因をさぐりだす計画だが、これはポローニアスの側から仕掛けられると同時に、国王の側からもぬかりなく事がすすめられる。国王はすでにハムレットに使いをやって「ひそかにここへ呼び出していたのだ」(we have closely sent for Hamlet hither, 三幕一場二九行)。ポローニアスは娘(オフィーリア)に、ここを歩いていなさい、祈禱書を手にしていれば娘がたった一人でいてもあやしまれないだろう(三幕一場四三、四四—四六行)という。国王と娘の父が物蔭にかくれて立ち聞きするのは、義理の父と実の父が子供たち(ハムレットとオフィーリア)の行動を監視するのだから、「法的には許される範囲内のスパイ行為」(Lawful espials 三幕一場三二行)だ、と国王は言っている。

こうして「尼寺の場」は始まる。そこでいつも問題になるのが、ハムレットはこの立ち聞きを知っていた(いる)かという点である。これは、学者にとっては机の上の問題であっても、役者にとっては演技そのものにかかわる重大問題である。この場合の選択肢は四つある。⑴初めから知っていた、⑵途中で気付く、⑶まったく知らないし気付きもしない、⑷知らないし気付きもしないが、ただ直感的にはなにか不自然だという気配だけは(敏感に)感じている。それぞれの選択肢には、それぞれに強力な「ハムレット論」が控えていて、それを今ここで論じる時間的余裕はまったくないが、それでも一つだけ言っておくことがある。それは、どの選択肢をとるにしろ、観客は一人のこらずその立ち聞きを知っているということである。

はじめに帰るが、ハムレットはオフィーリアからの贈物の返還を拒否する。なぜだろうか。ここでまたさまざまな推測推論がとびかい、どの注釈本にも理由の二つや三つは挙げてあるのだが、仮に要約すれば、ハムレットの言わんとしていることは、⑴ぼくはきみに本当に価値あるもの（自分の心、自分の命）はあげなかった、⑵きみに愛のしるしの贈物をしたときのぼくは、きみがいま目にしているハムレットとは同じじゃないんだ、⑶ぼくが愛のしるしの贈物をあげたときのきみは、今、すっかり別人になってしまった、今のきみを（父のいいなりになりスパイの片棒をかつぐようなきみを）ぼくはまったく知らない、⑷（オフィーリアに対してであれ、立ち聞きしている人たちに対してであれ）狂人と思わせるための芝居である――諸説紛紛《しょせつふんぷん》としているが、これまでに私の見た限りでは、それらに共通している点がある。どの説もきまってハムレットの立場からものを見ている点である。しかし、オフィーリアの側から見た場合、ここはどうなるのだろうか。単純すぎるほど単純だが、オフィーリアの側のごく自然な反応はただ一つしかないように思われる――「ハムレットの嘘つき！」、これである。贈り主の心が変れば、高価な品も、ただの「代物《しろもの》」になってしまう、と言う。そのときオフィーリアは、諺にはなかったひとことを添えている、「まともな心の持主には」（to the noble mind 三幕一場一〇〇行）と。ノーブルな（立派な、品格のある）心の持主とは、これまたごく自然に、私（オフィーリア）をさすことになってしまう。人にものをくれておいて、やった覚えがないなんて、なんという嘘つき！　このオフィーリアの心のなかの動きを見透かしたように、ハムレットの、ほとんど唐突で突飛な（これまでしばしば乱暴な話題転換と評されてきたような）問いがオフィーリアに向かって放たれる。

——Are you honest?
（きみは正直か？　嘘はつかないか？　きみは身持ちのしっかりした女か？　貞淑な女か？）

どの注にも'honest'は両義に利かしてあることが明記されている。本来の意味で男女共通に「本当のことを話す（speaking the truth, truthful）」、と、通例、女性について「貞淑な、（肉体的に）清らかな、貞節な（chaste）」の両方の意味が、ここにはこめられているとある。オフィーリアから「嘘つき！」と思われた（であろう）ハムレットは、以前オフィーリアの父（ポローニアス）に向かって放った矢と同じ矢をここでも放つ。ただし今度の矢は、先が二叉《ふたまた》になっている。

4　きみは、美しい女か？

HAMLET　Ha, ha, are you honest?
OPHELIA　My lord?
HAMLET　Are you fair?
OPHELIA　What means your lordship?

（三幕一場一〇三―一〇六行）

この箇所は、まず最初に、日本語訳のいくつかを読み比べることから始めよう（訳本の詳細は章末の注を参照のこと）。[10]

(1)――は、、、！　そなたは貞女か？
――え？
――美人かい？
――どうしてそんな事を仰しやいます？

(2)――はっ、はっ、あなたは正直かね?
――え、御前?
――あなたは淑女かね?
――どんな御意で、御前様?
(横山有策、昭和四＝一九二九年)

(3)――(ポローニアスや王等の計略を思出して)ハッハッハッ……君は堅気な女か?
――え?
――君は美しい女か?
――なんのことでございます?
(浦口文治、昭和九＝一九三四年)

(4)――(激しく)は、はっ! 君は貞女かい?
――え?
――美しいかい?
――何のことでございます?
(市河三喜・松浦嘉一、昭和二四＝一九四九年、岩波文庫)

(5)――(敵方の一計をおもいだし)は、はあ！　では、オフィーリア、お前は、嘘のつけぬ女か？
――え？
――それとも器量自慢か？
――なぜ、そのような？
(三神勲、昭和二六＝一九五一年、河出世界文学全集古典篇)

(6)――ははあ！　君は誠実か？
――と申しますと？
――君は美しいか？
――ハムレット様、どういう意味でございましょうか？
(福田恆存、昭和四二＝一九六七年、新潮文庫)

(7)――[たくらみを意識する]は、は！　お前はまともか？
――え？
――お前は美しいか？
――何のことでございます？
(大山俊一、昭和四九＝一九七四年、旺文社文庫)

(8)――ハッ、ハッ。おまえは貞淑か?

――え?

――おまえは美しいか?

――なぜそのような?

(木下順二、昭和四九=一九七四年、講談社)

(小田島雄志、昭和五八=一九八三年、白水社 *u*ブックス)

(9)――ははあ! お前は貞淑か?

――え?

――お前はきれいか?

――なぜそんなことを?

(松岡和子、平成八=一九九六年、ちくま文庫)

付録(10)(坪内逍遙、昭和八=一九三三年、中央公論社文庫本)

――はゝゝゝ! 和女《そもじ》は貞女か?

――え?

――美人かよ?

——なぜ其様なことをおっしゃります?

いま問題にしている四行の最初の一行（Ha, ha, are you honest? 一〇三行）から、オフィーリアに向かって五回目の「尼寺へ行け」（To a nunnery, go. 一四二—一四三行）を言い放ってハムレットが退場するまでの四十一行について、（あまり注目されていないが、この際しっかり目にとめておいてほしい）重要な一点は、この部分だけがブランク・ヴァース（無韻詩）の詩型をすてて散文体になっていることである。[11]「尼寺の場」へ移ってからの十五行と、ハムレットが退場（一四三行目）したあとオフィーリアが悲嘆の声をあげてハムレットの「気高い心」（a noble mind 一四四行）の破産を悲しむ十二行（三幕一場一四四—一五五行）が、ともにきちんとしたブランク・ヴァースの詩型でしゃべられるだけに、いっそうその特異性が浮び上がる。シェイクスピアが狙ってのことか、ハムレットが狙ってのことか、どちらにしても、'Ha, ha, are you honest?'に始まる四十一行は、狂気、あるいは錯乱、あるいは、狂気の装いと無縁ではないと言っていいだろう。

それにしても、'are you honest?'で、いったい何があったというのか。前々から、ここで話題が、唐突に、しかも暴力的に、変更されることが指摘されてきた。この突然の変調が、舞台の上の所作と関連づけられるようになったのは一八二〇年頃からとされている。自分が立ち聞きされ監視されていることにハムレットが気付く瞬間が編みだされた、ということである。これまでに見つかっているそのもっとも早い例は、(その方面の研究の第一人者スプレイグ教授によれば[12])、ジューニアス・ブルータス・ブース(Junius Brutus Booth, 1796–1852. アメリカの名だたるシェイクスピア役者エドウィン・ブースの父親)の例で、国王とポローニアスの二人が垂れ幕のうしろへ隠れるのを目にする、というやり方である。ハムレットがオフィーリアに立ち聞きのスパイに気付く瞬間がどこなのかは、役者によってさまざまで、ハムレットがオフィーリアに健康状態を聞かれた(九一行)直後のときもあれば(その場合、「元気だ、元気だ、元気だ」九二行、のくり返しがその反応となり)、オフィーリアが贈物を返そうとして差し出した瞬間のときもある(その場合、受け取りを拒否して、「何一つやらなかった」と理由をつけること自体がその反応となる)。その瞬間をもっと後へ移して、ハムレットがオフィーリアに「きみの父上はどこだ?」(一二六行)と尋ねた瞬間に(たとえばオフィーリアが、父と国王のひそむあたりの垂れ幕に目をやる、というやり方に)置く場合もある。そうした説明を念頭において改めて問題の四行に帰ると、岩波文庫版(3)と新潮文庫版(5)ではシェイクスピアのもとのテキストにはないト書(国王らの計略を思い出して)がついている。となるとハムレットは「尼寺の場」の始まる以前から立ち聞き計画を承知していたがそれを失念していたのを、いま、この瞬間に思い出した、だからこそハムレットの突然の変調が訪れた、ということになる(前もってスパイを認識していたとするのがドーヴァー・ウィルソン説で、その説を裏づけるために、ドーヴァー・ウィルソンは、「ハムレット、本を読みながら登場」という（第一フォリオ版の）ト書の位置を、二幕二場一六五行と一六六行の間から、九行前へくりあげて、国王とポローニアスがスパイ計画を立てる直前へ、二幕二場一五七行目のポローニアスのセリフのあとへ、移している。(13) 果してそう決めていいのかどうか、大いに疑問の余地がある）。

私なりの一つの説明を許してもらえるならば、すでに述べた通り、人に物を贈っておいてやったことはないと、贈った行為それ自体を否定するハムレットは、オフィーリアにしてみれば、「嘘つき」のひとことに尽きる。そして切り返したのが、「気は心」の諺にひねりを加え、さらに「ノーブルな心」（の持主である私）には、なおさらのことと、ささやかな抵抗を試みた。それに対するハムレットの返答は、オフィーリアへの質問という疑問形をとりながら、実はもっと新しくて、もっと女性と深い関わりのある諺をひきあいにだしたうえで、それにハムレット流の痛烈なひねりを利かすことではないのだろうか。こうして選ばれた最初の語が「オネスト」（'honest'）(14) であり、どの版の注にもあるように、「本当のことを言う、嘘をつかない」と、「（女が）身持ちのしっかりしている、貞節な（chaste）」の両義に働いている（しかし、すぐに、後の方の意味に重心が移ってゆく）。次に選ばれた語が「フェア」（'fair'）で、この語は、「きみはオネストか」と問われて、その内容があいまいで少なくとも二つの意味に同時にとれるのに（あるいは、その両方の意味において人に疑われるような自分ではないとの思いがゆるぎないだけに、その質問に）オフィーリアが戸惑って「え？」と問いただしたのに対してハムレットが、「嘘をつかない」を「公明正大《フェア》な」という別の言い方でいい直したともとれなくはない、が、それはたちまち「美しい」の意味に転じてゆく。そしてこの二つの語を結びあわせるとき、オフィーリアの口にした諺（一六世紀中期）よりはもっと新しい（一六世紀後期）、新時代の諺が思い浮かんでくる――。

Beauty and chastity（*or* honesty）seldom meet（美貌と貞節があうのは稀《まれ》である）[15]。オフィーリアは美しい（この「尼寺の場」のはじまりで、ふとオフィーリアの姿を目にしたハムレットの口からごく自然に洩れたことばが、'The fair Ophelia'（「美しいオフィーリア」三幕一場八九行）ではなかったか）。だが、オフィーリアは、「オネスト（貞節）」だろうか。何が言いたいのかというオフィーリアの問いに、ハムレットは、はっきりこう答えている。

――That if you be honest and fair, your honesty should admit no discourse to your beauty.

（オフィーリア、もしきみが貞節でしかも美しいとしたら、きみの美しさへ近付こうとする者がいたら、そのような者は、きみの貞節が番人となって、決して接近を認めてはならん、許してはならんのだ、そのことが言いたかったんだ。）

しかし、悲しいかな、オフィーリアは、ハムレットがあえて「きみの美しさ」「きみの貞節」と言ったはずなのに、その肝心の「きみの」をすっかり落してしまう——

——Could beauty, my lord, have better commerce than with honesty?
（美しさがつきあう相手として、貞節にまさるいい仲間がいるでしょうか、ハムレット様？）
（三幕一場一〇九—一一〇行）

「きみの」という制約をとってしまったら、あっという間に新時代の諺にゆきついてしまうではないか。たしかに昔は、「美しさ」と「貞節」は理想的なペアだったかもしれぬ。だが、現代はどうか？　そのようなペアはどこへ行ったら見つかるのか？（「正直《オネスト》」一つとっても、五十年前は千人に一人だったが今は一万人に一人の時代だ、二幕二場一七六—一七七行）。ここですぐに思い浮ぶのが、ハムレットにとっては、自分の母（ガートルード）のことである。母は美しい。だが母は「貞節《オネスト》」と言えるか？　それは何ともショッキングな先例である。（母ではなくて）オフィーリアが、もし本気で自分は「美しい」、しかも「貞節である」と信じこんでいるのだとしたら、その二つを共存共栄させたままわが身を「美しく」「清らかに」守り通そうというつもりなら、行くべきところは、この世では、まして今の世界では、ただ一つしかないのではなかろうか？ それはどこか？ 文字通りの「尼寺」しかないのではなかろうか。（当時の考えでは、よほどのことがない限り）女はいずれ結婚する。としたら、尼僧院に入りキリストと結婚するという形をとることで、（私＝ハムレットのような）罪深い子は作らずに、一生、「美と貞節」を仲たがいさせずに暮らせるのではないだろうか？

5　尼寺へ行け

ずっと昔、といっても早稲田に入ってからだが、はじめて原文で『ハムレット』を読んだとき、感覚的にどうしても分らぬ箇所が二つあった。二つともこの「尼寺の場」にあって、一つはハムレットが、オフィーリアに「きみのことが好きだった、かつては」と言ったその舌の根も乾かぬうちに、「きみのこと、好きじゃなかった」と（現在形の「いまは好きじゃない」ではなくて過去形の「好きじゃなかった」と）言うところで、脈絡を欠いて私はあやうく過去形を現在形に直すところだった。もう一つは、「尼寺へ行け」の「尼寺」で、なぜ「尼寺」なのか、私には（「尼寺」といえば田舎の女庵主《あんじゅ》様が一人暮しのわびしい一軒家しか思い浮ばず、それをキリスト教的なイメージの「尼僧院」あるいは「女子修道院」とおきかえたところで雰囲気そのものが実感しようにも実感できない生活環境にあったから）まるでよそごとのように思えた。いま改めてその箇所を省略なしで引用すれば次のようになる――

――……I did love you once.
――Indeed my lord you made me believe so.
――You should not have believed me, for virtue cannot so inoculate our old stock but we shall relish of it. I loved you not.
――I was the more deceived.
――Get thee to a nunnery――

（――ぼくはきみを愛していた、かつては。
――ほんとうに心《しん》からそう思わせてくださいました。
――ぼくの言うことを真《ま》にうけてはいけなかったんだ、というのも古株にいくら美徳の新しい枝木を接木しようと、もとの性質は消せやしない。ぼくはきみを愛していなかった。

――それだけに、いっそうひどい勘違《かんちが》いでした。

――尼寺へ行け）

（三幕一場一一四―一一九行）

ハムレットが言わんとしていることは、その底流にあるものは、ただ一つ、自分はあの母（ガートルード）から生れた子だということ。母は夫を、心底《しんそこ》、愛していると、そう夫に心《しん》から思いこませて、実はそうではなかった。その母から生れたのがこの私（ハムレット）だ。だからこの私が、「君を愛していた」と言ったら、「君を愛していなかった」ということになるのだ。この世に生れて生きるとは汚れること。君が本気で自分（オフィーリア）のことを美しくて貞節だと思っていて、その二つ（美しさと貞節）ほど互いに交わるのにうってつけのものはないと思いこんでいるのだとしたら、その二つをいつまでも仲むつまじくつきあわせたいと願うのであれば、――「尼寺へ行け」、そこしか君のその願いをかなえてくれるところはあるまい。だから「行け、尼寺へ」。

「尼寺の場」を書斎と舞台の二つの面から、記録をまじえながら平明に話すつもりで『ハムレット』演習を始めたのだが、気がついたら、とうに制限紙数をこえ、まだ役者の苦闘を何一つ記していなかった。「尼寺の場」の舞台はこれまで、ハムレット役者がオフィーリアとどう向き合うのかによって激しい非難を浴びたり熱烈な讃辞を送られたりしてきた。オフィーリアに対してハムレットは、狂暴に振る舞うのだろうか？　こぶしを振りかざし声を荒立てるのだろうか？　それとも、下品で粗暴な振る舞いはことごとく放棄して、さよならを言ったあとで、もう一度戻ってきてオフィーリアの手に（あるいはその髪の毛に）そっと口づけするのだろうか？　すぐれたハムレット役者は、必ずといっていいほどこの「尼寺の場」で新しい工夫をこらしてきた。残念ながらいまそれを紹介する時間がない。(16)そこで最後に一つだけ、イギリス現代の役者の中で特別に異彩を放つスティーヴン・バーコフ（**Steven Berkoff**）の「尼寺の場」との格闘を、その一端を紹介することでしめくくりたい。バーコフ自身の記録を要約すれば(17)——

バーコフがこの「尼寺の場」で心したことは、観客の目にハムレットが、オフィーリアに激しく体《たい》当《あ》たりしながらも、オフィーリアに八つ当りするだけのハムレットと映らないようにすることであった。ハムレットが、標的（オフィーリア）のじっとしているのを見つけて、それにいきなり襲いかかって、うらみつらみをぶっつけるとんでもない若者だと観客から思われないようにすることであった。そのために、何度も何度もこの場面のリハーサルを重ねた。バーコフの上演舞台では、国王とポローニアスに加えて王妃（ガートルード）も立ち聞きの仲間入りをするようにした。そしてリハーサルの際には廷臣たち全員が私（バーコフ）を見ているのが分って、それならいっそ、皆が見ていることくらいこっちだって百も承知だというふうにこの場面を演じる気になって、街で大声でわめく狂人たちを真似て演じるやり方をとった。リハーサルで試みてうまくいった。突然笑いころげて、「きみは正直か（Are you honest?）」といい、ここから声を大きくしはじめて、「尼寺へ行け（Get thee to a nunnery）」では、もう、叫び声になった。しかし、そういう叫び声は、少しの間はみごとに作用するが、その報酬《あがり》は次第に減っていった。尼寺の場でどれほど苦しんで努力したことか。どうしてこの場面は自分にこの上ない激しい苦悶をもたらすのか。ある瞬間に突然私（バーコフ）は、その原因がオフィーリアにあることを発見した。へとへとになるまでリハーサルを重ねた。だが、どこがいけないのか発見できなかった。発見できなかった本当の理由は、私（バーコフ）のやっていた「尼寺の場」が見せかけの場面だったからだった。女らしさについての（男の側が作りだした）見方を想定したり、失恋のハムレットがオフィーリアの欺きによって粉々に砕け散ってゆくという英雄的な虚像を作りだしたり、（ハムレットに）無意識的な女嫌いの要素をつけ加えたり――そんな場面は見せかけだ、と私は考えた。かわいらしくて優しくて感じ易いオフィーリア、そんなオフィーリアじゃなくて、自分の人生で演技することなどほとんどなかったオフィーリア、そういう本当のオフィーリアをオフィーリアに演じさせてみた時、はじめて私（バーコフ）は、オフィーリアに生命《いのち》を吹きこむことができたのだった。……

その昔、私がとまどったあの箇所、「きみを愛していた……愛していなかった」の部分はバーコフによってどう読み解かれたのか。今度は私の要約ではなくてバーコフ自身のことばを私の訳でそのまま伝えることにしよう。

《オフィーリアを私は両腕で抱きかかえる。オフィーリアの額に共犯者としての緊張の汗がびっしり浮ぶのを私は見逃さない。一羽の雀が私の胸でパタつくみたいにオフィーリアの心臓の鼓動が私に伝わってくる。……「ぼくはきみを愛していた、かつては」……私が愛していた頃の彼女の思い出が一斉によみがえる……

――ほんとうに心《しん》からそう思わせてくださいました。

この女は何を言っているんだ？　私は束の間あの連中が聞き耳をたてているのを忘れた。オフィーリアの傷つきやすい哀れなか弱さに心を奪われていたからだ、そうなんだ、あの連中の耳にはいることを百も承知の台詞《せりふ》が私の耳にとびこんでくるまでは……「そう思わせてくださいました……」思わせる、だと!!　この女にはガッツ（度胸）がないんだ、「わたしもまたあなたを愛しておりました」と言うだけのガッツが。……なんてことだ。またしてもこの女はいやな匂いのする魚《フィッシュ》にならざるをえない——

——ぼくの言うことを真《ま》にうけてはいけなかったんだ、……ぼくはきみを愛していなかった。》

＊

このすぐあと、「父上はどこ?」（Where's your father? 三幕一場一二六行）とハムレットに聞かれて、「家《うち》に」（At home my lord。一二七行）とオフィーリアが答えるとき、オフィーリアの「嘘をつかない、（肉体的に）浄らかな」の両義をかねたHonestがオフィーリアからぬけおちて、オフィーリアは「美しい（fair）」だけの女になってしまう。それに（意識するしないは別として結果的には）「嘘をついて」しまったオフィーリアは、ここではじめて、もう一つ別の「尼寺」（女郎屋、売春宿。女だけの世界）へゆく可能性を示唆されることになる。(18)「尼寺へ行け」の意味が、最初（一一九行）と最後（一四二—一四三行）では、様変りしてゆくようにも思える。五回目の、最後の、「尼寺へ行け」はほとんど絶望的なひびきさえ帯びはじめている。まさに言葉の活断層がむきだしになるところだ。「尼寺の場」は、すさまじい。(19)

注

（1）ハムレットの独白は、長短あわせて八つあるが、そのうち、三十行をこえる長い独白が四つある。これを通例「四大独白」と呼んでいる。その四大独白がどこにでてくるかは、五〇―五二頁に挙げた、ハムレットが一対一の形で誰かと出会う場合の、1、6、7、15を参照のこと。

（2）『ハムレット』劇の舞台に登場してくる人物ではないので省いたが、トロイ落城のくだりを物語る旅役者のせりふに名前だけでてくる第四の復讐者がいる。父（アキレス）をトロイの敵将パリスに射倒された息子のピラス（Pyrrhus）である。エルシノア城へ到着したばかりの旅役者の一行に、ハムレットは、さっそく、何かさわりを聞かせてほしいと言ってみずから口火を切る。それがピラスで始まるくだりで、漆黒の鎧を真紅に染めて切りまくるピラスは、父の敵（パリス）の父親であるトロイの年老いた国王プライアムを探し出してその五体を切り刻む、それを目の前にして慟哭《どうこく》する王妃ヘキュバ、というくだりである。伝説の復讐者ピラスは、二重の意味でハムレットの自己批判の引金となる。切って切って切りまくってとどめを刺すのか、それとも、老王の頭上にふりかざした剣は、振りかざしたままで（永遠に）凍りついてしまうのか。似姿は限りなくピラスに近いが、ハムレットはピラスではない。ハムレットは「伝説の（ヒーローとしての）復讐者」ではないのだ。

（3）これをめぐる私の考えは『シェイクスピア――この豊かな影法師――』（早稲田大学出版部、一九九八年）のなかの「ハムレット」の項（一六―三二、特に二〇―二二頁）に示した。

（4）OED（オックスフォード英語大辞典）の最初の用例はジョン・ガワーの『恋する男の告解』（*Confessio Amantis.* Ⅰ三〇六、Ⅱ三三六、一三九〇年）であるが、研究社の『英語語源辞典』（一九九七年）ではチョーサーの『カンタベリ物語』の「騎士の話」（一三八五年頃）が筆頭にきている。

（5）OED、研究社の『語源辞典』とも、トマス・ロッジの例（*Forbonius & Prisceria*, 32. 一五八四年）を最初の用例に挙げている。

（6）バートレットの『コンコーダンス』（John Bartlett, *A New and Complete Concordance*, 1894）によれば『ハムレット』以前のシェイクスピアの用例は『ヘンリー六世・第三部』『リチャード三世』『ヴェローナの二紳士』で一回ずつ、『タイタス・アンドロニカス』で二回、妖精そのものが出てくる『夏の夜の夢』で四回、あわせて九回である。『ハムレット』ではここ一回きりで、その後は最晩年のロマンス劇『テンペスト』で五回使われただけ。一風変った語だと言えよう。

(7) ウォルター・ローリー編『ジョンソンのシェイクスピア論』(*Johnson on Shakespeare*, ed. by Walter Raleigh ; 1925, OUP) 一九二頁参照。吉田健一訳『シェイクスピア論』(思索社、一九四八年)の三五九頁参照。

(8) ドーヴァー・ウィルソン『「ハムレット」で起こること』(Dover Wilson, *What Happens in 'Hamlet'* ; 1935, CUP)。一九六一年のペーパー・バック版の一二八頁参照。

(9) **'A Gift is valued by the mind of the giver'**(ティリー『16、17世紀のイングランドの諺辞典』、G97、三省堂『英語諺辞典』G45)は、エラスムスのラテン語の表現(**Munerum animus optimus est** 好意は贈物のなかでも最上のもの)に由来するとされる。一六世紀中期から。わが国でもいう、「気は心」。

(10) (1)横山有策は、昭和初期に新潮社から出版された世界文学全集の第三巻『沙翁傑作集』を一人で担当、『ハムレット』のほか五本を訳している。アメリカ留学後逍遙の後をついで早稲田大学文学部のシェイクスピア講座を担当。(2)一九三四年三省堂から『新譯ハムレット』を出版した浦口文治は、この少し前に詳注を施した『ハムレット』のテキストを三省堂より出版、アメリカ留学でキトリッジ(**G. L. Kittredge, 1860–1941**)に学んだ成果を十分にとり入れている。(3)一九四九＝昭和二四年に岩波文庫に収められてから一九九六＝平成八年までに六九刷を発行。売れすじだけに苦言を呈すと、巻頭の「はしがき」(昭和二二年)に「ほんのところどころ、ケンブリッジ版『ニュー・シェイクスピア』のテキストを採用した」とあるが、これがどれほど重大かは、一四頁にわたる巻末の解説(昭和三二年)でも触れられていない。しかし、第一独白の一行目の訳「あゝ、このあまりにも汚《けが》れた肉体」(文庫本二三頁、うしろから二行目。フィリップ・エドワーズ版の一幕二場一二九行にあたる)を見ただけで、ここはドーヴァー・ウィルソン説を(ことわりなしに)とり入れていることが分る。さらに言えば、「はしがき」(一九九八年、第75刷)には、「本訳書がドーヴァー・ウィルソンに負《お》うところは、そのテキストそのものよりも、それに附けられた豊富なトガキの方において、遙かに大なるものがある」

と明記してあるが、それを積極的に採用した典型的な例が、文庫本六〇頁五行目のあとのト書二行である（後の注⒀を参照）。さすがにここは一八八頁の第二幕の注（二）で、「ニュー・シェイクスピア」版のト書に拠る、とことわってあるが、このわずかな「書き加え」で原文の様相は非常に限定されてくる。一つの説としては認められても、これがシェイクスピアの『ハムレット』のテキスト（の一部）だと一般の読者が無邪気に思いこまされているのはいかがなものであろうか。⑷三神勲訳の「ハムレット」には、ドーヴァー・ウィルソンのテキスト（一九三四＝昭和九年）と、ハロルド・ジェンキンズ編のニュー・アーデン版「ハムレット」（一九八二＝昭和五七年）とを対照させて上下二段に訳しわけた『異版対訳ハムレット』（開明書院、一九八九年。桐原書店、一九九四年）がある。⑸⑹⑺⑻⑼はいずれも文庫本。⑸の福田恆存訳の巻末解題には、翻訳にあたって「ウィルソンの定本を採った」（二〇〇頁）と明記してある。⑺は講談社版世界文学全集第七巻「シェイクスピア」（一九七四＝昭和四九年）より。『ハムレット』の邦訳はほかにも数々あるが入手の便を考えて省いた。なお⑹の大山俊一には、詳注を施したテキスト『ハムレット』（篠崎書林、一九五九＝昭和三四年）がある。

⑾このことを（耳ではなくて）目で確かめたければ、たとえば小田島雄志訳（白水社版 *u* ブックス、一一二―一一五頁）を開いてみるといい。もちろん英語版でなら、もっとしっかり確かめられる。なお念のため、シェイクスピア劇をもとの英語で聞いたり見たりする機会のなかった人のためにここで一言いっておけば、シェイクスピア劇は（朗読劇ではなくて）セリフ劇であり、その「セリフ」がブランク・ヴァース（**blank verse**）で書かれているのが何よりの特徴である。ブランク・ヴァースという詩の形は、通例、一行が十音節（五歩格）から成っていて、それを「弱強、弱強」というリズムでしゃべってゆく。したがってあの有名な第三独白は、

To be, or not to be,

（弱・強、弱・強、弱・強）

としゃべることになる。そして詩は、普通「韻を踏む」のだが、シェイクスピア劇の詩（verse）は「韻を踏まない」（blank）のでブランク・ヴァースという。シェイクスピア劇は、圧倒的にこのブランク・ヴァースという詩形を用いて書かれている。さりながら、時折、（それなりのわけがあって）散文体（prose）で書かれた部分が出てくる。たとえば近年（一九九七年）トレヴァ・ナン監督で映画化された『十二夜』では、サー・トービー、サー・アンドルーといった少しいかれた者たちが占領する場面（一幕三場）や、人一倍うぬぼれ心が強くてやたらに人を見くだすオリヴィア家の執事マルヴォーリオが「にせの恋文」にひっかかって一人舞いあがる爆笑場面（二幕五場）などが散文で書かれているのに対して、オーシーノー公爵、ヴァイオラ（男に変装して名もセザーリオという）、オリヴィア姫などがしゃべるときは整然たるブランク・ヴァースになっている。このように書き分けられているシェイクスピア劇だが、日本語に訳した場合、一行十音節で弱強のリズムを主体とするブランク・ヴァースだと言ってもそれがそのまま日本語に生かせるわけではないから、逍遙訳は散文体で通されている。先の注（8）で示した訳本十種のうち、表面上、詩と散文の使いわけをおこなっているのは、⑴⑵⑷⑹⑺⑻⑼の七種類に及んでいる。とはいえ、その行分けは、シェイクスピア英語のような截然たる詩形による行分けとはまったく別ものである。いま差し当り求められることは、この「尼寺の場」全体（三幕一場八八—一八二行）のうちで、ハムレットがオフィーリアに‘Ha, ha, are you honest?’（「はッ、は、きみはまっとうな人間か？」一〇三行目）と問いただすところから、退場まぎわにハムレットが言うオフィーリアへのことば‘To a nunnery, go.’（「尼寺へ、行け」一四二—一四三行）までの四一行が、ほかの部分（ブランク・ヴァースの詩の形）とは対照的に、かっきり、散文体になっていることに気付くことである。ここでのハムレットのしゃべりは、（その内容はどうであれ）、ハムレットの退場直後にオフィーリアが（どんなにとり乱していても整然たるブランク・ヴァースで）嘆き悲しむように、「ああ、あれほど立派なお心が、こんなにも無惨に！」（‘Oh what a noble mind is here o’erthrown!’ 三幕一場一四四行）としか言いようがない、それほどオフィーリアにとっては壊滅的なしゃべり方だ、ということである（そのしゃべりが意識的無意識的のどちらであっても）。

（12）J・C・スプレイグ『シェイクスピアと役者たち』（J. C. Sprague, *Shakespeare and the Actors*, 1944）一九六三年のリプリント版の一五三―一五四頁参照。

（13）正確には、岩波文庫版は、ドーヴァー・ウィルソンが書き加えた卜書をそっくり次のように訳して挿入している（六〇頁の五行あと）。

《ハムレットだらしなき着こなしにて書物を読みながら、後方の戸から廊下へ登場。部屋の中の話声を聞きつけ、カーテンの傍に暫し立止まる。だれもそれに気づかない。》

もとのテキスト（一六〇四年か五年の第二・四折本Q_2と一六二三年の第一・二折本F_1）にないがこれが書き加えられたことで、ハムレットは、（国王とポローニアスがオフィーリアをハムレットの散歩道に放って二人の話を立ち聞きする計画）を立ち聞きすることになる。そして、一旦しりぞいてから、その少し後で、もとのテキストの卜書通りのところでハムレットは改めてもう一度舞台に登場してくる（Q_2は'*Enter Hamlet.*' F_1は'*Enter Hamlet reading on a Booke.*'）。

（14）**Honest**という語を、シェイクスピア時代の観客が耳にしたとき、真っ先に思い浮べる意味は何だったのだろうか。OEDはこの形容詞に四つの大枠を設けてその意味の変遷を適切に記録しているが、よく見るとこの語の意味の変遷が時代ごとのモラルの変遷と深い相関関係にあるのが分る。この語の意味の変遷に興味深いメスを入れたウィリアム・エンプソン（William Empson, *The Structure of Complex Words*; 1952, London 特に第九章（Honest Man）と第一〇章（Honest Numbers）、一八五―二一七頁参照）の研究によれば、一六世紀半ばに「オネスト」の語義の順位に一大変革が起きて、中世からルネサンスにかけて筆頭の位置を占めていた語義「社会的名誉をうける（にふさわしい）」が、一六世紀半ばでは、うしろに後退して、第一義には「嘘をつかない、盗みをしない、約束を守る（not lying, not stealing, keeping promises）」がおどりでたという。

（15）ティリーの『諺辞典』B 163。三省堂『英語諺辞典』B 94。一六世紀後期。「顔と心は裏表」という。ティリーの引用例は、『ハムレット』以前では一五七六年から一五九一年まで六つを数え、そのなかにはジョン・リリーのベストセラー本『ユーフュイーズと彼の英国』（一五八〇年）からの引用もみえる。

（16）オフィーリアに対するハムレットの狂暴な振舞いは、一八世紀を代表する役者ディヴィッド・ギャリック（David Garrick, 1717–1779）に始まったと考えられている。一八世紀末から一九世紀初頭にかけて一時代を築いたシェイクスピア役者のジョン・フィリップ・ケンブル（John Philip Kemble, 1757–1823）は、強迫するようにこぶしを振りかざし声を荒らげたことが分っている。ドアをバタンと音たてて閉めるやり方や、粗暴で下品なハムレットの振舞いをことごとく斥けたのが、ロマン派を代表する役者エドモンド・キーン（Edmund Kean, 1787–1833）であった。詳しくはアーサー・コルビー・スプレイグの次の研究書を参照のこと（Arthur Colby Sprague, *Shakespeare and the Actors : The Stage Business in His Plays 1660–1905*, 1944）、特に第三章「ハムレット」、一五五頁。なお、この「尼寺の場」が今日どれほどショッキングでありうるかを目のあたりに見せてくれたのが、イングマール・ベルイマン演出のスウェーデン王立劇場による「ハムレット」公演であった。一九八八年の東京グローブ座の開場記念に来日公演したその「ハムレット」で、オフィーリアは王妃ガートルードから、まっ赤な口紅を塗られ、赤い靴をはかされて、ハムレットの前に放たれた。その時の所作は、私の著書『シェイクスピア――この豊かな影法師――』（一九九九年、早稲田大学出版部）のなかの、「甦る舞台、『ハムレット』の場合――花のこと、ハムレットのこと――」（一四九―一五六頁）ですでに触れた。

（17）Steven Berkoff (1937–), *I AM HAMLET*, 1989, London. バーコフは一九九二年、銀座セゾン劇場（オスカー・ワイルドの「サロメ」ほか）に姿をみせてくれたが、一九九七＝平成九年の東京グローブ座でのシェイクスピア劇「コリオレーナス」上演が印象に残る。

（18）「尼寺」（nunnery）とは俗語の意味で「売春宿」（'brothel'）をさすのではないかという説をうちだしたのはJ・Q・アダムズ（Adams, 1929）とドーヴァー・ウィルソン（Dover Wilson, 1934）で、ウィルソンの版を採用した日本語訳ではその線が強く暗示される場合が多い。ニュー・アーデン版「ハムレット」の編者ハロルド・ジェンキンズ（Harold Jenkins, 1982）が「より長い注」（四九三―四九六頁）でその説に反論を加え、「尼寺」は「尼寺」の線を強くうちだした。ニュー・ケンブリッジ版のフィリップ・エドワーズ（Philip Edwards, 1985）は、「尼寺＝売春宿」という（ドーヴァー・ウィルソン）説を受け入れたとすると、この「尼寺の場」が持ちあわせている力の大半と意味の大半が失われてしまうと言っている。私は私なりに読み解いてみた。なお注（3）で挙げた私の本『シェイクスピア――この豊かな影法師――』（早稲田大学出版部、一九九八年）の、特に二二一―二二四頁を参照していただけるとありがたい。

（19）その場合の可能性とは、（嘘をついて美しさを売る「売春宿」ではないまでも）、もっと後で、母（ガートルード）との一対一での対面の場で、「お目がおありか」（Have you eyes? 三幕四場六五、六七行）と問いただすときにハムレットの口をついてでる「この沼地」（this moor 三幕四場六七行）、「こぎたない豚小屋」（the nasty sty 三幕四場九四行）への道のことである。文字通りの「尼寺」への道を指しながら、もう一つの「尼寺」への道が、誓った一人の男（夫）から別の男への鞍替えと愛欲へののめりこみの道が、（一つの可能性として）暗示される瞬間、と言いたくなる。

4　楽しみのシェイクスピア・『ハムレット』篇　補講

——五幕二場「フェンシング試合の場」

——さあ来たまえ　Come on sir.

——では参ります　Come my lord.

はじめに　ひとこと

早稲田大学エクステンション（一般公開）講座でシェイクスピアを、初めて本格的に原文で読み始めるクラスが開設されたのは、一九八九年、元号が昭和から平成に変わった年のことである。「楽しみのシェイクスピア」と名づけて、私がまっ先にとりあげたのは、シェイクスピアが踊りだすような傑作喜劇『夏の夜の夢』であった。

このクラスの開設のきっかけは、過去十年にわたるシェイクスピア講義の過程で、一生に一度でいいからシェイクスピアの原文にふれてみたい、論より証拠を、批評よりも作品を、それも生き生きと楽しく、という声が自然にわきあがってきたからであった。それだけに私が心したことは、ごく普通の高校卒業程度の英語の読解力があれば、私の授業の工夫次第でシェイクスピアを存分に楽しんでいただけるようにするということであった。海外からの来日公演を積極的に紹介したのもそのためであった。テキストには最新刊のケンブリッジ大学版を用い、英語の難易度からみても入門にうってつけの『夏の夜の夢』を選び、これを四年かけて読み終えた。続いて、シェイクスピア喜劇の熟成した極上酒を味わうつもりで『十二夜』をとりあげ、これまた四年かけて読み終えた。定員（三十名）厳守で出発したクラスだったが、抜ける方がほとんどなくて新規の受講希望者は二、三年待たされるようになったため、いつの間にか募集定員は三十から四十五に改められ、さらに『ハムレット』を読み始めた一九九七（平成九）年からは、定員が六十のクラスになっていった。

週一回、九十分授業で年に二十回、それが六年続いて私が定年を翌年に控えた最後の年（二〇〇二年）には、受講希望者は全員受け入れてもらうことにして、七十名ちょうどのクラスとなった。そして私の「楽しみのシェイクスピア・『ハムレット』篇」は、三幕一場の、世に言う「尼寺の場」の終わったところで打ち止めとなった。

私は、長年住みなれた東京を完全に引き払って郷里の新潟県長岡市へ戻った。ところが、思いがけないところから事態は急転した。平均年齢六十歳をこえる熱心な受講生の方々からの講座継続願いが一つまた一つとセンターに寄せられたことと、センターの特別の計らいと、私自身の読み残したうしろめたさとが相俟って、『ハムレット』を読み終わるまで、という約束で、夏、軽井沢での特修講座が始まった。早稲田大学の軽井沢セミナーハウスに泊まりこんでの、二泊三日、十五時間の集中特別講座で、更に六年も続くことになった。受講生は毎年三十名に達し、文字通り「継続は力なり」を目のあたりにした。『ハムレット』を読み始めてから十二年、かくて二〇〇八年夏にようやく所期の目的を達成して「楽しみのシェイクスピア」の幕をおろすことができた。そうは言っても、大詰のフェンシングの場面は隅々までは手が回らず、改めて、秋、九月、大学本部での補講という形でしめくくりをすることになった。『ハムレット』劇の最終場面、あのフェンシング試合のさなかに、いったい何が起きていたのか?——

以下の草稿はその時の模様を、ありていに記したものである。長い間私の授業に通い続けてくださった多くの方々の熱意に敬意と感謝をこめて。

(1) 試合開始

HAMLET　Come on sir.

LAERTES　Come my lord.

ハムレット　さあ、来たまえ。
レアティーズ　では、参ります。
（五幕二場二五二―二五三行）

このことばで、この二人による『ハムレット』劇大詰のフェンシング試合は始まる。映画であろうと上演舞台であろうと、ここへ来ると私たち観客の目は、その手順も手続きも途中経過も、そしてその先の結果までわかっているのに、この二人の一挙一動に、釘づけになる。クラスで使ってきた新修ケンブリッジ版『ハムレット』（The New Cambridge Shakespeare, *Hamlet*, ed. Philip Edwards, 1985）では、二人の試合はわずか四十行（二五二―二九二行）ほどで終わり、二人とも剣先に塗られた猛毒で致命傷を負い、ハムレットの母で王妃のガードルードも毒入りの酒で息絶える。これに続いて、ハムレットの実の叔父で義理の父でもあるデンマーク王クローディアスが絶命（三〇六行）、続いて対戦相手の青年レアティーズも事切れる（三一〇行）。試合開始からほんの六十行の出来事である。この部分は、映画でも舞台でも、その所要時間はせいぜい、長くて八分、普通は四、五分である。あっという間だから、ほとんどの場合、何がどうなったのかきちんとつかみきらないうちに終わってしまう。それでいて私たちは、何もかもしっかり見とどけたという確かな手ごたえを得てこの劇を見終わる。
それだけに後で思い返してみると、いくつものことが気になりだす。試合は十二回戦の予定で始まったのに、ハムレットがその最初の二本を勝ちとったところで、国王はいきなり「間違いなく、わしらの息子の勝ちだな」（Our son shall win. 二六四行）と言いきる、――これって、どういうこと、と思い惑ってしまう。王のこのせりふに続けて王妃が

He's fat and scant of breath.　（二六四行）

と言うとき、ローレンス・オリヴィエ主演の映画「ハムレット」（一九四八年）の上映用映画台本（昭和二四＝一九四九年、英国映画文庫刊、翻訳兼発行者　小島基理）では、

(1)「あの子は脂性ですぐ息をきらすのですわ」となっているが、いま市販されているＤＶＤの日本語字幕では「息が荒い」としかない。上演舞台で使われる邦訳によれば、

(2)小田島雄志訳「あの子は汗かきで／もう息を切らせている」（白水社版、一九七三年）

(3)松岡和子訳「あんなに汗をかいて、息まで切らして」（ちくま文庫版、一九九六年）

(4)河合祥一郎訳「まあ、あの子ったら、太ったのかしら、息なんか切らして」（角川文庫、二〇〇三年）

となっている。これをわが国最初の完訳『ハムレット』（明治三八年＝一九〇五年、大日本図書）と、

わが国最初のシェイクスピア全訳を果した逍遙の訳、ならびに、ごく最近の新しい日本語訳でみてみると、

(5) 戸澤姑射《こや》訳「太《ふと》り肉故、息吐《いきづき》さこそ苦しからむ」（訳者の本名は戸澤正保《まさやす》。のちに東京外語校長、昭和七——一三年）

(6) 坪内逍遙訳「肥《ふと》り肉《じし》ゆゑ息《いき》が切《き》れう」（中央公論社、昭和八年＝一九三三年）

(7) 野島秀勝訳「あれ、あんなに汗をかいて、息が切れて」（岩波文庫、二〇〇二年）

(8) 大場建治訳「あの子は太っているからすぐ息切れして」（研究社、二〇〇四年）

となっている。ガートルードがこの時この場で口にした一語'fat'は、昔から論争のタネになっていて、日本語訳では省かれた例も見かける。「汗かき」か「太っている」か、それと「息を切らして」とは、関係があるのかないのか、——ここでまた立ち止まってしまう。

ほかにもまだ気になる箇所がいくつもある。国王がハムレットのために用意した（毒入り真珠の）酒盃を、王妃が試合の途中で手にして、王の制止をふりきって、

I will my lord, I pray you pardon me.

飲みます、ごめんなさいね。　（二六九行）

と言うとき、盃の毒に気付いていたのだろうか、いなかったのか。フェンシングの試合に先立って剣選びをするとき、毒塗りの真剣をレアティーズは自分で選ぶのか、それとも主審をつとめるオズリックの加担があるのかどうか。試合を見守る宮廷の人々は、いつ、どこで、何に気付き、どこから、全体の雰囲気が変わるのか。試合はまだ最初の三回しか終わっていないのに、レアティーズは、なぜ、突然、不意をついてハムレットに切りつけるのか。試合に先立ってハムレットはレアティーズに父親殺しの件で詫びを入れるが、この謝罪のありようとそれに対するレアティーズの反応に、果てしない論評が行われてきた。これについて私たちはどんな目線が必要なのだろうか。

　さわりの問題点に少し触れただけでも、このフェンシングの場面がどんなに大変かお分かりいただけよう。そればかりではない。『ハムレット』劇には宮廷内の主要人物が鳴りもの入りでこぞって登場する場面が三つあって、その一つは、デンマークの新国王になったばかりのクローディアスが、先王の妃ガートルードと結婚して、そのおひろめを行う場面（一幕二場）で、のこり二つは、宮廷の催しの場面として集まった人々の目が一点に集中する場面、すなわち、旅役者の一行が上演する劇中劇「ゴンザーゴ殺し」の場面（三幕二場）と、この五幕二場でのフェンシング試合の場面である。特に後の二つは、劇の作りの上から言っても屋台骨をなす重要な場面で、ここにクライマックスのはじけるような力がないと劇全体が萎えてしまう。しかもこのフェンシングの場で忘れてならない重要な点は、フェンシングそのものが時代の先端をゆく男たちのファッションであると同時に「嗜《たしなみ》」であったことだ。レアティーズの得意とする剣（weapon）は何かとハムレットが尋ねたとき、オズリックはこう答えていた。

Rapier and dagger.
レイピア（細身の剣）とダガー（短剣）。　　　　（一三二行）

『ロンドン総覧』の著者（John Stow, c. 1525–1605. *A Survey of London* 初版一五九八年、校合版一六〇三年）によれば、レイピア（細身）がイングランドに導入されたのは一五六〇年を過ぎて間もなく（ということはシェイクスピアの生まれた一五六四年あたり）で、スペインの無敵艦隊が攻め上る前の年（一五八七年）あたりまでには、その細身が、――当時のもう一人の名だたる歴史家ホリンシェッド（Raphael Holinshed, c. 1498–1580. *Chronicles* 一五七七年に二巻本で初版）とその後を継いだ人々によれば、――流行の華となっていた。戦いの方式が太身の剣と盾を使う sword and buckler 型からレイピア型（細身一本、細身と短剣の併用、細身とクロークの併用）へと大きく様変りしつつあって、特に流行の先端をゆく若者の間でのレイピア人気は絶大で、sword and buckler は下男のしるしにまでなり下っていった。時代の風潮に敏感なシェイクスピアは、『ロミオとジュリエット』（一五九五年頃）の幕開きでのモンタギューとキャピュレット両家の郎党のけんかの場面では（ト書きで明示してあるように）swords and bucklers を使ったが、それから五年、今では巷の下男の間でさえレイピアがはやりだしていた。レイピアの教則本やフェンシング学校がつぎつぎとロンドンにお目見えする時代だった（cf. Stow, *A Survey of London*, ed. C. L. Kingsford, 1908, I. 98）。それだけに『ハムレット』終幕のフェンシングの場は、役者にとっては、これぞ腕の見せどころというとっておきの「見せ場」であり、心得のある観客にとっては、息をつめて食いいるように「見入る」待望の一瞬ではなかったか。

このたび補講という形で『ハムレット』篇をしめくくる機会を得たことで、この剣試合の場面をとりあげることにした。それには二つの大きな理由がある。一つは、この剣試合の場面で、すべてが明るみに出るということ。深く静かに潜行していた謀略《はかりごと》が、地中の巣をあばかれるように何もかもがさらけだされるということである。もう一つは、そのはかりごとは、この剣試合に至るもっとずっと前から周到に仕組まれていたもので、その組立てのすごさにシェイクスピアの職人気質がひしひしと感じとられることである。シェイクスピアの人間観察のすごさと言っても、その職人気質の緻密な組立てなしには、奥行きも広がりも半減してしまう。回り道ながら、その大きく張られた網の目を辿ったあとで、もう一度この剣試合の場面に立ち帰るとき、わずか六十行にすぎないこの場面が、シェイクスピアのあの魔力、有無を言わせず引き立ててゆくあの力を持っていることに、気付かれるのではないだろうか。

(2) 四幕七場で起こること

端的に言うなら、フェンシング試合の場面は、ハムレットを殺すために仕組まれた場面である。それは「試合」に名を借りた「弔い合戦」の場面であり、「賭け」に名を借りた「完全犯罪」の現場である。そしてこの剣試合の下工作は、すでに、国王とレアティーズの密談（四幕七場）の中で着々と練りあげられてゆく。ハムレットは、これ以前に、国王のスパイ役（である小学校時代の旧友二人）ローゼンクランツとギルデンスターンにつき添われてイングランドへ船出したはずである。王がこの密偵二人に持たせたイギリス国王宛の委任状が実行されれば、ハムレットはイギリスに着き次第、処刑されるはずである、――だとしたら、あとはイングランド王からの報せを待つだけでいい。クローディアス王は指一本動かさなくても、ハムレットを片付けられる。

しかしレアティーズにはそのことは一切知らされていないから、クローディアスがイングランドからの報せを今か今かと待ちうけていることなど、思いも及ばない。だからこそレアティーズは、誤ってとはいえハムレットに父（ポローニアス）を殺されたレアティーズは、国王が人殺しのハムレットを正面きって断罪することなくイングランドへ王の名代として派遣したことに憤懣《ふんまん》やるかたない。いま現在のレアティーズの心境は、挫折感にうちのめされていた時分のハムレットの立場のひき写しである。

And so have I a noble father lost,
A sister driven into desperate terms,
...... But my revenge will come.
それだから私は立派な父を失い、
妹は浅ましい姿にされて、
……いつかきっと復讐を。

（四幕七場二五—二六、二九行）

この瞬間に使者がやってきて仰天のニュースを伝える。イギリスへ行ったはずのハムレットがデンマークへ舞い戻ったという、それも「着たきり雀の一人きりで」（naked, ... alone. 四三、五一行）。私たち観客はすでに前の場（四幕六場）で、船乗りが持参したホレーシオ宛のハムレットからの手紙で、ことの次第を知っているから驚かないが、国王クローディアスにとっては青天の霹靂である。その驚きをあらわすのにシェイクスピアは、国王の口から要領をえない質問を矢継ぎ早にくりだすという手を使っている。喜んだのはレアティーズである。これでやっとハムレットと正面対決できると。しかしレアティーズのこの一本気の熱心さは、国王クローディアスのお気に召さない。この瞬間から国王の頭と心は、この新しい事態に備えて急回転を始める。正面きってではなくて、偶然の事故でまかりとおるようなハムレット殺しの「策略」（practice 六六行）はないものか、と。この二人に共通の願望は、ハムレットを殺すこと。こうして編みだされたのがフェンシング試合の設定である。ここでもまた国王は実に巧妙な道筋をつけている。いきなりフェンシングの試合を持ちかけるのではなくて、レアティーズの剣の腕前を、そのすごさを褒めそやすことから始める。その褒め方たるや、正面きってのくすぐりのお世辞なんかではなくて、もっと間接的ながら、しかし、かゆいところに手がとどくような王者の決め手としての褒め方である。その一手とは、レアティーズの剣士としての腕前をハムレットみずからが「ねたみあらわに羨んでいた」（Hamlet so envenom with his envy. 一〇二行）という話である。人馬一体の特技を持つと評判のノルマンディー男（ラモン）までがレアティーズの剣は天下無双と褒めたたえていたというのを耳にしたハムレットが、レアティーズとの手合わせを切望していた、という話である。大事なことは、国王クローディアスがけしかけての試合ではなくて、レアティーズ自身が自分から望んでの手合わせへと持ってゆくことである。ここから先は簡潔に二人の計画を箇条書きにしてみよう。二人の思惑はその根底において一致している。王は一刻も早くハムレットを片づけたいのであり、レアティーズは一刻も早くハムレットに面と向って言ってやりたいのだ、「思い知ったか、死ね」(**'Thus didest thou!'** 五六行)と。〔Q_2、およびF_1の読みをそのまま訳せば「貴様はこうやりやがった」と剣を突きさすしぐさをするところであろうが、Q_1では **thus he dies**(このように彼は死ぬ)となっている。〕この二人が交互に提案する手続きを、その順番どおりに示してゆくとこうなる。

(1) 国王クローディアス「母親さえも気付かぬ殺し方を」(**even his mother shall uncharge the practice / And call it accident.** 六六―六七行)〔レアティーズはこれに同意する〕

(2) レアティーズ「策を授けてもらえたらその実行者になりたい」(**The rather if you could devise it so / That I might be the organ.** 六八―六九行)〔王の手先であっても実行の主体は自分でありたいと積極的加担を自分から買ってでる〕

(3) 国王「レアティーズよ、先止めのない剣を自分で選び、グサリと一突きで父の仇をうつがいい」(**you may choose / A sword unbated, and in a pass of practice / Requite him for your father.** 一三六―

一三八行）〔先止めのない真剣の使用を王は提案、レアティーズはこれに賛成する〕

(4)　レアティーズ「加えてその剣先には前もって毒を塗っておきましょう」（And for that purpose I'll anoint my sword.　一三九行）〔真剣の使用に加えて、その剣先に毒を塗ることを自分から言いだす〕

(5)　国王「万が一、失敗したら？ → 二の矢を用意しよう → そうだ、ノドがかわく → 飲み物を欲しがる、その中に毒を」（And that he calls for drink, I'll have preferred him / A chalice for the nonce.　一五八―一五九行）

お互いに悪だくみを競い合いながら盛りあげてゆく。まさしくメロドラマと紙一重の盛りあがりである。それでいてこの場面は、国王クローディアスの言いまわしが起伏に富みリズミカルで、何がとびだすか分らない緊迫感にあふれているために、急テンポで進んでゆく。「そうだ！」（I ha't!　一五五行）とクローディアスが最後に奥の手の秘策を思いつくところは、わずかにこの二語だけで独立した一行となっている。あの大詰めでの試合の場面をクローディアスがどのように想定しているかを彷彿させる。試合をすれば動く、激しく動くほどほてって、汗がしたたり落ち、喉がかわく――それは、レアティーズ、お前だけじゃなくてハムレットも同じこと、汗をかいて喉はからから、そうなるようにできるだけ激しい動きの試合をせよ（make your bouts more violent. 一五七行）――こうまでクローディアスは言っている。この二人の密談は、次のオフィーリア埋葬の場のあとでの国王のせりふ〔「ゆうべ二人で話したように」（in our last night's speech 五幕一場二六一行）〕にあるように、夜の夜中の密談であった。このことを忘れないで、あの五幕二場のフェンシング試合を見定めるならば、試合のさなかにハムレットの額からしたたり落ちる汗とその息切れは、レアティーズにも起こっていることであって、それはほとんど二人の体格や体型とかかわりのないことなのではなかろうかと、そんな気がしてくる。

（3）オズリック登場で起こること

五幕二場は、国王の命でイングランド送りとなったハムレットが、その船上で知った王の委任状の恐るべき内容を親友ホレーシオに物語るところから始まる。イングランドに着き次第、一刻の猶予も与えずにハムレットの首を刎ねるべしとの書状を、この密書の持参者である王の密偵の二人組ローゼンクランツとギルデンスターンの名前にすりかえて書き直したいきさつ、出航した翌日に海賊船と遭遇、斬りむすんだ折にたまたま敵船に乗り移ったハムレットのみがデンマークに舞い戻った事情、いくつかの不幸がなぜか幸いに転じて、いまホレーシオと語りあえる不思議、——しかしこの自由な時間も、イングランドからの報告の使節が来れば、そこですべてが終わってしまう。それが分っているからこそハムレットは言う、「それまでの間が自分の持ち時間、とすれば一人の人間の命は『一つ』と数えるひまもない」（The interim's mine, / And a man's life's no more than to say 'one'. 七三—七四行）。後の世に諺のような風格をもつに至ったひとつの表現〔Man（Life）is but a figure of ONE. 人間（人生）は、ほんの一という数字にすぎない（一つ目しかないもの）〕はここから生れてゆく。

帰国したハムレットを待ちうけているのは、国王とレアティーズが競って練りあげたハムレット殺しの筋書きである。問題は、どうやってハムレットをそのフェンシング試合にさそい出すかである。この重大な任務を託されて登場するのが、一般に「オズリック」の名で通っている人物である。ところでこの人物の表記法は、現存する『ハムレット』の三種類の古版（一六〇三年のQ1、一六〇四／〇五年のQ2、一六二三年のF1）では微妙に違っている。この三つのテキストを並行して収録したAMS出版の『ハムレット』（*The Three–Text HAMLET*：Parallel Texts of the First and Second Quartos and First Folio, 1991）で検証すると、この人物は、

Q1では「大口たたきの紳士」（a Braggart Gentleman）

Q2では「廷臣」（a Courtier）

F_1では「若いオズリック」(young Osricke)とそのト書きにある。この人物が登場してから退場するまでの間に、舞台の上の三人(彼とハムレットとホレーシオ)が話すせりふは、Q_1では三十行、Q_2では八十三行、F_1では六十行とまちまちである。私がここでこのことにこだわるのは、あの慎重に画策する国王クローディアスが、なぜ選りに選ってこの人物をハムレット勧誘の大役に抜擢したのかという疑問に、いくらかでも応えるためである。

話を進める上での混乱を避けるために、いま使っているケンブリッジ版に沿ってゆくと、「若オズリック」と表記されるこの人物(もっと後で登場する一人の貴族の口から'young Osric'(一七一行)と明言されている)は、開口一番、ハムレットのデンマークへの帰国に祝意を表したのち、こんな言い方をする、——

Sweet lord, if your lordship were at leisure, I should impart a thing to you from his majesty.
殿下、もしお手すきならば、国王陛下からのひとことをつつしんであなたさまにお伝えしたいのですが。
(八八—八九行)

ハムレットの目から見ると、まったくの見ず知らずのこの若者は、その外見と挙動と言葉遣いから、水辺のあたりをあてもなくブンブンと飛びまわる昆虫の「水蠅」（water-fly. 八二行）としか思えない。上演舞台や映画でみる限りこの男は、たいてい、きざで、気取り屋で、宮廷用語をやたらふりまいて、お辞儀をするために一度とった帽子は、ハムレットがいくらかぶれとすすめても絶対にかぶらず、役目が終わるとさっと帽子をかぶり脱兎のごとく駆け去る。ホレーシオの目にこの若僧は、頭に卵の殻（つまり帽子）をつけたままのタゲリ（lapwing ... with the shell on his head. 一六四行）と映り、ハムレットによればこの若者は、米つきバッタよろしく何度もお辞儀をするところをみると、その昔、「母のお乳を吸うのに乳首にとことんお辞儀をした」（A did comply with his dug before a sucked it. 一六五行）、その習性を今にとどめていることになる。このような人物に、なぜ国王は、ハムレット説得のための白羽の矢を立てたのだろうか。

この問いに探りを入れる前に、この若者が国王からの伝言として伝えた四つの要点と、それに対してハムレットが申し出た三つの条件をまず確認しておこう。

(1)　王はあなた（＝ハムレット）に賭けられた（a has laid a great wager on your head. 九七―九八行）。

(2)　パリから帰国したレアティーズさまは、人格は別格、剣は更に別格（he is the card or calendar of gentry ... of what excellence Laertes is ... for his weapon. 一〇三―一〇四、一一六、一一九行）。

(3) 王はレアティーズと賭をされた。賭けたものは、王がバーバリー産の名馬六頭、対するレアティーズは、フランス製の名剣六本とその付属品一式（一三四―一三六行）。

(4) 賭の対象は、ハムレット対レアティーズのフェンシング試合。賭の内容は、十二回戦で、レアティーズはハムレットより三本多くはとれない、ということ（一四七―一四九行）。

この提案を受け入れるための条件としてハムレットが挙げた三つの条項は、①剣先に先止めがついた剣を使うこと。②レアティーズ自身にその気があること。③賭の内容などについて王の気持の変わらないこと（一五四―一五五行）。

こうして劇の大詰めでの剣試合へのレールが敷かれたことになるのだが、ハムレット並びにホレーシオの軽蔑の標的となるあの「若オズリック」を国王クローディアスが敢て使者に抜擢した理由とは？

この件についてまとまった論考を目にした記憶は私にない。それだけにずっと気にかかってきた。一つの手がかりとして私が注目したのは五幕一場のあの墓掘りの場でハムレットが見せたことばへの、電流が走るほどの素早い反応である。それは、ハムレットが掘り出された頭蓋骨の一つを目にして、この頭蓋のもとの持主は法律家ではなかったかと想像するときに、ハムレットのせりふそのものに端的に表れている。敢て訳をつけずに原文のまま引用したら、彼のくりだす法律用語（下線をつけた部分）を瞬時に的確に理解できる人はいったい、何人いるだろうか？　私にはとても無理だ。

where be his quiddities now, his quillets, his cases, his tenures, and
his tricks? Why does he suffer this rude knave now to knock him
about the sconce with a dirty shovel, and will not tell him of his
action of battery? Hum, this fellow might be in's time a great buyer
of land, with his statutes, his recognizances, his fines, his double
vouchers, his recoveries. Is this the fine of his fines and the recovery
of his recoveries, to have his fine pate full of fine dirt? Will his
vouchers vouch him no more of his purchases, and double ones too,
than the length and breadth of a pair of indentures? The very
conveyances of his lands will scarcely lie in this box, and must
th'inheritor himself have no more, ha?

（五幕一場八四―九四行）

土地の所有権・相続権が流動化して八百長的取引が活発化しだした近代の初頭にあっては、土地の売買をめぐる訴訟沙汰は、まさに、時局的な時事問題であった。ハムレットは、いつ、どこで、誰と向きあっても、こと言葉に関する限り、際限もなく鋭敏に反応する。そこで、例えば『ハムレット』劇中の誰一人として口にしなかった次のような言葉を矢つぎ早にしゃべる人物がいたとしたら、その人物の地位・身分に関係なく、ハムレットなら、鋭敏に反応するのではないだろうか。レアティーズを、

Indeed, to speak feelingly of him, he is the card or calendar of gentry,
for you shall find in him the continent of what part a gentleman would see.

と褒めちぎるこのオズリックのせりふ（一〇三―一〇五行）には、今では廃義になって、ＯＥＤ（オックスフォード大英語辞典）で確かめないことには手に負えない単語が三つもある。

feelingly : (OED, *adv.* †1)「適確な正しい認識をもって」「的を射て」（この語義の最後の用例は一六四六年。）

card : (OED, *sb.*[1] †II. 3. A map or plan)「地図」（この語義の最後の用例は一六五〇年。ここは六つ目の例。）

calendar : (OED, *sb.* †3. *fig.* A guide, directory : an example, model.)「案内役」「手本」（この語義はチョーサーに始まり『ハムレット』のここが最後。）

オズリックのこのような言い回しがハムレットに火をつける。輪をかけて反応するのがハムレット（の常）である、――

Sir, his definement suffers no perdition in you, though I know
to divide him inventorially would dozy th'arithmetic of memory,
and yet but yaw neither in respect of his quick sail.

（一〇六―一〇八行）

仮にこれを私なりの訳で、いくらかでも分り易い形で示すと、こんな風になろうか、――

「ねえ君、君（の手と口）にかかって（君にいくら褒められようと）も、レアティーズ（の特質）についての（君の）描写で〔彼の株は〕何の損も蒙らない。もっとも（私は承知しているよ）、レアティーズ（の長所）を財産目録風に分類〔分解〕するとしたら、記憶による計算をこんぐらがらせることだろう。しかしながら、レアティーズの素早い帆走と比べると、〔彼の美点をこまごまとリストアップする作業は〕結局は、よたよたとコースから外れるほかはない。」

早い話が、レアティーズの美点を君がいくら褒めあげても追いつかない、ということだが、これをハムレットならこう表現するというところが重要なのである。

実はこの箇所はQ^1（一六〇三年版）にはなくて、Q^2（一六〇四／五年版）で見かけるのだが、ここは劇の進行とは何の関係もない部分であるからF^1（一六二三年版の最初の全集）ではすべてカットされて、テキストとしてはすっきりした形になっている。これを敢て引用したのは、あの吹けば飛ぶような若者オズリックがなぜハムレットの興味をひいたのかを、その秘密の一端を示すことができたらと思ったからにほかならない。先に引用した墓掘りの場でのハムレットのせりふ同様、今しがた引用したこの箇所も、教室では、まず、とりあげてはもらえない。事実、私もまた、先を急ぐあまり読みとばしたのだから。しかし、ハムレットをフェンシング試合に誘いだすための尖兵《せんぺい》として国王が「若オズリック」を選んだ読みは当った。たとえこの若者がハムレットの目には、最終的に「時代の調べを覚え、人との出会いでは丁重な物腰と立派な服装を心がけ、泡だらけの文言《もんごん》をかき集めて、すいすいとのしあがってゆく連中」（the same bevy that ..... only got the tune of the time and outward habit of encounter, a kind of yesty collection, which carries them through and through the most fanned and winnowed opinions. 一六六―一六九行）の一人であるとしても、である。

(4) odds をめぐる鍔ぜりあい——クローディアス、ハムレット、レアティーズ

オズリックの立ち去った後で、ハムレットの近況を誰よりもよく知っている親友ホレーシオがぽつりと言う、——

You will lose, my lord.
殿下の負けでしょう。　(一八三行)

これに対してハムレットは、レアティーズがフランスへ旅立ったあとも私はずっと練習を続けてきた、それに「例の(三本の)ハンディキャップがついているから、きっと勝つ」(**I shall win at the odds.** 一八五行)と言う。それに続けて、なにやら胸さわぎがすると言うものの、こと試合に関しては負けるとは思っていないことが示される。ここに出てくる'**the odds**'とは、国王クローディアスがハムレットに認めた試合の際の具体的な「三ポイントのハンディキャップ」のことである(一四八行)。そしていよいよ試合が始まるというときに、改めてこのハンディキャップのことが国王とハムレットの間の話題となる。

CLAUDIUS Cousin Hamlet,
You know the wager?
HAMLET Very well my lord.
Your grace has laid the odds a'th'weaker side.
CLAUDIUS I do not fear it, I have seen you both.
But since he is bettered, we have therefore odds.

クローディアス　ハムレットよ、
賭のことは知っているな？
ハムレット　はい、とくと。
陛下は弱い方に賭けました。
クローディアス　弱いとは思わん、この目で二人を見てきた私だ。
しかし彼の腕は上がった。だからわしは差を詰めたのだ。

（二三一―二三五行）

一見、何の変哲もない会話だが、これが聞く人の立場によって意味がまるで違ってくる。普通「賭」は、自分が勝つと思う方の側にかけるものである。ところが陛下は、とハムレットは言う、「弱い方〔の私＝ハムレット〕に賭けてくださった」と。これをレアティーズが聞いたなら、「陛下、あなたの負けですよ、大損しますよ」と聞こえよう。ところがこの同じせりふが、国王クローディアスの耳には、「ほんとうは弱い方〔の私＝ハムレット〕が勝つと思っておられるのでしょう。（だから「賭」の常道に従って、自分で勝つと思った方に賭けたまでなんでしょ）」と聞こえよう。

ここに二度'odds'（二二三行と二二五行）がでてくるが、その意味は、先にハムレットが口にした'odds'（一八五行、「三ポイントのハンディキャップ」）とは異なる。ハムレットがここで言う「陛下は弱い方に賭けました」（laid the odds a'th' weaker side. 二二三行）の'odds'は、「可能性、見込み」（probability, likelihood : cf. Schmidt, sb. 4 ; Crystal n. 5）の意であって、普通は成句の形〔to lay (give, etc.) odds〕で用いて、その意味はＯＥＤによれば、'to offer a wager on terms favourable to the other party'（もう一方の側が有利になるような条件で賭ける。もう一方の側を支持する）〔OED, Odds sb. 5〕であり、『ハムレット』のこの箇所が二つ目の用例として挙げてある。

そしてもう一つ、クローディアスが使った'we have therefore odds'（二二五行）の'odds'は、「有利（な立場）。優位」（superiority, advantage : cf. Schmidt, sb. 3 ; Crystal, n. 1）の意となる。

もう一度まとめて言うと、ハムレットが、「陛下は弱い方〔の私＝ハムレットに、上げ底をして、弱い方が勝つであろうと〕の見込みに賭けてくださった」と言ったのに対して、クローディアスは、「ハムレットよ、私はお前が弱い方の側にあるとは思っていない、私はこの目でお前たち二人をずっと見てきたのだから」と答える（二三四行目の二つの「私」'I'に注目）。これを文字通りに解せば、二人の実力に差はない（むしろハムレットの方が腕が上だ、だから、身贔屓かもしれぬが、ハムレット、お前に賭けたのだ）、ととれなくもない。しかしこれでは、ハムレットに三ポイントのハンディキャップを与えた理由が判然としない。判然としないばかりか、これでは、王は何を企んでいるのだという疑念さえ招きかねない。そこでクローディアスは、すぐにこうつけ加える、「しかしだ、レアティーズは腕があがった（'bettered'）から、だからこそわしは、（その差を詰めるために、お前に）有利な条件を与えた」まで、と。もっともらしい説明である。だがここで特に注目すべき点は、前の行では主語が個人的な色彩の強い「私（'I'）」であったものが、この行では「わし（'we'）」に変わっている点である。個人的色彩の強い「私」が、王であることを意識した、いわゆる「ロイヤル・ウィー（royal we）」（国王にだけ許される「私、朕、余」の意味での we《ウィー》 の用法）に変わっている。ハムレットに三ポイントのハンディキャップが与えられたのは、いうなれば、国王であるこの「わし」が、国王の名において、王の権限において決めたこと、と言わんばかりの語調である。この we が、仮に「ロイヤルwe《ウィー》」でないとしたら、そのときは王がハムレットを抱きこんで、「差がある以上、われわれに有利をはかって、何が悪い」と開き直ったともとれる。新ケンブリッジ版の編者（Philip Edwards）が言うように、クローディアスのこの二行（二三四―二三五行）は、煮ても焼いても食えない「実に巧妙極まりない策士的な返答」なのである。クローディアスはハンディキャップをつけた理由として、レアティーズは腕があがった（'bettered'）ことを挙げているが、実はここにまた、'odds'との関連で思いがけない伏兵が待っていた。

　新ケンブリッジ版では'bettered'となっているこの箇所は、たいていの版がそうであるように、シェイクスピアの最初の作品集（一六二三年のF^1）の読み（better'd）を採ったものである。これは動詞better（向上する・させる）の過去分詞形で、この読みだと必然的に、二人の剣士のうちでレアティーズの方が腕まさりではないが腕がたつようになってきた、という含みがでてくる。この読みでのこれまでの解釈には、「より高い評価をうけている」（Thomas Caldecott, *Hamlet And As You Like It*：A Specimen of an Edition of Shakespeare, London. 一八三二年）や、「（レアティーズはもともとハムレットより腕は勝っていなかったのが、パリで剣士たちに鍛えられて）上達した」（第一次アーデン版のDowden 一八九九年）というのがあり、一般にはこのダウデンの解釈に従って、レアティーズはパリへ行ってからめきめきと剣の腕をあげてきたと解されてきたが、これに異を唱えたのが第二次アーデン版の編者（Harold Jenkins 一九八二年）で、それによれば、ここで比較されているのは、昔のレアティーズの腕前と今のレアティーズの腕前ではなくて、レアティーズの腕前とハムレットの腕前の比較であることは火を見るよりも明らかなことである、従ってここの意味は、「レアティーズの剣の腕前が昔より向上した（improved, perfected, more skillful）」ではなくて、これまでのシェイクスピア用語辞典では記載洩れになっているけれども、「世間の評判ではレアティーズの剣の腕の方が一枚上であるとされている」〔pronounced（by public opinion）to be the better〕と解釈さるべきであるとの立場をとる。この立場は、一八三二年のコールダカトの解釈（*Hamlet*, p. 164 : stands in higher estimation）を思い出させる。いま使っている新ケンブリッジ版は、クローディアスのこの部分の発言を、「私はハムレットの方が弱いとは思っていない、レアティーズの方が腕をあげてきているからハンディキャップをつけたまで」の意に解して、腕前上達説（improved）をとっている。ただし従来の上達説と微妙に違うのは、昔のレアティーズと今のレアティーズの腕の比較ではなくて、今のレアティーズと今のハムレットの腕の比較になっている（らしい）点である。しかしその後出たオックスフォード版の編者（G. R. Hibbard 一九八七年）は、第二次アーデン版の世間評判説の解釈をそっくり踏襲している。

ところでF１（一六二三年）より二十年も前に出たQ２（一六〇四／五年）の読みは'better'となっていて、第三次アーデン版の編者（Ann Thompson and Neil Taylor 二〇〇六年）はこのQ２の読みを採用していて、その注に'better i. e. at this sport'（すなわち、ことフェンシングに関しては）と記している。そして、F^1の読みに従った場合の二つの解釈を挙げたあとで、Q^2の読みは、ぶっきら棒であるけれども受入れ可能、と記している。私の目から見ると、この読みをとった場合、レアティーズには、ことフェンシングに関する限り、鍛錬や稽古もさることながら天性の才能といったものがある、ととれて、従ってそれは、うまいへたの技の比較問題ではないとクローディアスは断言しているようにも思える。これに対して先の、剣の腕前はレアティーズの方が上と噂されているという世間評判説をとると、国王クローディアスが世論操作の裏工作をしてレアティーズの腕前を実力以上に宣伝している構図が思い浮かんでしまう。これだとクローディアスの狡猾さが一層強調されることになる。果してそうなのかどうかは別として、ハムレットに三ポイントのハンディキャップを与えるための口実としては、どれも成り立つところが「味噌」である。これがシェイクスピアのことばの「したたかさ」であろう。私の言いたかったことは、この「ハンディキャップ」（odds）をめぐって、剣の試合開始前からすでに、ハムレット、レアティーズ、国王の鍔ぜりあいが始まっていることである。

'odds'にこだわるあまり、ひとつ肝心なことを言い忘れていた。それは、国王とハムレットのこの短い四行半のやりとりの間に、何が起こっていたかの検証である。国王クローディアスとハムレットが交わすこの四行半のせりふの直前直後はこうなっている。

CLAUDIUS　Give them the foils, young Osric.

〔ここに四行半の先のせりふが入る〕

LAERTES　This is too heavy, let me see another.

HAMLET　This likes me well. These foils have all a length?

OSRIC　Ay my good lord.

クローディアス　オズリック、あの二人に先止めのある剣を。

……………

レアティーズ　これは重すぎる。別のを見よう。

ハムレット　これがいい。これらの剣、先止めつきで同じ長さか？

オズリック　はい殿下。

（二三三一、二三三六―二三三八行）

二人の剣士は、試合に先立って、剣選びをする。何本かの剣のなかから自分にあった剣を選ぶ。それが丁度始まったところである。ここで問題になるのが、どうやってあの毒塗りの真剣をレアティーズがまちがいなく手にしたかである。二三三一行目に出てくる‘foils’とは試合用の剣のことだが、切っ先に刃止めがついているか刃先が鈍く加工してある練習用の剣のことである（OED, Foil, *sb.*[5] 1. A light weapon used in fencing；a kind of small–sword with a blunt edge and a button at the point）。ローレンス・オリヴィエ主演のイギリス映画「ハムレット」（一九四八年）では、二〇世紀半ばのシェイクスピア学界をリードした学者ドーヴァー・ウィルソンの説を忠実に再現して、試合の主審をつとめるオズリックが万事を心得ていてレアティーズを件《くだん》の剣へと誘導するようになっていた。オズリック加担説を容認する新訳・岩波文庫『ハムレット』の訳者（野島秀勝、二〇〇二年）はウィルソンの推理（一九三四年初刊のケンブリッジ大学版、二五三頁）を翻訳してその補注（三五三頁）に収めているので、参考までに記しておく。――

「毒を塗った真剣一本が、切っ先と刃を鈍くした試合用の剣数本といっしょに持ち込まれ、脇卓子に置かれた。よほど近くで目を凝らさないかぎり、真剣は他とは区別ができない。王の命令で、オズリックは試合用の剣を何本か差し出す。剣士はそれぞれに選び取る。そこで王がハムレットを話に引き込んでいる隙に、レアティーズは選び取った剣に不平をいって、卓子に近づき、致命的な真剣を取り上げる。万事、手落ちがないように仕切るのが審判の義務であって、審判のうちの誰か一人が内通していなければ、真剣が持ち込まれるはずはない――エリザベス朝の観客が好む見せどころであろうが、企みがすすむあいだ、王とレアティーズとオズリックのあいだで交わされる意味ありげな視線が、すべてを一目瞭然にするだろう」。

数ある「ハムレット」映画のなかでも、オリヴィエと（レアティーズ役の）テレンス・モーガンのフェンシング試合は、月並な言い方だが、鬼気迫るもので、何度見ても見飽きないのだが、私がどうしてもなじめないのがあの《王とレアティーズとオズリックのあいだで交わされる意味ありげな視線》であった。ウィルソンの唱えるオズリック加担説に、いち早く反旗をひるがえしたのはアメリカのシェイクスピア学者で一世を風靡したG・L・キトリッジであった。毒塗りの剣でハムレットの不意をついて切りつけたレアティーズが、ハムレットの逆襲にあって自らが用意したその剣で致命傷を負ったときに、オズリックの「どうしました？」という問に対してのレアティーズの答え、

Why, as a woodcock to mine own springe, Osric.
あほうどりの山鴫だ、オズリック、自分で仕掛けたワナにはまるなんて。　（二八六行）

を根拠にしてウィルソンが推理したオズリック加担説、——これをキトリッジは一笑に付して、これほど根も葉もない思いつきは救いようがない（Kittredge *Hamlet*, 1939. 二九五頁）と斥けた。この点

について、その六十五年後にここ日本で画期的な対訳・注解つきの『ハムレット』（研究社、二〇〇四年）を送りだした大場建治氏はこう明言している、——（行数などはいま使用中のケンブリッジ版テキストにあわせて変更した。人名も片仮名に改めた）——

「4幕7場でクローディアスとレアティーズとの間に計略が話し合われた以上、二三六行でレアティーズの手にする剣はすでに毒剣である。ウィルソンの解説も一つの「演出」であるにせよ、まことにつまらぬ演出というべきだ。このあたりクローディアスとレアティーズ、オズリックの間で目くばせをしたりする演出が特に日本の舞台で行われることが多いが、ウィルソンの悪影響。ハムレットは天真爛漫に剣の長さの同じであることを確かめ、'water-fly'（水蠅、五幕二場八二行）のオズリックもまた嘘をつくことがないからこそ「アイロニー（irony）」が生れる」。

私が見たかぎり、そしてビデオやＤＶＤの録画で確認したところでは、評判をよんだジョン・ギルグッド演出、リチャード・バートン主演のニューヨーク公演の舞台「ハムレット」（一九六四年）でも、同じ頃イギリスでも好評を博したソ連映画「ハムレット」（コジンツェフ監督、スモクトゥノフスキー主演、一九六四年）でも、《意味ありげな視線》を交わす様子は認められなかった。

剣選びの途中で間髪を入れずにクローディアスがハムレットに話しかけてくるこの十秒ほどの二人だけの会話は、「三ポイントのハンディキャップ」（odds）をめぐる両者の駆け引きのように見えながら、そして、ハムレットとの良好な親子関係を印象づける瞬間のように見えながら、国王クローディアスはさりげなく、皆の注意を剣選びから逸らしてレアティーズの（四幕七場で自分から言いだした毒塗り）剣の選択に（どのようなやり方で選ぶにせよ）力を貸しているようにも思えてくる。そしてレアティーズが「これは重すぎる。別のを見よう」（二二三六行）と言った時点で、彼の手にあるのは彼のめざしていた剣であって、この手続きはすべてレアティーズ自身が全責任をもって単独で行うことではないだろうか。そしてもう一つ、私がオズリック加担説になじめない大きな理由は、オズリックが劇中でその名を呼ばれるときわざわざ二度とも'young Osric'（若いオズリック）と呼ばれている、その形容詞「若い」にある（一度は、試合出場を受け入れたハムレットにその意志の確認に訪れた一人の貴族の口から〔一七一行〕、そしてもう一度は、国王その人の口から〔二二三一行〕である）。王の秘密を知った者は、いずれ処刑される、それがシェイクスピア史劇の常であった。クローディアスの口の堅さは、ハムレットの処刑を要請する王の密書を携えてイギリスへ船出したローゼンクランツとギルデンスターンの場合にも顕著で、船出した翌日、海賊船と遭遇した折にハムレットが抜けたにもかかわらず、ロズとギルは引き返すことなくイギリスへの船旅を続けて、最後はかの地で処刑される。

密書の内容を知らされていたら、船旅の真の目的が分っていたら、――ハムレット抜きの船旅など何の益もないことが分っていただろうに。

フェンシング試合の場面を話すために特別に設けられた大学本部での二時間の補講もあっという間に終わってしまった。最後に追加と質問の時間を十五分ほど設けて、次のような話をした。

(5) 結びにかえて、ひとこと

最後に、「三ポイントのハンディキャップ」について私なりの自由なひとことを許していただくとしよう。この三ポイント差はハムレットを試合に誘いだすための口実にほかならないが、それにとどまるものではない。三ポイントの差があれば、十二回戦すべてを戦う必要など毛頭なくて、例えばハムレットが先に四ポイント連取すれば、あとはやらなくていい。というのも、残り八試合をレアティーズがすべて勝ったとしても、レアティーズは八ポイント、ハムレットは四ポイントにハンディキャップの三ポイントを足して七ポイント、確かにレアティーズの方が勝ちこしてはいるが、全体で三ポイントは勝ちこしていないからレアティーズの負けとなる。実際の試合ではハムレットが先に二ポイントをとって、次の三回戦は引き分けに終わったから、残りは九試合となる。これがどういう状況なのかは、賭けが大好きだったエリザベス朝の観客には痛いほどよく分っていたことだろう。「三ポイントの差」があることでレアティーズは心理的に追いつめられ、三回戦が引き分けに終わった段階で頭の中がまっ白になったとしても不思議はない。「窮鼠《きゅうそ》、猫を噛む」の諺通り、こうなったらレアティーズの剣は勝手に動きだして、四幕七場ですでに口にしていたように、「思い知ったか、死ね！」（五六行）とばかりにハムレットに切りつけることになる。それも（毒塗りの切っ先だから）ほんのかすり傷でいい。もしかしたら、「二人の剣をずっと見てきた」（二三四行）と言うクローディアスは、二人の剣の力量は互角、いや、ハムレットの方が一枚も二枚も上と見積もったうえで、王権を発動してハムレットに三ポイントの「優位性」を与えたのかもしれぬ。なぜなら、ハムレットにどうしても勝ってもらわなければ困るのである。ハムレットに勝たせて、レアティーズの毒塗りの切っ先が勝手に動きだす前に、ハムレットの喉の渇きと勝利の喜びを一気に満たすために、毒真珠入りの盃の酒をハムレットが飲み干す、——そうすれば、母親のガートルードにさえもその死因を気付かれずにハムレットをあの世へ旅立たせることができる、——そんな完全犯罪の幕引きを狙っていたのかもしれない。ハムレットが一滴も飲まないうちに、まさか王妃ガートルードが毒杯を口にあてるとは！　まさかレアティーズが、独走して毒の剣を使うとは！　国王クローディアスのやり方はいつも、味方と思わせて裏をかくその高等戦術にあって、狡知を極めたそのやり方は、odds をめぐる駆け引きのなかに、ものの見事に描かれているのではないだろうか。

最後に忘れてならないことは、ハムレットは、国王が送りこんだオズリックの勧誘にのせられて剣試合に臨んだわけではないということである。「三ポイントの差」があろうがなかろうが、そんな些細な条件につられて試合に臨んだわけでは毛頭ないということである。剣に関する限り、ハムレットにはゆるぎない自信と自負があった。ハムレット自身のことばを借りれば、――

I dare not confess that, lest I should compare with him in excellence,
but to know a man well were to know himself.

（五幕二場一二七―一二八行）

となる。あえて直訳は避けてその中味を要約すれば、「レアティーズの剣の優秀さを認めるためには、自分にもそれだけの力量があってその相手と手合せをしてみる必要があるだろう」、ということになろうか。宮廷内の催しとして重要人物の全員が出揃うフェンシングの場は、ハムレットに残された国王と向きあう最後の唯一の場である。そこで何が起ころうともこの場は、イギリスからの報告の使者が来る前に、そこへ出向いて、残り僅かな持ち時間のすべてを賭けて、何もかもと（死とさえも）向きあわなければならない場であったのだ。そしてそこで起こったことは誰一人として思いも及ばぬことであった。

思えば帰国後のハムレットを待っていたのは、思いがけないものとの出会いの連続であった。たまたま通りかかった墓地での墓掘り人夫との出会い、幼い頃のハムレットに「おんぶ」に「だっこ」に「キス」までしてくれた宮廷道化師ヨリックの「されこうべ（曝れ首）」との出会い、そして溺れ死んだオフィーリアとの出会い。この思いがけない何かとの出会いと言えば、イングランド送りとなったハムレットが船出したその夜にすでに、不安にかられて無謀にもローゼンクランツとギルデンスターンの船室に忍びこんで探り当てた王の密書もその一つだった。その翌日、たまたま海賊船と出会い無謀にも斬りむすんで単身、敵船に乗りこんで、思いがけない帰国が果せたのもその一つだった。そのどれ一つとっても深謀遠慮の計画が実ってめぐり会えたものではない。五幕二場の冒頭でハムレットが、生き永らえて親友ホレーシオといまこうして語りあえる喜びを共にするとき、その不思議な経験をふまえて、ふと洩らすあの四行のせりふの中には、人間の在りようを示す一つの鍵が秘められているような気がする。仮に私のぎこちない訳をつけておいたが、これが私の教室でのいつものスタイルであったからお許しを乞うとしよう。そう、「――これだけは肝に銘じておこうではないか（――let us know）」とハムレットは言う、

Our indiscretion sometime serves us well
When our deep plots do pall, and that should learn us
There's a divinity that shapes our ends,
Rough-hew them how we will―

前後の見境いもない行動が役立つこともある反面
練りに練った計画がおしゃかになったりする、このことから
　いやでも思い知らされることは
この世にひとつの不思議な力が存在していて、それが私らの
　計画の最後の仕上げをしてくれるということ、
私らのとことんつきつめた計画とて、荒削りが関の山だ―
（五幕二場八―一一行）

（6）質問に答えて

最後に設けた質問の時間で、例の王妃ガートルードが試合途中の汗をかいたハムレットについて述べる一行、**He's fat and scant of breath.**（五幕二場二六四行）をもう少し話してほしいと求められた。

私はすでに受講者全員に配布ずみのプリントの中から、「シェイクスピアの全作品におけるFATの使用例」（71例のリスト）〔Marvin Spivack, *The Harvard Concordance to Shakespeare*. Olms, 1973〕とペンギン版『シェイクスピアのことば』辞典から引用した fat の語義（David Crystal, Ben Crystal, *Shakespeare's Words*. 2002）のすべてを見てもらった上で、『ハムレット』のこの箇所についてのこれまでの主たる解釈を五つほど挙げてみた。

（次に記した《 》内の①〜⑤の部分は、聞き流すか読みとばしてくださって結構です。）

《①（昔から言われてきた一説で、ハムレットを初めて演じた名優リチャード・バーベジの今に伝わる肖像画から判断しての「体つきがいい」という意味での）「体軀に恵まれた、恰幅がいい」〔第一次アーデン版の編者 Edward Dowden 一八九九年。そのダウデンの序文つきの『シェイクスピア百科全書』の著者 John Phin 一九〇二年〕

②（学究生活で椅子に坐ることが多くてスポーツとは縁遠いという意味で）「体のコンディションがよくない」〔A. W. Verity 一九〇四年〕。——この語は次の 'scant of breath' との関連でとらえるべきで「体調不良（out of condition）」といった意味〔第二次アーデン版の編者 Harold Jenkins 一九八二年〕

③（次の 'scant of breath' との関連でとらえるがその意味は）「汗っかきの（sweaty）」〔「ニュー・シ

ェイクスピア」シリーズの編者 J. Dover Wilson 一九三四年〕

④〔今のトレイナーなら「なまっている（rather soft）」と言うところでその意味するところは〕「トレイニングがゆきとどいていない（not in perfect training）」〔G. L. Kittredge 一九三九年〕

⑤〔ｆａｔはｆａｔ〔「脂肪」、「太っている」〕であって、メタボでさわぐ今日、これはマイナスのイメージでとらえられがちであるが、エリザベス朝時代にあっては褒め言葉にさえなっていたプラスのイメージの語で、フランス語でいう embonpoint〔肉づきがよい、よい体つきの〕というよい意味合いもあったことからその意味は〕「太っている」〔以上は大修館シェイクスピア双書の『ハムレット』の編注者の一人河合祥一郎説の要約。二〇〇一年〕》

そのあとで、詳しくはぜひ、河合祥一郎氏の『ハムレットは太っていた！』（白水社、二〇〇一年）の特に第六章（一八七―二三二頁）と、大場建治氏の研究社版『ハムレット』（二〇〇四年）の補注（三八九頁）に目を通してほしい旨、伝えた。

その上で私は、昭和七（一九三二）年に三省堂から三〇四頁に及ぶ詳細な『ハムレット』注釈書を出版している浦口文治の研究論文「『ハムレット』劇に於ける"He's fat"の意義」（日本英文学会刊「英文学研究」第12巻第2号、一九三二年四月発行）を訂正増補した私家版パンフレット『沙翁劇に於ける〝ＦＡＴ〟のあらましを紹介した（早稲田大学演劇博物館所蔵）。そこで強く主張されているのは、ガートルードの「母性愛」のほとばしり説である。それから半世紀後の一九八七年にオックスフォード版『ハムレット』が出版されたが、その編者（G. R. Hibbard）はこの箇所への注（三四八頁）であらまし次のような意味の発言をしている、すなわち、――「この箇所はこれまで体格や体型、体調やコンディッションの問題として捉えられてきたためややこしいことになっていた。これは、もっと、母親としての母親らしいガートルードの気遣いが出ているところではあるまいか。ガートルードは、息子が、万が一、負けた場合の言いわけを何とか見つけだそうとしているのだ。ハムレットが、実際には、fat でもなければ scant of breath（息切れしている）でもないとしたら、ガートルードの気遣いはいよいよもって顕著になろう」、と。実はこれこそ浦口文治の強く主張した「母性愛ほとばしり説」の要点であった。そのことを私は紹介かたがた皆さんに申し上げた（ただし、私としては、あのフェンシングの場面で、レアティーズは四幕七場での国王の助言通り、すさまじい運動量をこなして、喉はかわき、汗は流れ、息を切らしていると思えてならない。そしてこの状態はハムレットにも起こっていると考えている。レアティーズについては誰も言ってくれないから、せりふの形では気付かないだけであるが。そんな私見を述べておいた）。

〔付記〕　12年にわたる「ハムレット」特修講座の終わりにあたって

オープン・カレッジ（開かれた大学）という呼び名で一般の方々にも大学が門戸を開放するようになってから、どれくらいになろうか。早稲田大学がその先駆けとして正式にエクステンション（一般公開）講座を開設したのは、たしか、一九八〇年代のはじめであった。しかしその開設準備はそれより十年ほど前から進められていて、はじめは、夏休みになって空いた大教室を使っての、講演という形での、夏季集中公開講座であった。私が求められるまま初めてそれに参加したのは、昭和五二年度（一九七七年）、第七回の夏季講座で、その時のテーマは「ヨーロッパ文芸――古典と現代――」であった。午前と午後の一日二回、九十分ずつの講演で、五日間連続、たしか十人の先生方が講師をつとめられたように記憶している。私の演題は「ハムレットと現代」で、まだどの教室にも冷房などなかった時分で、三百人ほど入る大教室でひたすら汗をかきながら話し続けた覚えがある。持ち時間の九十分をさらに十五分ほど超えて話した「ハムレットと現代」は、のちに、私の最初の著書『シェークスピアをめぐる航海』（一九八四年、早稲田大学出版部）に、二十八枚の歴代のハムレット役者の写真とともに七十頁にわたって収められることになった。

その『ハムレット』を、まさか、二十年後に、エクステンション講座の原語で読む「楽しみのシェイクスピア」のクラスで三冊目のテキストとして使う、いや、使うことができるようになるなどとは、夢にも思っていなかった。論より証拠を、批評よりも作品をという受講者の要望が自然にたかまって開設されたクラスだけに、受講者の熱心さは並尋常ではなく、一九八九年（平成元年）に新設されたそのクラスは、定員（三十名）厳守のクラスとして出発したのだが、四年かけて『夏の夜の夢』を、さらに四年かけて『十二夜』を読むうちに定員数は三十名から四十五名、四十五名から六十名へと改められて、一九九七年（平成九年）に『ハムレット』を読みはじめた時には定員六十名が満員になっていた。

六年かけて『ハムレット』をようやく半分ほど読み進んだところで私は定年を迎えることになり、最後の年（二〇〇二年）には受講希望者全員を受け入れてもらうようお願いして、かっきり七十名で出発した。受講者の平均年齢は六十歳を少し上回ったあたりで、男性の方も二十人ほど混じっておられた。男性の方はほとんどが定年退職で自由な時間を得られた人たちで、昨日までは第一線の働き手としてそれぞれの分野で活躍されておられただけに、私のクラスでシェイクスピアを原書で読むという感慨には特別なものがあるように思えた。いうなれば、男女を問わず受講者はみな、三省堂の『新明解国語辞典』の見出し語「にんげん（人間）」にあるように、

〔もと、人と人との間柄の意〕㈠〔他の人間と共に、なんらかのかかわりを持ちながら社会を構成し、なにほどかの寄与をすることが期待されるものとしての〕人。

というのがぴったりで、どなたも、ごく普通に、それぞれの領域で「なにほどかの寄与」をされてきた「人」「人」であった。そういう人々が『ハムレット』をどう読みついで来られたのかを知りたくて私は、各人四百字詰原稿用紙三枚に「ハムレットへの手紙」を書いてもらい、それを一冊の冊子にまとめて出版することを提案した。六十名の方々の賛同を得て二〇〇二年一二月に出来上がったのが『ハムレットへの手紙』（早稲田大学エクステンションセンター刊、A5判、二一三頁）である。それは、『ハムレット』を途中までで、「尼寺の場」のあの有名なせりふ、「オフィーリア、ゆけ、尼寺へ」で、終わってしまった二〇〇二年の暮れのことである。

定年退職後、住みなれた東京を完全にひき払って郷里の新潟県長岡市へ戻った私であったが、思わぬところから『ハムレット』講座続投の話がもちあがって、長野県軽井沢の早稲田大学セミナーハウスで、夏の三日間、毎年、『ハムレット』を読み続けることになった。そのいきさつは、この冊子の第四部の私の執筆した「『ハムレット』五幕二場——フェンシング試合の場　補講」の出だしの部分で述べた通りである。

それから六年、二〇〇三年の夏から二〇〇八年夏まで、『ハムレット』を読み始めた一九九七年から数えたら実に十二年をかけて、とうとう『ハムレット』を読み了えることができた。考えてみれば、実に、ぜいたくな授業であった。受講者の、それもごく普通の、専門家でもなんでもない方々が、十二年かけてシェイクスピアを、『ハムレット』一本を読みきる熱意と力は、もう一度言わせてもらうが、並尋常のものではない。それを支え続けていたものは一体、なんだったのか。それを知りたくて、この十二年間を通じて一度も皆さんに課したことのない課題を初めて出してみた。「最後になりましたが、お願いがあります、どうか一度だけ、レポートを出してください。息ひきとったハムレットに向って親友ホレーシオが告げることば、

Good night sweet prince.

おやすみなさい　王子さま。

（五幕二場三三八行）

を、どこか心の片隅におきながら、副題は自由につけてくださってかまいませんから、お一人五枚ずつのレポートを一通お出しください」と。

こうして二〇〇八年の特修「ハムレット」講座に参加された三十名の方々からのレポートを一冊に

まとめたのがこの本である。どんな思いで、どんな覚悟で、どんな気持ちで「ハムレット」講座に通い続けてくださったのかが手にとるように分る一冊に仕上がっているように思われる。オープン・カレッジ（開かれた大学）とは何なのか、エクステンション（一般公開）講座とは何なのか、――どんな評論よりもこの一冊が雄弁にもの語っているような気がしてならない。

最後に、集まった原稿の整理と打ちこみと校正に惜しみなく力を貸してくださった受講者のお一人、樋口幸子さんには心からの御礼を申し上げたい。またこの講座のために特別の配慮をしてくださったエクステンションセンターの職員の方々、とりわけ担当の遠藤淳さん、並びに、この講座に特別の理解を示してくださった歴代のセンターの所長、とりわけ小林茂先生、中島国彦先生、そして現在の所長岩井方男先生には、この場を借りて厚く御礼申し上げます。

それから最後の最後になりましたが、長年おつきあいをくださった受講生の皆さん、そのおひとりおひとりの手をとって最後にこう言わせてほしいのです、――《『グッド・ナイト・スウィート・プリンス』、これはレポートなんかじゃありませんでした、何ものにもかえがたいとっておきの贈り物でした。ほんとうにありがとうございました。》

（二〇〇九年、平成二一年、二月三日）

5　『ハムレット』の積年の課題について思いめぐらしたこと

『ハムレット』の積年の課題

これからここで取りあげる三つの課題は、いずれも、先に私の翻訳で出版されたグランヴィル＝バーカーの二冊の本、『シェイクスピアはどのようにしてシェイクスピアになったか』（玄文社、二〇一一年）と『『ハムレット』の「ことば、ことば、ことば」とはどんな「ことば」か』（玄文社、二〇一三年）に端を発している。

はじめに挙げた一冊は、イギリスでは不世出の演劇人として、群を抜いたシェイクスピア研究家として、今もって畏敬の念をこめてその名を口にされるハーリー・グランヴィル＝バーカー（Harley Granville–Barker 一八七七―一九四六）が、一九三〇年にケンブリッジ大学のトリニティ・カレッジで行った連続講演の一部であって、もとの演題は「シェイクスピアの発展過程」（Shakespeare's Progress）であるが、私はそれを「訳述」という文体《スタイル》でいくらかでも私たちが親近感のもてるものにしたいと思ってつけた表題が、『シェイクスピアはどのようにしてシェイクスピアになったか』であった。

それというのも、グランヴィル＝バーカーという名前からして、わが国では、ほとんどなじみがないからである。無理もない。これまで翻訳らしい翻訳がなかったものだから、その仕事の具体的な内容を知りたくても、原書で読む以外に、ほかに手がかりはなかった。

そのうえ、グランヴィル＝バーカーの英語の文章の難解さは前々から定評があり、その文章の切れ味の鋭さと密度の濃さもよく知られていて、それだけに、グランヴィル＝バーカーに魅せられてその文章に向きあった人は、よほどの覚悟がないと、読むだけは読んでも、その先へは容易にふみだせないで来た。

そのことを私などは、大学院に入った一九六〇年代の初め（昭和三〇年代後半）から何度も思い知らされてきたから、意を決して十年ごとにグランヴィル＝バーカーに挑戦して挫折をくり返してきたから、あれから半世紀経ったいま、自分にできることがあるとすれば、新しい訳文体の発見と、何気なく読みとばしそうな原文にしても、そこに何か感じたり足をひきとめるものがあるとしたら、そこに必ず注をつけて、自分の感じた気がかりの正体をつきとめる努力をすることであった。このことは、とりも直さずもう一度私を、シェイクスピアの原文に立ち帰らせることになった。

こうして出来上がったのが、グランヴィル＝バーカーの、本邦初訳の、二冊の訳述書であった。そ

の一つがはじめに挙げた

『シェイクスピアはどのようにしてシェイクスピアになったか』（玄文社、二〇一一年、A5判、三三一頁。定価五二〇〇円）

であり、もう一つが、その二年後に出来上がった

『『ハムレット』の「ことば、ことば、ことば」とはどんな「ことば」か』（玄文社、二〇一三年、A5判、四四〇頁。定価七〇〇〇円）

であった。これは、五つのシリーズから成るグランヴィル＝バーカーの不朽の名著「シェイクスピア序説」の第三シリーズ『「ハムレット」序説』（一九三七）の中の「第五章　韻文と散文」を本邦初訳（の、訳述という文体）で日本語にしたものである。上記二冊は、どちらも、本文の長さの倍以上の長さの注をつける本になったが、それは、グランヴィル＝バーカーの投げかけている（と私には思われる）思いや疑問に、私なりに努めて反応しようと思ったからに他ならない。

そして、私にとって何よりの朗報は、その成果を認めてくださる方々がおられて、上記の二冊をセットにして、二〇一四年度の「日本翻訳文化特別賞」を与えられたことであった。ユネスコの日本代表機関である日本翻訳家協会（理事長・平野裕）からこのような賞を受賞することになろうとは、夢想だにしたことがなかっただけに、驚きと喜びは一入《ひとしお》であった。

というわけで、次に掲げる三つの課題は、いずれも、グランヴィル＝バーカーの「本文」と共振する「注」であることを、あらかじめ、お断りしておく。それゆえ「本文」とあわせてお読みいただくことを、切望してやまない。

その（1）「生か死か」をめぐって

To be, or not to be : that is the question :

〔331頁の初出一覧の「Ⅰ、5、その（1）」を参照のこと〕

（7）〔Ⅲ・1・56〕幕・場・行数はグローブ版による。この一行を「どう解したらいいのか？」をめぐっては、英米の専門家のあいだでも見解は分かれている。グランヴィル＝バーカーの指摘する通り、「たった六つの短い単語で、何という広がりと深みをもったヴィジョンが開けてくることか！」に尽きるのであるが、英語そのもので聴く分《ぶん》には「be（ビー）動詞」そのものが本来持っている語義「ある（存在する）」を感知するだけで曖昧さは残るとしても、その曖昧さを解消しようとして、その後に（たとえば「この世に（in this world）」といった限定的な意味の語句を）

何か補わなくても通り過ぎてゆけるような気がするのだが、これを日本語にしようとすると、その段階で何らかの説明にあたるようなものが入り込んできてしまう傾向がある。さりとて、日本での最古のローマ字による邦訳（明治七年＝一八七四年、横浜在住のイギリス人チャールズ・ワーグマンによるもので「ザ・ジャパン・パンチ」紙上に漫画入りで掲載されたという）

Arimasu, arimasen, are wa nan desuka : -

アリマス、アリマセン、アレ　ワ　ナン　デスカ

では、意味はどうであれ、これはハムレットの「せりふ」ではないなと、つい思ってしまう（訳者ワーグマンとその翻訳については次の本を参照のこと。河竹登志夫著『日本のハムレット』南窓社、昭和四七＝一九七二年、特に巻頭の写真と47―67頁参照）。

わが国での『ハムレット』の翻訳はすでに三十種以上あるが、この劇の訳はこの第三独白の最初の一行との格闘の歴史でもあるような側面がある。そこで、今は臨時の方便として、この機会にこの一行が辿ってきた日本語訳の軌跡を記しておこう。以下に挙げたものは、部分訳ではなくてあくまでもまとまった形で『ハムレット』を訳したもので、しかも私自身が個人で所有しているものに限定して示すことにする。〔　〕内に出版年、訳者、所収の本の題名、出版社を示しておいた。改めて原文を示しておくと（グローブ版による）、

1
To be, or not to be : that is the question :
存《なが》ふべきか存《なが》ふべからざるか、そは疑問《ぎもん》なり。
〔明治三六＝一九〇三年、中島孤島編、坪内文学博士閲、「通俗世界文学第六編」『沙翁物語ハムレット及ヱ゛ニスの商人』冨山房〕（以下すべて、出版年は、奥付の年号を上にして示した）

2
定め難きは生死《せうし》の分別
〔明治三八＝一九〇五年、戸澤正保（＝戸澤姑射《こや》）、「沙翁全集第壱巻」『ハムレット』大日本図書〕

3
生か死か、其《そ》の一を撰《えら》ばんには？
〔明治四〇＝一九〇七年、山岸荷葉、『沙翁悲劇はむれっと』春陽堂〕

4
存《なが》ふる、存《なが》へざる、其處《そこ》が問題だ。
〔大正三＝一九一四年、村上静人、アカギ叢書第二十四篇『ハムレット』（発兌元・赤城正蔵）全国各書林〕

5
生きていくか、生きていくまいか、それが問題だ――
〔昭和二＝一九二七年、甫木山茂、「古典劇大系5英国篇（上）」『シエエクスピア作』所収の「ハムレット」より。近代社〕

6　生か死か……それが問題だ。

〔昭和三＝一九二八年、佐藤寛、「袖珍世界文学叢書9」『シェクスピヤ集』中央出版社〕

7　存《なが》らふべきか、それとも、存らふべきでないか、問題はそれだ。

〔昭和四＝一九二九年、横山有策、「世界文学全集3」『沙翁傑作集』新潮社〕

8　生きる、生きない、それが問題だ――

〔昭和四＝一九二九年、佐藤篤二、「世界戯曲全集第三巻　英吉利篇（一）」『シェイクスピア集』世界戯曲全集刊行会〕

9　あるべきか、あるべきでないか、それは疑問だ。

〔昭和八＝一九三三年、本多顕彰、『ハムレット』小山書店〕（後の17を参照）

10　世に在《あ》る、世に在《あ》らぬ、それが疑問ぢゃ。

〔昭和八＝一九三三年、坪内逍遙、「新修シェークスピヤ全集第二十七巻」『ハムレット』中央公論社〕

11　どっち　だろうか。――さあ　そこが　疑問。

12　生、それとも死。問題は其處だ。

〔昭和九＝一九三四年、浦口文治、『ハムレット』三省堂〕

〔昭和一〇＝一九三五年、澤村寅二郎『（対訳傍註）ハムレット』研究社〕（昭和二八＝一九五三年、「（対訳脚註）シェイクスピア選集」『ハムレット』研究社は、旧かなを新かなに改めての普及版で、「生、それとも死。問題はそこだ」となっている）

13　生き存らふべきか、死ぬべきか、それが問題である
〔昭和二一＝一九四六年、鈴木善太郎、「世界名著物語文庫」『ハムレット』新文社〕

14　生きながらえてあろうかな、それともあるまいか、これこそ思案の致しどこ、
〔昭和二四＝一九四九年、小島基理、「英国映画英和対訳叢書ＢＭＬ№４」（ローレンス・オリヴィエ主演の）「ハムレット」英国映画文庫〕

15　生きてゐるか、生きてゐないか、それが問題だ。
〔昭和二四＝一九四九年、竹友藻風「シェイクスピア選集　第四」『ハムレット』大阪文庫〕

16　生きるか、死ぬるか、そこが問題なのだ。
〔昭和二四＝一九四九年、市川三喜・松浦嘉一、『ハムレット』岩波文庫〕

17　長らうべきか、死すべきか、それは疑問だ。
〔昭和二四＝一九四九年、本多顕彰、「思索選書26」の『ハムレット』思索社。昭和二六＝一九五一年に角川文庫入り。同じ訳者による先の9の『ハムレット』（小山書店、昭和八＝

一九三三年）とは訳が異なる〕

18 生きているのか、生きていないのか、それが疑問だ。
〔昭和二五＝一九五〇年、並河亮、『ハムレット』建設社〕

19 生きる、死ぬ、それが問題だ。
〔昭和二六＝一九五一年、河出書房版「世界文学全集（古典篇）第十巻」『シェイクスピア篇』に所収の『ハムレット』、三神勲。のちにいくつかの版に入る〕

20 生か、死か、それが疑問だ。
〔昭和三〇＝一九五五年、福田恆存、「シェイクスピア全集5」『ハムレット』河出書房。昭和四二＝一九六七年に新潮文庫入り〕

21 生きるか、死ぬか、心がきまらぬ。
〔昭和三五＝一九六〇年、鈴木幸夫、「世界名作全集2」『シェイクスピア名作集』所収の「ハムレット」平凡社〕

22 在るか、それとも在らぬか、それが問題だ。
〔昭和四一＝一九六六年、大山俊一、『ハムレット』旺文社文庫〕（この訳者は、四六判で六百頁をこえる『ハムレット』の編注者でもある。篠崎書林、昭和三四＝一九五九年）

23 生きるのか、生きないのか、問題はそこだ。
〔昭和四四＝一九六九年、氷川怜二、集英社版「世界文学全集2」『ハムレット／オセロー他』のちに「ハムレット」は一九九八＝平成一〇年に集英社文庫入り〕

24 やる、やらぬ、それが問題だ。
〔昭和四五＝一九七〇年、小津次郎、筑摩書房版「世界文学全集10」『シェイクスピア集』この一冊にはすべて小津次郎訳で「十二夜」と四大悲劇の全部「ハムレット」「オセロー」「リア王」「マクベス」が入っている。これより先この訳者には「研究社小英文叢書」の一冊に『ハムレット』注釈書、昭和四〇＝一九六五年がある〕

25 生き続ける、生き続けない、それがむずかしいところだ。
〔昭和四六＝一九七一年、木下順二、講談社文庫。これはのちに改訳されている。後の27参照〕

26 このままでいいのか、いけないのか、それが問題だ。
〔昭和四九＝一九七四年、小田島雄志、白水社版『シェイクスピア全集1』所収の五本の中の一本が「ハムレット」。のち白水社版*u*ブックス23『ハムレット』、昭和五八＝一九八三年に新書版文庫化〕

27 このままにあっていいのか、あってはいけないのか、それが知りたいことなのだ。〔昭和六三＝一九八八年、木下順二、講談社版木下順二訳「シェイクスピア（全8巻）」の中の「シェイクスピア　V」『ハムレット、お気に召すまま』より。先の25を参照〕

28 生きてとどまるか、消えてなくなるか、それが問題だ。〔一九九六＝平成八年、松岡和子、ちくま文庫「シェイクスピア全集1」『ハムレット』〕

29 生きるか、死ぬか、それが問題だ。〔二〇〇二＝平成一四年、野島秀勝、『ハムレット』新訳の岩波文庫〕

30 生きるべきか、死ぬべきか、それが問題だ。〔二〇〇三＝平成一五年、河合祥一郎、『新訳　ハムレット』角川文庫〕（大修館版「シェイクスピア」注釈書の一冊『ハムレット』二〇〇一＝平成一三年は高橋康也との共編注）

31 存在することの是非、それが問題として突きつけられている。〔二〇〇四＝平成一六年、大場建治、研究社版「対訳・注解　シェイクスピア選集」（全10巻）の第八巻『ハムレット』〕

上に掲げたほとんどの訳で「それが問題だ」となっている箇所の「問題（a question）」というのは、かつてルネサンス時代に、討議・審議の対象テーマとしてある事項がとりあげられるとき、伝統的にアカデミックな論議の対象となるテーマをさすことばとして、「クエスチョン（問題）」という語が使われたという。そのことを指摘したのは「第二次アーデン版シェイクスピア」の『ハムレット』（一九八二）の編者ハロルド・ジェンキンズ（Harold Jenkins）であった。このように討議の対象として提出されたテーマは、討論の末に、結論は出なくてもかまわない性質のもので、評決は求められるけれども実行・実施を要求されることはなく、要は評価の問題なのだと言う。もしそうだとすると、「トゥ・ビー・オァ・ノット・トゥ・ビー」で大事なことは、この一行のすぐ後に続く

Whether 'tis nobler …

（どちらが一層立派《ノーブル》なのか）

ということになろう。

ところでこの部分は、これまでどう訳されてきたのだろうか。改めてこの箇所をもう少しシェイクスピア英語で引用したうえで、それの邦訳として文庫本で広く一般に親しまれてきた例をいくつか挙げてみると―

Whether 'tis nobler in the mind to suffer
The slings and arrows of outrageous fortune,

Or to take arms against a sea of troubles,
And by opposing end them?

（Ⅲ・1・57―60、グローブ版）

残忍な運命の矢や石投《いしなげ》を、只管《ひたすら》堪《た》へ忍んでをるが男子の本意か、或《あるひ》は海なす艱難を逆《むか》へ撃って、戦《たたか》うて根を絶つが大丈夫の志《こころざし》か？

（坪内逍遙訳）

暴虐《ぼうぎゃく》な運命の矢玉を心にじっと堪《こら》えるのと、海と寄せくるもろもろの困難に剣をとって立ち向い、抵抗してこれを終熄《しゅうそく》させるのと、どちらが立派な態度か？

（市河三喜・松浦嘉一訳　岩波文庫）

どちらが男らしい生きかたか、じっと身を伏せ、不法な運命の矢弾《やだま》を堪え忍ぶのと、それとも剣をとって、押しよせる苦難に立ち向い、とどめを刺すまであとに引かぬのと、一体どちらが。

（福田恆存訳　新潮文庫）

どちらがりっぱな生き方か、このまま心のうちに
暴虐な運命の矢弾をじっと耐えしのぶことか、

それとも寄せくる怒濤《どとう》の苦難に敢然と立ちむかい、
闘ってそれに終止符をうつことか。
　　　　（小田島雄志訳、行分けの訳　白水社）

どちらが立派な生き方か、
気まぐれな運命が放つ矢弾にじっと耐え忍ぶのと、
怒濤のように打ち寄せる苦難に刃向い、
勇敢に戦って相共に果てるのと。
　　（野島秀勝訳、行分けの訳　新訳・岩波文庫）

これまでこの「ハムレット」の項でずっと訳として添えてきた小津次郎訳ではこうなっている

どっちがりっぱなのか、狂暴な運命の矢弾を心に耐え忍ぶか、それとも、逆巻く海とたたかって、苦難のもとを断ち切るか？
　　　　　　　　　　　　　　　　（筑摩書房、世界文学全集10）

――

右に挙げた六つの訳では、シェイクスピア英語にみられるどちらが「一層立派な（高貴な）（nobler）」にあたる比較級の部分（「より一層」）がはっきり表立ってあらわれているようには思えない。ただ単に「どちらが立派か」と問うたのでは、どちらかが立派で、もう一つの方はそうでないといった印象を与えかねない。ところが「どちらが一層立派か」と問うたとすると、基本的には、どちらも立派であって、その立派さにおいては甲乙つけがたいという含みが、自然とそこから感じとれる。そしてもう一つ大事なことは、苦難に耐えて耐えて耐え忍ぶ生きかたと、敢然と苦難に立ち向い、その根元を断ち切る一念でつき進む生きかたと、そのどちらかを選んだ結果としてもたらされるものが、一方は生であり、もう一方は死であるという単純なものではないだろう、ということである。ハムレットのせりふの進み具合からいうと、どちらを選んでも行きつくところは「To die : to sleep（死ぬ、眠る）」となっている。とすれば、そこまでの在り方として、「どちらが、より一層立派か」という問いかけが重要な意味をもってくるのではないだろうか。もう一言付け加えるなら、前者の「耐えて耐えて耐え忍ぶ」のは、肉体もさることながら、それ以上に、遙かに「in the mind（精神の世界で）」という要素が入ることで、受身の域を超えるものであることがはっきり示されているように思われる。この'in the mind'を「耐える（to suffer）」にかけないで「'nobler'（より一層立派な）」へかける見方も十分に成り立つ。その場合、'nobler in the mind'は、（オックスフォード版「ハムレット」の編者G.R.Hibbard, 1987によれば）'more magnanimous'（より高潔な、より気高い、勇気と寛大さをあわせもっていて、より気高い品性のある）の意味を含み持つことが可能、とされる（ヒッバド、一二三九頁参照）。私としては、どちらか一方へかかると決めてかか（りたくな）るのは、グランヴィル＝バーカーのいう「とうとうシェイクスピアは語彙を、もう一つの言語（another language）を本当に発明するところまでやってきた」という事実を実感してからでも、遅くないのではなかろうかと思う。

以上のこととの関連で、ここで高橋康也・河合祥一郎編注の『ハムレット』（大修館シェイクスピア双書、二〇〇一年）から次の注を引いておきたい――

……（「トゥ・ビー・オァ・ノット・トゥ・ビー」をめぐって）

「さまざまな議論があるが、やはりポイントは“Whether 'tis nobler”〔どちらがより高貴か（大井訳）〕という言葉であろう。ハムレットは高貴であろうとするために、運命の矢弾を堪え忍ぶ“to be”か、激情に身を任せて立ちあがる“not to be”かと悩むのである。激情とそれを抑える理性とのせめぎあいの中で、「高貴さ」を求めるハムレットの姿が浮き彫りにならない解釈は、蓋し無用の論と言うべきであろう」（397―398頁）

もう一言だけつけ加えるなら、ハムレットが、ハムレット自身が言っていないことを（聞きとる、あるいは、読みとる側が）補ってみたいという誘惑にかられることから、出来るだけ逃れるように努めながら読み進んでゆく心がけが大事だということである。それでもやはり何かを補いたくなる場合には、せめて、次の注と解説を読みこんだ上でと、思われてならない。その一つは、ハロルド・ジェンキンズ著『「ハムレット」序論』（昭和六三＝一九八八年、英宝社、武並義和訳）の「長い注、三幕一場五六―八八行」（二八五―二九六頁）で、もう一つは、大修館書店の注釈つき「シェイクスピア」シリーズの『ハムレット』（二〇〇一、高橋康也・河合祥一郎共編）の「後注」（三九六―三九八頁）である。

私自身の考えをあえて述べれば、この箇所をめぐる長い長い論争が、「大別すれば、《生か死か》と《復讐をするかしないか》の二つに分けられる」（小津次郎、研究社版小英文叢書『ハムレット』一七八頁）とすると、言い方をかえれば、「存在」と「行動」の二つに分けられるとすると、――そして、人間が人間として「存在する」ということは、ただ単に「在る」ということとは全く別のことであるとすると――さし当たっていま私に思いつけるこの一行の訳は、

どう在ればいい、どうすればいい、そこなんだ問題は、

ということになろうか。

その（2）「どちらが一層立派か」をめぐって

To be, or not to be : that is the question :
Whether 'tis nobler in the mind to suffer

〔331頁の初出一覧の「I、5、その（2）」を参照のこと〕

（48）グローブ版では〔Ⅲ・1・56―57〕、リヴァーサイド版では〔Ⅲ・1・55―56〕。ここから始まる第三独白についてのグランヴィル＝バーカーの考察は、『シェイクスピアはどのようにしてシェイクスピアになったか』（玄文社、二〇一一年）の第8章『ハムレット』の177―179頁、ならびに、その箇所につけた私の注（7、8、9、10、11、12）をご参照いただきたい。

その際私が提起した純粋に文法上の問題点をここでもう一度確認しておきたい。そのために第三独白の最初の五行を、いくつかの日本語訳の例とともに掲げてみる。

To be, or not to be : that is the question :
Whether 'tis nobler in the mind to suffer
The slings and arrows of outrageous fortune,
Or to take arms against a sea of troubles,

And by opposing end them?

（グローブ版〔Ⅲ・1・56―60〕）

どっち　だろうか。――さあ　そこが疑問、
どっちが　より健氣《けなげ》な　心だらうか、
あの滅法な　運命の矢彈《やだま》を　こらへるのか、
または　武器を取って　海なす辛苦艱難を　邀《むか》へて
そして　敵對對抗もって　其等を喰止めるのか？

（浦口文治訳　三省堂版　昭和九＝一九三四年）

長らうべきか、死すべきか、それは疑問だ。
無法な運命の石投器や矢を忍ぶのと、
海なす苦悩に武器をとり、
それと戦って亡ぼすのと、
いずれが気高い心であらうか？

（本多顕彰訳　角川文庫　昭和二六＝一九五一年）

このままにあっていいのか、あってはいけないのか、それが知り

たいことなのだ。いずれが貴いのか、残忍な運命の矢弾を心の中
にじっと耐えるのと、海のごとく押し寄せる苦難に敢然と立ち向
って総てを終らせるのと。

（木下順二訳　講談社版　昭和六三＝一九八八年）

生きてとどまるか、消えてなくなるか、それが問題だ。
どちらが雄々しい態度だろう、
やみくもな運命の矢弾《やだま》を心の内でひたすら耐え忍ぶか、
艱難《かんなん》の海に刃《やいば》を向け
それにとどめを刺すか。

（松岡和子訳　ちくま文庫　平成八＝一九九六年）

生きるのか、生きないのか、問題はそこだ。どちらが気高い態度
だろう？　理不尽な運命のむごい仕打ちを心ひとつに耐え忍ぶか、
それともあえて武器をとって苦難の嵐《あらし》にたちむかい、力まかせに
ねじふせるか。

（氷川怜二訳　集英社文庫　平成一〇＝一九九八年）

生きる、死ぬ、それが問題だ。
どちらが貴いのだろう、残酷な
運命の矢弾をじっと忍ぶか、あるいは
寄せ来る苦難の海に敢然と立ち向かい、
闘ってその根を断ち切るか。
（三神勲訳　開明書院版　平成元年＝一九八九年。ドーヴァー・ウィルソン編の
ニュー・シェイクスピアを底本にした訳）
生きる、死ぬ、それが問題だ。
いったい、どちらが男らしいのか、理不尽な
運命の矢弾を心にじっと耐え忍ぶか、それとも
寄せ来る苦難の海に敢然と立ち向かい、
闘って砕けるか。
（三神勲訳　開明書院版　平成元年＝一九八九年。ハロルド・ジェンキンズ編の
第二次アーデン版を底本にした訳）
いま七つの日本語訳の例をあげたが、先の『シェイクスピアはどのようにしてシェイクスピア

になったか』でも（199―200頁）同じような仕方ですでに六つの邦訳例（坪内逍遙、市河三喜・松浦嘉一、福田恆存、小田島雄志、野島秀勝、小津次郎）を挙げたから（この本の「Ⅰの5　積年の課題」のその（1）の148～149頁参照）、あわせて十三の例を掲げたことになる。このような引用の発端となったシェイクスピア英語の純粋に「文法上の問題」とは、引用の2行目の

Whether 'tis nobler . . .

（どちらが一層立派《ノーブル》なのか）

の中の一語 **nobler**（**noble** の比較級）の箇所が日本語訳で正確に反映されているかどうかという一点であった。原文で読む人はいざ知らず、日本語の翻訳でしか「ハムレット」のこの第三独白に接する機会がない人にとっては、そのような細かい疑問が湧いてくるはずがない。とすると、この先もずっと(「どちらが一層立派なのか?」ではなくて、)「いずれが気高い……か、いずれが貴いのか、どちらが男らしいのか」と読み続け、しゃべり続けられるのだろうか。今回挙げた六つの例のなかで最初に挙げた浦口文治訳だけが「どっちがより健気な……」と比較級を意識した訳になっているが、彼の *Hamlet* 注釈書(『新評註ハムレット』昭和七年、三省堂)でこの問題の箇所（一二一頁）を見ても、ほかの所でも、その「文法上の問題」がしかと見定められていないような気がする。それならば、そのことは、いったい、どんな解釈上の問題をはらむというの

だろうか。

この点について私は、私なりに（先のグランヴィル＝バーカーの訳述書『シェイクスピアはどのようにしてシェイクスピアになったか』（玄文社、二〇一一年）の199―202頁に）詳しく述べたので今は触れないが、もう一度本書の一四九～一五〇頁をぜひ読み返していただきたい。

ともあれ、文法の問題で始まったものは文法の問題でしめくくるのがよさそうである。そこで、蛇足ながら一つ二つつけ加えておくと、――

Whether は'**which of the two**'（**in a principal sentence**）〔（主文で）二つのうちのどちらが〕（**Schmidt**, II. 1359）の意で、しばしば1音節で（whe'er）と読む。ここもそうで、そう読むとこの行は10音節となって韻律がぴたり整う。この語は後にくる**Or**〔III・1・58〕と呼応して、ここでは「（……すること）か、それとも（……すること）か、その二つのうちのどちらが（一層立派《ノーブル》か）」となる。'**tis** は **it is** の縮約形で古くはよく見かけた。そして **noble** はシュミットの語義のまっさきに **magnanimous** とある、と言うにとどめておく。ただ願わくば、先のグランヴィル＝バーカーの訳述書『シェイクスピアはどのようにしてシェイクスピアになったか』（二〇一一年、玄文社）の中で私のつけた注（7）〔194―202頁〕にお目通しいただいたうえで、めいめいお考えいただければ訳述者冥利に尽きる。

その（3）　ハムレットの、国王に対する第一声をめぐって

A little more than kin, and less than kind.
いまさら近親以上と言われても親近とはほど遠い。（大場建治訳）

〔331頁の初出一覧の「Ⅰ、5、その（3）」を参照のこと〕

（1）この一行（グローブ版〔Ⅰ・2・65〕）は、国王クローディアスがハムレットに向かってかけた最初のことば

But now, my cousin Hamlet, and my son——

に反応したハムレットの第一声。

この一行は、前々から、きわめて特徴のある謎かけの言葉として有名。第1幕第2場は、すでに「第四節　5　国王クローディアスの場合」の冒頭で見たように、先のデンマーク国王（老ハムレット）の急死のあとをうけて新国王の座についた弟のクローディアスが、宮廷の大広間に居並ぶ廷臣たちを前にして、弁舌もなめらかに就任のあいさつをのべるところから始まる。亡き兄である先の国王への弔意、新国王の重大な責務感、自分を王に推挙してくれた重臣への感謝、先の国王（ハムレット王）の妃ガートルードを己が妻として、新しい妃として迎えたことなどをそ

つ無く、真先に伝える。さらに続いて、早速外交問題にも着手したことを告げ、事を構えたがっているノールウェーの王子フォーティンブラスの件で外交使節を派遣する。さらに内大臣ポローニアスの息子（レアティーズ）がフランス行きを願っているのにも即応して「楽しんでこい」と、はなむけの言葉をおくる。六十行にわたる盛り沢山の懸案を、よどみなくこなしたあとで、新国王クローディアスは、最後のさいごに、やっとハムレットの方に向き直り声をかける、――リヴァーサイド版〔I・2・64〕

But now, my cousin Hamlet, and my son —

さて、ハムレットよ、きのふは甥《をひ》、今は我子《わがこ》……

（坪内逍遙訳）

これに対するハムレットの反応が、グランヴィル＝バーカーの引用しているせりふである。その謎めいたハムレットの発言に注釈をつける前に、その前後六行を引用しておく。というのも、国王、ハムレット、王妃と続くそのせりふは玉突き現象のように化学反応をおこしながら進むからである。引用はリヴァーサイド版〔I・2・64—69〕。右端の数字は行数。添えた訳は坪内逍遙訳。

King. But now, my cousin Hamlet, and my son — 64

Ham. [*Aside.*] A little more than kin, and less than kind.
King. How is it that the clouds still hang on you?
Ham. Not so, my lord, I am too much in the sun.
Queen. Good Hamlet, cast thy nighted color off,
And let thine eye look like a friend on Denmark.

王　さて、ハムレットよ、きのふは甥《をひ》、今は我子《わがこ》……
ハム　（傍を向いて）親族以上だが、肉親《しんみ》以下だ。
王　はて、心地《こゝち》でもあしいか、いつも曇りがちな其顔色《そのかほいろ》？
ハム　いゝや、曇りどころか、いっそ日あたりが好《よ》過ぎまする。
妃　ハムレットよ、その愁《うれ》はしげな目の色をふりすてゝ、
なつかしらしうわが君《きみ》を仰ぎめされ。

(1)　64行目の王のせりふについて。注意すべき点が三つある。

①　この行の4番目の単語 cousin [kʌ́zn] は今日では（厳密な意味で）「いとこ」〔父母の兄弟・姉妹の子〕をいうが、その昔、シェイクスピア時代にあっては、

A collateral relative more distant than a brother or sister; a kinsman or kinswoman, a relative;

formerly very frequently applied to a nephew or niece. *Obs.* [OED, *n.* †1]

（兄弟姉妹の関係よりも遠い親族。昔はよく甥・姪をさすのに用いた）〔今は廃義〕の意に使われた。ここでは「甥」の意。現国王クローディアスは、ハムレットの父（先の国王）の弟にあたるから、クローディアスとハムレットの関係は、叔父と「甥」の間柄となる。

② この行の最後の単語 **my son** は、クローディアスがハムレットの母ガートルードと結婚したことで、新しく生じた関係を示すことばとなる。**my son** は、古版（Q２、Ｆ１）では

my sonne (Q 2) ; my Sonne? (F 1)

となっていて、このあとのハムレットの反応と深くかかわる。

③ 行末に「―」があるが、これは近代最初のシェイクスピア劇の編者ニコラス・ロウ（**Nicholas Rowe 1674–1718**）がつけたものである（一七〇九年、６巻本）。現行のほとんどの版でこの「―」がついているが、これは、国王クローディアスがハムレットに呼びかけた（用件はまだ何も言っていない）のをさえぎるかたちでハムレットが口をはさんだことの印となる。

(2) 65行目で注目すべき点は三つある。

① 現行の多くの版で、このハムレットのせりふを[*Aside*]（傍白）としているが、ここは古版（Q２、Ｆ１）では、

Q2　*Ham.* A little more then kin, and lesse then kind.

F1　*Ham.* A little more then kin, and lesse then kinde.

となっていて、どちらにも[*Aside*]のト書はない。これを入れたのは一八世紀前半に活躍したイギリスの学者ティボルド（Lewis Theobald 1688–1744）で、彼は近代の三番目のシェイクスピア作品集の編者である。このト書〔傍白《ぼうはく》〕をつけた場合この一行は、「舞台上の相手には聞こえないことにして、観客にのみ聞かせる形で言うせりふ」（三省堂『新明解国語辞典』第五版、一九九七年）となる。このト書をつけることの是非については考え方が分かれるところであるが、ニュー・ペンギン版の『ハムレット』の編者（**T. J. B. Spencer** 二〇〇五年、初版一九八〇年）は、この一行は「国王クローディアスのしゃべりかけたのを遮っているのだから、傍白としてしゃべらないといけない」（187頁）と言う。問題は、この一行は誰にあてはめた言葉かということと関連してくる。これはハムレットが自分自身にあてた言葉なのか、それとも国王クローディアスに向けた言葉なのか？　第二次アーデン版『ハムレット』（一九八二）の編者ジェンキンズ（Harold Jenkins）はこう述べている、「大抵の注はここの言葉を、すぐ前の王の言葉 *cousin*（甥）ならびに *son*（息子）と同じく、ハムレット自身にあてはめたものと受け取っていて、故《ゆえ》なきことではない。しかしながら、なかには、*less than* *kind* にありありと表れている国王への敵意もさることながら、とってつけたように切りだした不自然な親子関係を重く見て、この一行はクローディアスにあてた意識的な挑戦のことばだと解する人もいる」。その上でジェンキンズは、ハムレットのこの一行は、ハムレットとクローディアスの双方がそれぞれに対して立っている位置関係に触れていると見るのが一番だとして、ト書[*Aside*]は省いた形にしている。なぜなら、'*cousin*'(甥)は'*kin*'(親戚、縁続き)であるが'*son*'(息子)となると'*more*'(それ以上)になるわけで、本物の自然の親子関係が生じる「息子」とは異質のものを感じての怒りがこみあげてきての表現と見ている(434—435頁)。

オックスフォード版の編者ヒッバド(G.R.Hibbard 一九八七)は、この曖昧で刺《とげ》のある言葉を放ったのは、これが王に聞かれることを狙っているからで、この謎かけでクローディアスを困惑させかき乱すのがハムレットの意図として、[*Aside*]は付けていない(158頁)。

わが国での「ハムレット」注釈書のなかでもその独特の見解で光彩を放っている浦口文治の注釈(三省堂版、昭和七＝一九三二年)にはハムレットのこの一行は「寸鐵殺人的な警句。しかし国王(the king)もさるもの、この傍白(Aside)を聞かぬ振りして平気を装ひつゝ、猫撫で聲で、How is it…?(Ⅰ・2・66)と問ひかけた」(20頁)とある。

[Aside]をめぐる幾つかの見方を挙げてみたが、私自身の考えをあえて述べれば、ハムレットのこの言葉 a little more than kin, and less than kind は、国王に聞こえたか（聞かせようとしたか）どうかに関係なく、まず第一に、国王のハムレットへの呼びかけのなかの単語 cousin（カズン）と son（サン）への、ほとんど条件反射的な反応であるということ、そしてこの相手の発する言葉への電光石火の反応の素早さは、ハムレットという人物の言葉に対する鋭い分析と感性を示していること、しかもこれがハムレットの第一声であるということ、――それを印象づけている点で、これは大事な一行のように思われる。

なぜなら、クローディアスは着飾って居並ぶ廷臣たちを前に、国王就任の挨拶をはじめ次々と案件を処理してゆくが、その間じゅう、ずっと、全身黒づくめの衣服でただ一人黙りこくっている人物は、時間がたつほどに観客の目には、とても気になる存在として浮かびあがってくるからである。公の国事にかかわる問題から個人的な問題へと移り、最後の最後に残された案件、この黒づくめの人物へと焦点が移るとき、私たち観客はこの人物の最初の発言を待ちこがれる、――それがあのような形での第一声であること、それが不意打ちであること、それが難しい単語は一つも使わないのに地口（pun）が二重三重に仕掛けてあって全体が謎めいていること、それでいながらこの黒づくめの喪服をまとった人物の国王に対する嫌悪感がにじみでていること、となる。

②　問題のこの一行（65行目）にこめられた地口から見てゆくと、まず名詞としてのkinとkindに言葉あそび（wordplay）があり、さらにkindに「名詞」と「形容詞」の両方に利かした言葉あそびがある。

名詞としてのkinとkindは、ＯＥ（Old English 古英語七〇〇―一一〇〇年）の同じ語源から来ていて、研究社版『英語語源辞典』（編集主幹・寺澤芳雄、一九九七年）からその一部を引用すれば、

kin *n.*《OE》一族，親族；同類．◆OE *cynn* kind, race, family, sex, gender….◇OEでの主要な意味は…race, kind, sexの3つであったがsexの意味は15Cに失われた．．．

kind *n.* †1《OE》–《1649 Milton》生まれ，血統．2《OE》《古》性質，本性．3《OE》《古》方法，やり方．4《OE》種，族；種類．5《? *a* 1200 Layamon》《古》部族，一族．

この二つの単語は、どちらも古英語でrace（族）、species（種）を意味する語から来ていることになる。この語から発展した一つの概念が、'race, people'（部族、一族）となり、更にここから、同じ部族に属する一員ということでkinsman「血族（男子）」となってゆくからkinは「血縁関係」「血のつながり」を意識した語と言うべきであろうか。なお、kindはシェイ

クスピア時代には[ki：nd]（キーンド）と発音されていたとの指摘もなされていて、もしそうだとするとこの二つの単語は、発音の点でも似たもの同士ということになる。

そしてもう一つ、kindの「名詞」と「形容詞」の意味のつながりであるが、研究社版『英語語源辞典』（編集主幹・寺澤芳雄、一九九七初版）によれば、

> **kind** *adj.* †1《OE》–《1694》生来の，特有の．2《c 1250》《古》生まれのよい，育ちのよい．3《a 1325 *Cursor Mundi*》生来気立てのよい；親切な……◇「親切な」の意味は「生まれのよい」または「身内の者がもつような感情」からの転義．

とある。「自然な感情」「情のつながり」というのが当たっていよう。

このような語義のかかわりがある一方、クローディアスとハムレットの従来の関係（「叔父—甥」）は、新国王クローディアスがハムレットの母（ガートルード）と結婚したことで新たな関係（「義理の父—義理の息子」）に転じたことが意識されている。だとすれば、この一行は、次のような言い分のうえに成り立っていると言えよう。

「あなた（クローディアス）が私の母（ガートルード）と結婚したいま、私はこれまでの単なる親戚（kin = kinsman）〔'cousin'〕の域をこえて、あなたにより身近な存在となった。しかし私は、あなたに「息子」〔'son'〕と呼ばれるにはほど遠い存在である、なぜならあなたは、

本来は叔父であって実の父ではないのだから。」

③　この一行（65行目）は、しかしながら、それにとどまらない。というのもこの行は、シェイクスピア時代にかなりよく知られていた諺をハムレット流に言いかえたものであることが前々から指摘されてきたからである。ティリーの『16、17世紀のイングランドの諺辞典』（M. P. Tilley: *A Dictionary of the Proverbs in England in the Sixteenth and Seventeenth Centuries*. Univ. of Michigan Press, 1950）にある

K 38 The nearer in kin the less in kindness

（＝三省堂版『英語諺辞典』大塚高信・高瀬省三共編、一九七六年、N27「血族関係が近ければ近いほど愛情が少なくなる」〔16世紀中期〕）

がそれである。ティリーは一五六五年の『ゴーボダック』（イギリス最初のブランクヴァースによる悲劇）の中の一行（**In kinde a father, not in kindness**「血のつながりでは父だが、愛情では然《さ》にあらず」）から一六一八年までの用例七つと、シェイクスピアの用例三つ（その一つがこの箇所）を挙げている。その諺とハムレットのこの一行との関連は、アメリカのシェイクスピア学者キトリッジ（G. L. Kittredge 1860–1941）もすでに彼の注釈つき『ハムレット』（一九三九）の中で触れていて、この諺のハムレット流の言いかえを次のように記述してい

る（142頁）。その記述に私の訳をつけて示すとこうなる。

'Yes, nephew and son both! — a little more than normal kin, and yet not quite kindly in my feelings toward you.'

（おっしゃる通り、甥でもあり息子でもありますとも！――普通の「叔父―甥」の関係よりは少し深いつながりができました、しかしながら私のあなたへの気持ちは愛情いっぱいというわけではないのです。）

この言いかえは、オックスフォード版『ハムレット』の編者ヒッバドの注釈では次のようになっている（158頁）。それに私の訳をつけて示すと、

'the more closely related to me you become, the less I like it.'

（あなたが前より一層深い関係の親族になった分だけ、私はこういうつながりが一層嫌いになった）

これとの関連で、キトリッジもティリーも、申しあわせたように『マクベス』から次のせりふ（グローブ版〔Ⅱ・3・146―147〕）を引用している。添えた訳は小田島雄志訳。

　　　　the near in blood,
The nearer bloody.

血のつながりが近いほど
血なまぐさいことをやりかねない。
〔この引用文中の near は、nigh, near, next と変化する形の比較級であって、near, nearer, nearest と変化するときの形よりも、もっと古い比較級。詳しくは研究社版『英語語源辞典』（一九九七）の見出し語 near と nigh を参照〕
以上、ハムレットの発した第一声〔I・2・65〕について、特にハムレットの反応のすばやさと、そこにこめられた二重三重の「ことば遊び」に注目して述べてきたが、ここでもう一つ、私が何度か読みかえすうちにハッと気付いたもう一つの点に触れておきたい。それは、ハムレットの第一声〔I・2・65〕に先立っての、クローディアスの、ハムレットに向かっての第一声〔I・2・64〕の中にある。そこで、改めて、その二行〔I・2・64、65〕を引用してみる。原文はニュー・ケンブリッジ版（Philip Edwards 編、一九八五）からで、添えた日本語訳は四つ。いずれも「ハムレット」の注釈書を出しておられる方のものである。
CLAUDIUS But now my cousin Hamlet, and my son —
HAMLET （*Aside*） A little more than kin, and less than kind.
国王。さて今度は、甥でもあり我子でもあるハムレット、——

ハム。〔傍白〕親類にしちゃ近すぎ、人間にしちゃ遠すぎる。
（澤村寅二郎訳。研究社、昭和一〇＝一九三五年）

国王　ところで、甥のハムレット、そなたはわしの息子――
ハム　〔傍白〕親類よりは深いが、親子ほど深くはない。
（小津次郎訳。筑摩書房、昭和四五＝一九七〇年）

国王　ところでハムレット、わしの甥《おい》にして、しかもわしの息子――
ハム　〔傍白〕近親関係はいま少しはまし、親切感はさらになし。
（大山俊一訳。旺文社、昭和四九＝一九七四年）

国王　だが、さて、ハムレット、わが甥にして、わが倅《せがれ》――。
ハム　お世辞にも叔父は親父《おやじ》と同じとは言えぬ。
（河合祥一郎訳。角川文庫、平成一五＝二〇〇三年）

この国王クローディアスの、ハムレットに向かっての第一声で私が一番おどろいたのは、その最初の一語'**But**'である。はじめはほとんど気にもならず気付きもしなかったのだが、自分なりにこの一行を日本語にしたらどうなるかを考えたときに、はたと行き詰まったのがこの'**But**'であった。国王は、ここで初めてハムレットに向かって口をきく。ハムレットはまだひとこともしゃべっていない。ところが国王は、いきなり'But'(「しかし」「だが」)という接続詞で切りだしている。「しかし」という接続詞は、ごく普通に考えれば、「前の話の内容を否定したり、その内容から予想される事と反対の事を述べたりすることを表わす」(三省堂『新明解国語辞典』第五版、一九九七年)。また、ごく普通の話し言葉(口頭語)としての接続詞「だが」も、三省堂の『新明解国語辞典』によれば、「今まで述べてきた事とは反対の意味で、下へ続けようとする時に使う言葉」ということになる。ところがハムレットは、ここまでで、まだひとこともしゃべっていないのだから、「前の話の内容を否定」することはありえないし、「その内容から予想される事と反対の事を述」べる状況にはない、と言えよう。にもかかわらず国王は「しかし」という一語で口火を切った。——こんな話の切りだし方が、ありうるのだろうか。ハムレットは、'cousin'や'son'の呼びかけよりも前に、この最初の一語'But'に、何か、「カチン」とくるものを感じたのではないだろうか。これを国王クローディアスの側から言えば、ハムレットに対する不快感、溜りに溜った怒りにも似たマグマの噴きだしのしるしではないのだろうか。国王がハムレットに対して抱いているその不満の正体は、少なくともその一端は、(ハムレットの突発的な反応のあの一行の)すぐあとに顔をだしている。

How is it that the clouds still hang on you?

なぜその額の雲が晴れぬのかな？

〔小津次郎訳。Ⅰ・2・66〕

それに続く王妃ガートルードのことば

Good Hamlet cast thy nighted colour off,
And let thine eye look like a friend on Denmark.
ね、ハムレット、その暗い蔭を払いのけて、
陛下を親しみをこめてごらんなさい。
〔小津次郎訳。Ⅰ・2・68―69〕

にはっきり見てとれるように、ハムレットの'nighted colour'（夜の暗い色）は、暗い気分、暗い顔の色にとどまらず、ハムレットのまとっている黒づくめの衣服、その喪服にある、とみるのが自然である。〔ニュー・ケンブリッジ版の編者エドワーズ（Philip Edwards 一九八五）はその注にいう、'nighted colour' i. e. the darkness of both clothes and mood。（86頁脚注）。これより半世紀前に、三省堂版『ハムレット』の編者浦口文治はすでにこう記している、「（これは）直接には Hamlet の黒喪服、間接には彼の憂ひ顔をさしての形容である」（21頁脚注）、

と。」

クローディアスにしてみれば、先の国王（ハムレット）の急死に伴う悲しみにも節度というものがあろう、今日宮廷に集まったみなの者は、新国王の誕生と就任を祝って然るべき身支度をととのえここに来ている——「しかし（お前は）」、と胸につかえたままの不満があの最初の一語 **'But'** を口走らせたのではないだろうか。この一語を何と訳せばよいのかと迷ったところで、シェイクスピアの言葉えらびのすごさに気付かされた瞬間だった。

私なりに強いて訳せば、この一行、

それにしてもわが甥ハムレット、そしてわが息子よ——

となろうか。

（2）

I am too much i' the sun.

まさか、陛下に息子呼ばわりされては晴れがましすぎます。

グローブ版、研究社版とも〔I・2・67〕、大場建治訳。

この直前の国王のせりふ

How is it that the clouds still hang on you?

どうしてお前の顔はまだそんなに曇りを帯びているのか？

（沢村寅二郎訳）

が天候のイメージ、「雲」なので、ハムレットもそれにあわせて返答をしている。ただしここでもまた「言葉遊び」があって皮肉たっぷりの突き返しとなっている。そこでこの一行

Not so my lord, I am too much in the sun

は、次のような含みを持つことになる。

①　ハムレットの「太陽（the sun）」は、クローディアスの「雲（the clouds）」と言ったのに対してその逆の言い方。従ってその意味は、「（黒い）雲が垂れこめたままだなんて、それは違います、お日様のかんかん照りの中にいます」となる。

②　「お日様（the sun）」と言ったのは、国王がたったいまハムレットのことを「わが息子（my son）」と呼んだことへの反撥とあてつけである。というのも、同じ発音（サン[sʌ́n]）の son と sun は、ヘルゲ・ケケリッツ（Helge Kökeritz 1902–64）の『シェイクスピアの発音』（*Shakespeare's Pronunciation.* Yale Univ. Press, 1953）によれば、son / sun の言葉遊びは'one of the most common puns in Shakespeare'「シェイクスピア劇では最もありふれた地口の一つ」（147頁）。その例として『恋の骨折り損』〔Ⅴ・2・169―171〕、『ロミオとジュリエット』〔Ⅲ・5・127―129〕ほか、いくつもの例を挙げている。

③ son / sun の言葉遊びから、その意味に表と裏があることを指摘したのは第一次アーデン版『ハムレット』の編者ダウデン（Edward Dowden 1843–1913. 一八九九年）であって、その注に言う、「ハムレットは宮廷の燦々《さんさん》と陽《サン》のあたる場所にいるのに加えて、やたらに息子《サン》呼ばわりされている、——亡き父のサン（息子）で、破倫の罪を犯した母のサン（息子）で、叔父なのに父でもある者のサン（息子）で、（もうさんざんだ）。」

これをもっと別の角度からとらえた人にトマス・コールダカト（Thomas Caldecott 1744–1833）がいる。ダウデンより五十年以上も前に「シェイクスピアの版の一つの見本」として出版した、もり沢山の注を一五〇頁も入れた *Hamlet, and As You Like It*（London : William Nicol.1832）で、この箇所（*I am too much i' the sun*）の注にこう記している（Notes to Hamlet の20頁）、

'I am torn prematurely from my sorrows, and thrown into the broad glare of the sun'

「悲しみの暗い影がまだ明けやらぬうちに私はむりやり張っぱりだされて、まぶしくまばゆい陽の光のぎらつくところへ放りだされたのです」

④ 傍から見たら王子ハムレットは、新しい国王クローディアスの愛顧・恩恵（favour）をいっぱいに受ける立場に、陽のあたる場所に、いる、——しかしこれにも裏の意味があって、

それは『リア王』にでてくるケント伯の次のせりふにみてとれる、とする解釈がある。

Good king, that must approve the common saw,
Thou out of heaven's benediction comest
To the warm sun!

王さま、諺にもありますが、天の祝福を奪われて
炎天に引き出される、そいつをお認めにならねば
なりますまい。

（小津次郎訳。グローブ版〔Ⅱ・2・167―169〕）

ここでいう「諺（the common saw）」とは、デントの『シェイクスピアを除くイギリス演劇の諺表現、一四九五―一六一六年』（R. W. Dent : *Proverbial Language in English Drama exclusive of Shakespeare, 1495–1616*. University of California Press, 1984）の中の

G 272 : Out of God's blessing into the warm sun.

で、文字通りに訳せば「神の祝福から外れて暖かな陽のあたるところへ」となるが、その意味は、'from bad to worse', 'to be out of house and home'（悪い状態からもっと悪い状態へ）、となる。この諺表現は一五四〇年から記録されて、ティリーの『16、17世紀のイングランドの

諺辞典』（G 272）には一五四〇年から一五九八年までで六つの例がのっている。それ以降の例となると（一六一一年から一七三八年までで）十八の例がのっている。「陽のあたるところ」とは、屋内ではなくて「屋外」「戸外」のことであり、当時、太陽の熱射はからだに毒で不幸のもと、とみなされていたからである。かくて「暖かく陽のあたるところ」は、一転して、「前よりもっとひどい境遇」を暗示することになる。

6　『ハムレット』の「ことば・ことば・ことば」

――『ハムレット』へ！　そしてもう一度、『ハムレット』へ！

(1)　父親の急死に揺れるハムレット

「見えるかな、あの雲、ラクダそっくり？」「いかにも、ラクダみたいで」「イタチそっくりに思えるが」「背中がイタチみたいで」「それともクジラそっくりか？」「まさしくクジラみたいで」

父急死の報せをうけたデンマーク王子ハムレットは、とるものもとりあえずウィッテンブルグの大学からエルシノア城へ、早馬を飛ばして駆け戻る。葬式のつもりが、来てみれば、叔父のクローディアスと自分の母で王妃のガートルードとの結婚式と戴冠式に来たようなものだった。夫の死からまだひと月もたたないのに母の再婚、それも父の弟と。エルシノア城の高台で、真夜中すぎ、父そっくりの亡霊に出会ったハムレットは、番兵と親友ホレーシオの制止を振り切って亡霊の後を追い、その亡霊の口から、恐ろしい死のいきさつを聞かされる。庭でうたた寝をしていたとき、耳に毒薬を注がれて、みるみるうちに、なめらかな肌はかさぶたに蔽《おお》われて血は凍った、と。生命と王冠と妻の妃《きさき》を一遍に奪い取った者は、いまは国王。だが、母のことは天にまかせよ、わしを忘れるな！

こうして「ハムレット」は始まる。今後、狂人めいたふるまいを見ても、何か知った風《ふう》はしないでくれ、誓って、とハムレットが兵士たちに頼むとき、地の底から亡霊の「誓え！」という声がとどろく、一度、二度、三度、四度も。

あれは本物か？　あの、不意に現れたものは、いったい、何なんだ？　その言葉は本当か？　もし本当だとしたら、どうして平気でおれよう？　もしそれが人をまどわす幻影にすぎぬとしたら、どうする？　いったい、何があったのだ？　父は死んだ、母は再婚した――それが人生ではないのか？　ただ、気にかかるのだ、なぜか、昨日までと、どこか違ってしまったのだ。なぜか、昨日までのように楽しめないのだ、楽しくないのだ、昨日と同じように風は吹きわたり、風は鳴り、陽は昇り、陽は沈んでゆくのに。私に何ができるというのだ？　私にどうせよというのだ？　私は、何者だ？

たまたま旅役者の一行がエルシノア城を訪れる。宮廷で芝居の上演されるその日、ハムレットは座長に「ゴンザーゴ殺し」を所望し、せりふをほんの十行ばかりつけ加える。父の死を再現した劇中劇は国王クローディアスを不興の極に至らしめ、王は途中で席を立ち、余興は一転して混乱に終わる。

狂喜するハムレット。そこへ王妃の命をうけた内大臣ポローニアスがやってきて、母上の許へとせかせる。そのときの一瞬の問答が、頭の引用である。シェイクスピア時代の劇場は、早稲田の演劇博物館にみられるように、建物の中央部分は屋根なしで青空がみえた。あの雲が見えるか、は、文字通り、本物の雲をさしてハムレットは言っているのである。見える？　雲が？　何に？

(2) 全て謎に包まれるハムレット

「人間の時間の一番大事な使いみちが、食って眠る、それだけだとしたら、人間とはいったい何だ？」

一九九〇年（平成二年）の夏、ロンドンに三ヶ月を過ごしたとき、一日、ウェストミンスターの橋のたもとから遊覧船に乗って、グリニッジまで小一時間のテムズ川下りを楽しんだ。快晴に次ぐ快晴で、テムズ川の水かさはすっかり減り、青々とした芝で聞こえた公園の緑までが赤茶けてきたほどだった。

その川下りの最中、私はずっと、ハムレットの、「あの雲が見えるかい、ラクダそっくり、いや、イタチそっくり、それともクジラかな?・」を思い浮かべていた。

「ハムレット」が初めて上演された一六〇〇年ごろ、シェイクスピアの所属していた劇団(内大臣一座)の本拠地グローブ(地球)座は、ロンドン・ブリッジの南側にあって、晴れた日には、その青天井に、きっと、あんな雲が浮かんでいたんだ、と思うと、何の変哲もない雲が、生きもののように見えてくるから不思議である。

旅役者の上演でついに証拠をつかんだと思ったハムレットは、(きっと有頂天なのだろう)歌を歌いだす。国王の不快と王妃の驚きを伝えるために、国王の傭《やと》われスパイでハムレットの小学校時代の旧友二人(ローゼンクランツとギルデンスターンは、略して、ロズ・ギルと呼ばれることがある)がやってくる。気色ばんだ二人は、かさにかかって責め立て、昔は愛してくださったのに、となじる。通りかかった役者から笛を借りて、ハムレットは幼友だちに笛を吹いてと頼む、ぜひに、と。吹けないと断る旧友に、穴に指をあてて息を吹くだけでいいと言う、だめですと断る旧友にハムレットは訊《たず》ねる、おれを笛以下だと思っているのか、勘所《かんどころ》を押さえればいくらでもいい音色を出す(秘密を吐く)とでも?――(いつかの上演では、通りかかった親友ホレーシオが笛を受け取り、いとも簡単に美しい音色を奏でてみせた)。

その直後にポローニアスが登場して、即刻母親の許《もと》へとせきたてる。そして雲問答が始まる。ある上演では、狂気のハムレットのご機嫌取りに徹した老人がろくに雲も見ないで答えた。ある上演では、三回ともハムレットが場所を変えて言い、老人も三度場所を変えて、しっかり見定めながら答えた。それにしてもラクダとクジラでは見間違うはずがないではないかというわけで、これはハムレットが劇中劇成功の嬉《うれ》しさをカムフラージュするための狂言問答だという説もあれば、ハムレットを甘く見るポローニアスへの痛烈な警告（重荷かつぎのラクダは血をすするイタチにも、島かと安心したら沈んでしまうクジラにもなる）との説もある。

私が感心したのは「戦艦ポチョムキン」の監督エイゼンシュテインが三つの動物の背中の瘤《こぶ》の微妙な差異に注目しての図を描いたときである。「ハムレット」は謎《なぞ》、これこそ強烈な第一印象である。

（3）生・死ではなく、生き方が問題に

トゥ・ビー・オァ・ノット・トゥ・ビー、ザット・イズ・ザ・クェスチョン

「どう在ればいい、どうすればいい、そこなんだ、問題は」

私たちが、誰かが、あるいはどこかの町や村や自治体が、何かの（たとえば産業廃棄物の受け入れ

を認めるか否かの）問題で思い悩むとき、新聞などの見出しで時折、「いまはハムレットの心境」といった文字を見かける。言うまでもなくこれはハムレットの《To be or not to be》で始まるあの有名な第三独白をふまえてのことである。その場合、きまってこの箇所は、「あれか、これか」という二者択一の岐路に立たされた者の苦しい立場を表すものとして引用される。

「ハムレット」のこの部分は、ここ日本では、明治三十五年（一九〇二年）の坪内逍遙訳によるわが国初の完訳から今日までのおよそ百年間に、三十八人、三十種を超える翻訳でさまざまに邦訳が試みられてきた。「世に在《あ》る、世に在らぬ」「存《なが》らうべきか、それとも、存らうべきでないのか」「生か、死か」「このままでいいのか、いけないのか」「生き続ける、生き続けない」――ここは、どう置き換えてみても、何かをとりこぼしているような不安がよぎる。

「生か死か」なら、ここは〈to live or not to live〉とどう違うのかと素朴な疑問がわいたりする。原文なら落ち着くのかと言えば、その中身をめぐる論争は、もっと深刻である。果《は》てしないばかりか一つを認めれば他はすべて排除されるという厳しい対決の場となる。

とはいえ、テキストではこのあとすぐに、「いったいどちらが一層立派なんだ、情容赦ない運命の石弓《いしゆみ》に（肉体はさらしても）耐えぬいてみせるのと、際限なく寄せくる波また波の煩《わずら》いに立ち向かい切りつけてそれと共に（肉体の）亡《ほろ》びるのと、」と続く。私なりに言い換えれば、踏まれても蹴《け》られても、何としても、生き抜いてみせるというのと、負けてもともとのこの生命《いのち》、玉砕でもかまわぬ、真正面からその艱難《かんなん》に立ち向かわずにはいられないのだとばかりに生きていくのと、どちらが一層立派なのだろうか、ということになる。これは、一方は女々《めめ》しい、他方は男々《おお》しい、さあどっちだ、というようなレベルでの問いかけではないのである。もっと言えば、それは、「生か死か、それが問題だ」ではなくて、どちらも、どう生きるかが問題になっている。

秤《はかり》の一方の皿に「生」があり、もう一方に「死」があるのではなくて、どちらの皿にも「生」がある、いや、もっと正確に言えば、どちらの皿にも、「(死をすでに内《うち》に孕《はら》んでいる）生」があると言っていい。それでこそ、どちらを選んでも自然に、ハムレットが次に口にすることば、「死ぬ、――眠る」へと連なってゆく。束の間の人生に欲望の花が咲き乱れる。長引く裁判、愚者の横暴、報われぬ恋、こんな人生にしがみついているのも、旅立ったら最後、帰った人がいないからだ。未知の国より知った土地柄がいい。――このとき、祈るオフィーリアが目に止《とま》る。

(4) 言葉の活断層がむきだしに

「そなたは正直か?」「え?」「きれいか?」「どうしてそんなことを?」「……尼寺へゆけ……父上はどこだ?」「家に」「戸を閉めておけ……尼寺へゆけ、尼寺へ」

《トゥ・ビー・オア・ノット・トゥ・ビー》――これに続く三十三行の独白を述べるとき、ハムレットは何について考えているのだろうか。シェイクスピア学者の説は、「自殺」説と、そうでないという説とに大きく二分され、中には自殺の「じ」の字すら関係ないと言う人もいる。

もう一つ学者の意見が分かれる点は、この独白でハムレットが取り上げている論点は、ハムレット自身の個人的な二律背反《ジレンマ》(あちら立てればこちら立たず)なのか、それとも人間一般のことなのだろうかという点だ。どちらに与するにしても、その中身は何かとなると、再び意見は枝分かれしよう。

ただ、テキストに即して読む限り、ハムレットがここで思い巡らす《問題(クエスチョン)》は、人間として存在していることに纏《まつ》わるプラスの面とマイナスの面に深くかかわっていることになる(そう喝破《かっぱ》した慧眼《けいがん》の持ち主はハロルド・ジェンキンズという碩学《せきがく》で、一九八二年のことである)。もっと平たく言えば、人間に生まれてよかった(と同時に、よくなかった)ということに深くかかわりがあるということで、ここまでくると改めてシェイクスピアのことばの恐ろしさを思い知らされる。その具体例を「尼寺の場」にみよう。

　それは、ハムレット狂乱の真相究明のため囮《おとり》として放たれたオフィーリアが、祈りながらハムレットを待ち受ける場で、前にもらった品と手紙を贈り主に返そうとする場面である。壁掛けの後ろにはオフィーリアの父（で国務大臣のポローニアス）と国王が隠れて立ち聞きしている。《美しい妖精《ニンフ》》というハムレットの呼び掛けに、オフィーリアは言う、「どんな立派な贈り物でも贈り主の心が冷たくなれば輝きは失せます、さ、このお品を」。これに続く応答が冒頭の引用である――「そなたは正直（オネスト）か？　きれい（フェア）か？」

　人からも自分でもその通りと思い思われてきたこの乙女には、質問の意味が飲みこめない。女性について言う場合、《honest（オネスト）》とは「貞節」の意味が第一の時代だっただけに、操正しいオフィーリアには答えようがない。「もしそなたが自分で思っている通りの純潔で正直で美しい（オネスト・フェア）処女であって、これからもそうあり続けるつもりなら」とハムレットは言う、「尼寺へゆけ」。文字通り、俗世から隔絶した孤島へ、「尼寺」へ！　なぜなら、この世《よ》に生きるとは汚れること、その見本ならわんさとある、おれもそうだ、と。

　面くらうオフィーリアに不意打ちがくる、「父上はどこだ？」「家《うち》に」、と、この清らかな乙女は嘘、をつく。《清純》と《正直》の両義を兼ねた「オネスト」が失われれば、この乙女に残るのは「美しさ（フェア）」だけである。嘘と美貌を売り物にする場所は淫売宿で、当時の隠語では、「尼寺＝女だけの家」といえば「女郎屋」だった。「尼寺へゆけ」の意味が様変わりする。言葉の活断層がむきだしになった一瞬だ。

（5）「死すべきさだめ」こそが特徴《しるし》

「雀一羽おちるのも天の配剤。今あれば、後には来ない、後で来ないのなら、今あるだろう、今ないとしたら、あとできっとあるだろう、備えがすべてだ」

ポローニアスとのあの雲問答の後で、ハムレットは、呼び出されて母の居間へと向かう。母との二人きりでの対面が、初めてハムレットにやってくる。ハムレットは母に鏡をつきつけて心の奥底まで覗《のぞ》かせようとする。そのすさまじさに母は悲鳴をあげ、助けを求める――またしても壁掛けの後ろに誰かが隠れて立ち聞きしていて、助けを求める――ハムレットの剣が走り、壁掛けを貫いて仕止める――悲鳴の主《ぬし》は、国王ではなくて、ポローニアスであった。

こうしてハムレットは、父を殺された身から、心ならずもポローニアスを、オフィーリアとその兄レアティーズの父を、殺す身となってしまう。

成長の過程にある若者は、腐った世界を目の前にして、ただ、じっと黙って耐え抜くことは許されないものだ。真に成長の過程にある若者なら、その中で行動しないわけにはいかない。癌細胞の中心（現国王クローディアス）は見つけたとしても、その周りには、すでに深くその癌に冒された者（母がそうだ）がおり、果てしなく病巣の広がりつつある者（ローゼンクランツとギルデンスターンがそうだ）がおり、目星をつけられている者（レアティーズ）があり、無垢であって無垢なるがゆえに病原体のカムフラージュに利用される者（オフィーリア）がいる。

そのような世界に生きるということは、生きるための条件は、この汚れにいやでも染まるということで、ハムレットのポローニアス殺しは、このような世界と折り合いをつけるためにいやでも直面するほかはない、もう一つの問題である。

ハムレットのポローニアス殺し、――身分高き者の狂乱は許されない。国王はハムレットにイギリス行きを命じる。国王の密書（イギリスに到着次第ハムレットの処刑を求める内容）を持ったロズ、ギルに伴われて船出した一行は、途中、海賊船に襲われ、全くの偶然からハムレット一人がデンマークへ帰還することになる。そのハムレットが墓地を通りかかって最初に目にしたのが、墓掘り人夫の掘り出した髑髏《されこうべ》であり、父の死の痛手に発狂して溺《おぼ》れ死んだオフィーリアの土葬であった。

その兄レアティーズは、父と妹の死に、闇雲《やみくも》に復讐を誓う。国王の入れ知恵と自分からの発案でハムレットをフェンシング試合に誘い、毒をぬった剣と毒入りの酒盃とで、ハムレットを必ず死に至らしめる秘策がねられる。

冒頭の引用は、十二本勝負のその試合の申し出を受け入れた後で、ホレーシオとかわすことばである。無意識のうちに、ホレーシオへの最後の別れをのべることになってしまう。死すべきさだめ、――これこそ「ハムレット」のもう一つの決定的な特徴《しるし》である。

(6) 謎・死秘め、魅力放つハムレット

「私の口から語らせて下さい。邪淫の、血まみれの、人でなしの人殺し、思いがけない裁きがこもったゆきずりの殺人、計略の手違いから張本人の頭上にふりかかった死のことを」

シェイクスピアの悲劇の主人公に思いを馳せるとき、同時代のほかの劇作家の主人公と決定的に異

なる何かに思い当たる。そのひとつの際立った特徴に、主人公が劇の始まりと終わりでは、様変わりすることが挙げられる。それを、たとえば、別人になったよう、と言ったのでは誤解を招きかねない。さりとてそれを、成長・変化・変身と言い直してみても、それでは説明になり下がってしまう。そんな言い方では言い尽くせない変わりようである。マクベスがそうであった。

リア王の場合もまたしかりで、そのことをリアについてもっと具体的に、そして少し注意深く見てゆくときに、私たちは、出だしのリアが、人にものを言うとき、命令形でしか、しゃべらないことに気付く（国王だから――それだけの理由であろうか？）。そのリアが、三人の娘から三者三様のあしらいを受けるうちに、「わしはいったい何者なんだ？」という疑問形でものを言うようになる。その疑問形はリアに付き添う道化という反響板で増幅され、「嵐」で揉《も》みしだかれてリアの心を破壊するまでに募ってゆく。そして狂乱のリアは荒野のさすらい以降、「この靴をぬがせてくれ」「泣かないでくれ」「このボタン、はずしておくれ」と人にものを頼めるリアに変わってゆく。肝心なのは、シェイクスピアがそのように書き込んでいるということである。

ハムレットもまた様変わりしてゆく。だが、どのように？　これはもう、次元の違いとしか言いようがない。《ハムレットは変わったな》と私たちが気付くのはもっとずっと後のことで、その一つの結果が前回引用した「雀一羽おちるのも天の配剤」という、ホレーシオへの（無意識の）訣別《わかれ》のことばとなる。それならば、ハムレットの人間的変容の転回点《きっかけ》は、この劇のどこに見いだしたらいいのだろうか。

これまでのハムレット役者、演出家は、テキストの読みの深さを示す一つのバロメーターとしてそれぞれに転回点を見つけてきた。それをどこに（尼寺の場か、劇中劇か、ポローニアス殺しか、母との対面か、疣《いぼ》ほどの土地に二万の死にゆく兵を進めるノルウェー王子との出会いか、イギリス行きの船上での出来事か、墓掘りの場にか）見いだすにせよ、ポローニアス殺しに続く一連の出来事には、すべてハムレットが死に直接手を触れているという状況がありありと見て取れる。人の生は一人ひとりが織り上げる模様である。だがそれを仕上げるのは死である。そして「ハムレット」は四つの異なる死に方の四つの死で幕となる。冒頭の引用は語り部《かたりべ》の役（記録・歴史）を託された親友ホレーシオのことばである。ここにこの劇のすべての死が塗り込められている。謎と死すべきさだめとを秘めながら今もって最大の息づく魅力を放ち続ける「ハムレット」、――この劇の存在そのものが奇跡なのだ。

Ⅱ

現在《いま》に架ける橋

1　『ハムレット』――もう一つの見方

映画であれ舞台であれ、シェイクスピアのこの作品でいつも興奮させられるのが、あの大詰めのフェンシングの場面である。手順も手続きもその先の結果までみんな分かっている、それなのにあそこへ来ると私の目は皿になる。目を皿にして、どんな些細な出来事も見逃すまいとする。ともに父を殺された二人の若者が（現国王の叔父に父を殺されたデンマーク王子ハムレットと、そのハムレットに誤ってとはいえ国王側近の重臣である父を殺されたレアティーズとが）、細身の長剣と短剣の二本を使って、並《な》みいる廷臣の前で、十二本勝負の御前試合をたたかう場面である。その剣さばきが本物かどうか、役者の腕が問われると同時に、ドイツのウィッテンベルグ大学に学んだハムレットと、当時のヨーロッパで人口が十万台をこえる数少ない都市（ロンドン、パリ、ヴェニス）の一つ、花のパリに留学したレアティーズとの、剣の流儀の微妙な違いがにじみでる瞬間だからでもある。二人の御前試合はあくまでも腕だめしということになっているから、剣の先には刃止めがついていて、切先でお互いのからだに傷がつかないようになっている。しかし、誤ってにせよ、パリ留学中に父（ポローニアス）を殺され、それが引金になって最愛の妹（オフィーリア）は発狂のうえに溺死という不幸が重なり、しかもろくな葬式も出してもらえず、その不運の源にハムレットがいると知ったレアティーズは心おだやかではない。先王（ハムレット）毒殺とその妻（ガートルード）の奪取を、その息子（で王子の）ハムレットに気付かれたのではないかと不安な思いが続く現国王（クローディアス）もまた、心おだやかではない。復讐を正面から切りだせない若者（レアティーズ）と、危険分子の抹殺を正面からは言いにくい国王とがしめしあわせて編みだしたハムレット殺しの仕掛け舞台が、あのフェンシングの場面であり、レアティーズの剣先だけは刃止めがはずしてあって、しかも切先には一滴で三十分とはもたない猛毒が塗ってある。かすり傷一つつけられぬ時に備えて、ハムレット勝利の乾杯用の酒盃には、毒入り真珠が落とされて、ハムレットの命の逃げ場はどこにもない。

しかし「マクベス」の魔女の予言が（「バーナムの森の動かぬ限りマクベスは負けない」「女から生まれた者にマクベスは仆《たお》せぬ」が）マクベスを裏切るように、人は自分が信じるものによって一番大きく裏切られる。パリ帰りの名剣士としてレアティーズ絶対有利のはずの勝負が、はじめの二本とも、わずかの差でハムレットの勝ちとなり、それに気をよくした母で王妃のガートルードは、わが子のために祝杯をあげてしまう。気がついてみるとそこには、二人の若者と、王妃にして母親のガートルードと、叔父で国王のクローディアスと四つの死骸が横たわっている。その死体の掃除人は、ポーランド遠征から帰国途中のノルウェーの王子フォーティンブラスで、彼の父もまた、ハムレットが生まれた年に、ハムレットの父（先のデンマーク国王ハムレット）によって戦場での一騎打ちの末に殺されている。一九八八年、東京グローブ座の開場記念公演に招かれた北欧の巨匠ベルイマン演出のスウェーデン国立劇場の「ハムレット」では、壁紙を破って一瞬のうちに舞台を占拠したフォーティンブラスの軍隊が、床板をはねあげて死体を足でころがしながら奈落へ落としたのが今でも焼きついている。ハムレットの死骸だけが、ついさっきまで試合の台場に使われていた長机の上にぽつんと、死体解剖を待つ前世紀の遺物のように置かれていたのが忘れられない。ローレンス・オリヴィエの監督・主演の映画「ハムレット」（一九四八年）から、そしてシェイクスピア生誕四百年を記念して作られたソ連映画「ハムレット」（一九六四年、コジンツェフ監督、スモクトゥノフスキー主演）から、あの荘重にハムレットの亡骸《なきがら》が担架にのせられ隊長にかつがれて城の上へ上へと運ばれていったあの時代から、何と遠くへ来たのだろうという驚き一色に包まれたものだ。その驚きは私の場合、感嘆の驚きだった。

要するにこの最終場面で、いったい何が起こった（と言える）のだろうか？「ハムレット」映画は、長短あわせて、一九九〇年以前で八十一本が記録されていて、その第一号がフランスの名女優サラ・ベルナールが主演した一九〇〇年製作の、この最終場面、フェンシングの場面だったと伝えられている。長さは五分間、サイレント映画で上映時には、試合の臨場感を出すために、スクリーンの陰かどこかで調理用のナイフをかちあわせたという。一九六四年、シェイクスピア生誕四百年祭にパリのユネスコで記念上映されたというから、そのフィルムはその時まで健在だったことになる。もう一度問うが、あの最終場面で、何が起こっていたのだろうか？

その一つに、当時の観客が、あの二人の若者の剣さばきに、目を皿にして見入ったことが挙げられる。細身の長剣と短剣、この二本の剣の組合せによる（他流）試合こそ、シェイクスピアの時代感覚の真骨頂を示している。細身の長剣は、正式にはレイピア（rapier）といって蔓《つる》飾りの鍔《つば》をつけたルネサンス期の両刃の剣である。これがイギリスにはじめて導入されたのが一五六〇年過ぎ、ちょうどシェイクスピアの生まれた年（一五六四年）頃で、それから二十五年ほどたってスペインの無敵艦隊が百三十隻の大艦隊でイギリス攻略に北上してきた年（一五八八年）あたりには、イタリアから専門の剣士が教えに来るほど当世風になり、一五九〇年代なかば、シェイクスピアが『ロミオとジュリエット』を書く頃にはレイピアの指南書まで出版され、『ハムレット』初演の一六〇〇年代初頭には、流行の先端をゆく若者たちの間ではレイピア人気は急上昇をとげていた。それと反比例して、従来ひろく用いられていた「巾広の剣（ソード）と小型の円盾（バックラー）」が急速にすたれて、下男・召使いのシンボル・マークにまで退行していった。歴史劇であんなに使われた巾広の重くて長い剣、両手で持ちあげて空中から相手の鎧ごと叩き斬るような剣の時代は終わったのである。「ハムレット」

伝説の源流が一二世紀の「デンマーク史」にあり、その断片は九世紀のアイスランド・サガにまで遡るものを、シェイクスピアがレイピア（細身長剣）とダガー（短剣）の二刀流の剣さばきに変えたところに粋な計らいが感じられる。同じような粋な計らいが、正式名クロンボルグ城という中世のひびきのする城塞から、海岸沿いに少し下った町の名前でイギリス人にはなじみの深い呼び名エルシノア（原名ヘルシンゲア）城へと変えたことにも認められる。事実、一五七四年から城の新増築が始まっていて、その変容は、建築様式の変貌（ゴシックからロマネスクへ）以上に、城塞《カースル》から宮殿《パレス》へ、そして邸宅《ハウス》への変貌であり、シェイクスピア劇の「ハムレット」はその三つの顔すべてをそのうちに包んでいるというべきであろう。また「謎」が深まってしまった。

2　黄紅色《もみじいろ》の『十二夜』
――トレヴァ・ナンのシェイクスピア映画

ロイヤル・シェイクスピア劇団（ＲＳＣ）の芸術監督を十八年間つとめあげたトレヴァ・ナンがシェイクスピア喜劇「十二夜」（一九九七年封切）に初めて挑戦した。ただし今回は映画で、時代を一九世紀末の一八九〇年に設定している。

夜の海に一隻の豪華客船が浮ぶ、めざすはメッサリーナ。テーブルを囲んで談笑する人達、せわしなく立ち働くボーイたち。その情景にナレーターの声が重なる。「リスン・トゥ・ミー（聞いて下さい）、あなたに話をしてあげる、浮かれるもよし滅入るもよし、なぜなら毎日雨だから。むかし、昔……」この先は映像が物語る。《オー・ミストレス・マイン（ああ、恋人よ）》の歌が流れる。これは「十二夜」の最後で歌われるもう一つの歌《おいらが小さかったころ》と並んで「十二夜」を代表する小唄《ソング》であって、一度でも劇場の「十二夜」を、その舞台を観た人なら、つい一緒に口ずさみたくなるおなじみのメロディーである。

「十二夜」より、左からヴァイオラ、オリヴィア、オーシーノー
〔写真提供：エース・ピクチャーズ〕

軍服軍帽で特設舞台の上に立った二人の役者は、どう見ても双子としか思えない。男装の麗人と見紛《みまが》う一人がヴェールをとると顔に立派な口ひげがあるではないか、――その瞬間にもう一人の手が伸びてその口ひげをむしりとる、――つけひげでしかなかったのだ。男か、女か？　早くに両親を亡くした双子の兄妹《きょうだい》は、良家に生まれ育った品性と教養と、生

れつきの声の良さと才智のきらめきに助けられて、いまはアルバイトの芸人として肩寄せあって生きているのだった。余興が最高潮に達したとき、突然船は木の葉のように揺れて、人もテーブルもなぎ倒される。異変が起きたのだ、――この二十年後の一九一二年四月にイギリスの豪華客船タイタニック号が氷山に激突沈没する、あの悪夢を先取りするかのような異変が。海中に脱出、生き別れとなった双子のうちの妹（ヴァイオラ）の方が、白みかけた朝の浜辺で意識をとり戻すとき、助かったのは船長ほか十数人にすぎないことが判明する。「ここは何処《どこ》?」「イリリアです」「で、私はどうしたらいいの?」――見知らぬ土地での兄探しと、それまでは自力で生きぬくこと、そのためにヴァイオラは男社会を生きのびる手段として「本当の自分《アイデンティティ》」を変装で包み、兄そっくりに変身する。

そこでトレヴァ・ナン監督はイリリアという国を、メッサリーナとは敵対関係にある軍事色の強い国に設定する。騎馬兵が、巡邏《じゅんら》の武装兵が、海岸を、市場を、お屋敷の周辺をたえず巡回していて、よそ者の侵入に目を光らせている。イリリア公爵オーシーノーのまわりには、廷臣・軍人と男ばかりで女の影さえない。公爵がひと目惚れした伯爵家の令嬢オリヴィアは、父の葬儀についで急死した兄の埋葬をすませたばかりで、部屋のカーテンは暗くしめきったまま、向う七年間、一切の面会謝絶を貫き通す覚悟である。トレヴァ・ナンはこの「イリリア」のロケ地を英国西南端のコーンウォールの地に求めていて、これが息をのむばかりに美しい。

この「十二夜」は、配役・撮影ともに、ケネス・ブラナーの「から騒ぎ」（一九九三年）とあわせて一九九〇年代のシェイクスピア・シネマ・ルネサンスの名に恥じない味《あじわ》い深い出来栄えである。一九七〇年代初頭から十八年間ＲＳＣの芸術監督をつとめたトレヴァ・ナンの実績は、後世の語り草になるような舞台作り――「冬物語」（一九七〇年来日公演）・「ハムレット」（一九七〇年、主演アラン・ハワード）・「マクベス」（一九七六―七八年、イアン・マッケランとジュディ・デンチの共演）・「オセロー」（一九九〇年ビデオ化。新解釈とアンサンブルの見事な結実）――で証明ずみだが、年を追うごとに深まるトレヴァ・ナンのシェイクスピア理解は、この映画の至る所にきめ細かく張りめぐらされていて、それだけに「十二夜」の舞台をこれまでにいくつか観た経験の持ち主ほど、その隠し味を発見する大きな喜びに恵まれよう。「から騒ぎ」の恋の若々しいオレンジ色とは対照的に、この映画「十二夜」では、枯葉舞う黄紅色《もみじいろ》の恋の行方に生きる喜びがこみあげてくるのではなかろうか。

3　いま、なぜ、『ロミオとジュリエット』か

〈なぜ『ロミオとジュリエット』はシェイクスピア研究であまり重要視されないんでしょうか。——ただ単なる若い男女のロマンチックな悲恋物語、そんなんじゃありませんよね。そして、もうひとつ、なぜ今も、モンタギュー、キャピュレットの両家の対立を地で行くような対立が続く世の中なんでしょうか、——たとえば、サラエボのような？〉

新宿・南口に完成したばかりの紀伊國屋サザンシアターの公演、「ロミオとジュリエット」を演出中の木村光一氏から電話があり、パンフレットのための原稿を依頼されたのは一〇月も一週間ほど過ぎた夜だった。木村光一氏とは、六、七年前に劇場のロビーで一度お目にかかっただけなのだが、その仕事ぶりは観劇という形でほとんど全部見てきたので、妥協を許さない厳しさのなかに、なぜか親しみを感じてきた。木村光一氏のその夜の電話は思いがけないもので、その問いかけは単刀直入、漠然とながら私自身が前々から感じていた疑問に垂直につきささる。即答などできるわけもない質問に。肝心なのは問いつめることで、答そのものではない質問に。だから、もし私が、電話をもらったあの

瞬間に、「ロミオとジュリエット」と聞いたあの瞬間に、今年三月、日比谷のシャンテ・シネ2で封切りの直後に見た「ユリシーズの瞳」を、テオ・アンゲロプロス監督のギリシャ映画を、その中の一場面、荒廃したサラエボの裸舞台で、霧の中で演じられる「ロミオとジュリエット」の別れの場を、バルコニー・シーンのほんの束の間の一場面を、もし条件反射的に思い浮かべていなかったとしたら、私はきっとその時その場で断っていただろう。木村光一氏の依頼は、パンフレット向きの埋め草、何か気のきいたエッセイを求めているのではないことをズバリ伝えていたからである。更に追いうちをかけるように木村光一氏の声は続く、〈『シェークスピアをめぐる航海』を書きましたよね、読みました。そこで、ロミオとジュリエットのこと、自由に書いてほしいんです、二つの問いに触れながら〉。

私のはじめての本、『シェークスピアをめぐる航海』が早稲田大学出版部から刊行されたのはもう十年も前のことで、その中で私は『ハムレット』と『十二夜』を、そしてジャコビアン悲劇の二、三本とシェイクスピアの『ソネット集』のことを、私がこの目で見たか私の心臓に触れたものばかりを、ただそれだけを書いたもので、ロミオとジュリエットのことはひとことも触れていなかった。それだけに、「ユリシーズの瞳」を見た直後から、なぜテオ・アンゲロプロス監督は、ブレヒトからベケットまで、ピランデルロからピンターまで数ある世界の戯曲の中から選《よ》りに選《よ》ってシェイクスピアの『ロミオとジュリエット』を選んだのか、なぜこのシェイクスピア劇なのだろうか、なぜこれなのかと、それが私の気がかりでしようがなかった。それやこれやがいっぺんに押し寄せてきて、そのために私は、分かりました、と、答にならぬ答で木村光一氏に返事をしたのだとしか思えない。私の筆は重く一行もはかどらなかった。が、やがて、あの問いは、私が私自身に課さねばならない問いだったことに気付いたとき、やっと少し霧が晴れてきた。

改めて最初の問いに帰ろう。シェイクスピア批評のなかでも、なぜ『ロミオとジュリエット』論だけは、あのタイトル・ロールの若い二人ほどには光り輝かないのだろうか。

大方の批評は、私の目にふれた限りでは、シェイクスピアが下敷にした作品（アーサー・ブルック作の長篇詩『ロウミアスとジューリエットの悲劇物語』、一世代前の一五六二年に出版。三〇二〇行の長詩）との比較検討、乳母アンジェリカを創造したことへの誉め言葉、詩句の美しさへの讃辞、若い二人の純粋さへの注目、対立する二つの名家の積年の抗争がヴェローナ市民に蔓延させた無力感、跡継ぎという最高の宝を失うまでは、その存在の価値すら分からない大人《おとな》の愚かさと無理解、そして運命ということ、そのあたりを一通り解析分析するとおしまいということになってしまう。そして大方の批評の判決は『ロミオとジュリエット』をもって、若き日のシェイクスピアの実験作、『ハムレット』への第一歩、ふくらみかけた蕾、とする。これでは『ロミオとジュリエット』についてほとんど何も言わないことと同じではないかという素朴な疑問がわいてきて、ついつい、ロミオとジュリエットの一瞬の輝きの方が批評の火花を超えている、と叫ぼうものなら、きっとこんな木霊が返ってこよう、――

《シェイクスピアのジュリエットはまだ十四歳、いや、誕生日の八月一日の収穫祭の晩がくるまでは、まだ二週間とちょっとある。中学二年生ですよ。ロミオは十六、七、まだ高校生ですよ。そんな若い二人のどこをどう論じたらいいんですか？　人生観？　世界観？　精神？　思想？　哲学？　思春期の憂愁？　それとも青春そのもの？　人物の中身？　性格？　感情？　それとも未熟そのもの？　あの二人について語ることなんか何もないんだ、――大事なのは、見つめること、そう、ひたすら見つめるまなざしだよ、こちら側の。それからもう一つ、この悲劇は、シェイクスピアの名だたる悲劇群――『ハムレット』『オセロ』『リア王』『マクベス』『アントニーとクレオパトラ』――とは、一つ、決定的に違う点があるんだ。ヒマラヤ山系でもエベレスト級の巨峰が並ぶあの悲劇群にあっては、主人公はみな自分の本性《ほんしょう》の中に宿る何らかの欠陥によって破滅させられるんだ。満点の人間はいませんよ。でも、ロミオとジュリエットは違う、若い彼らは何の政治的権力《ちから》も持たない、国家《くに》を、都市《まち》を、どうこうする立場にもない、あの二人は何のやましいところもない犠牲者なんだ。何の生贄《いけにえ》かって？そこなんだよ、問題は。大方の人はそっと打ち明けてくれるんだ、運命の、って。でなければ、激愛《パッション》の、って。》

結局、『ロミオとジュリエット』でシェイクスピアは何をしたのだろうか。そのことを考えるために、改めて、シェイクスピアがこれからする仕事ではなしに、これまでにしてきた仕事の側から見るときに、私には初めて『ロミオとジュリエット』のすごさがくっきりと見えてくるような気がするのだが。シェイクスピアの歴史劇の最後を飾る『ヘンリー五世』(一五九八―九九)がシェイクスピアの危険な曲がり角であったように――〈完璧な行動の人は必ずしも劇的に生彩のある人物にはならないということに、人物と人物との外面的な衝突におけるよりも遥かに劇的なものが、人間精神の内面葛藤に見出せるということに、気付くシェイクスピアがそこにいるのではなかったか?〉――『ロミオとジュリエット』は、ここでシェイクスピアがぐいっとその背丈を伸ばした恐るべき作品ではないのか? 何がどうすごいのかを説明するために、二つ三つ、例を挙げよう。

その一つは、シェイクスピアが後にも先にも唯一本しか書いていない「浪漫的悲劇〈ロマンチック・トラジディ〉」という発想そのものである。この発想は、シェイクスピアのこれまでの仕事が一瞬のうちに融合して新境地をひらかせるもとになったような気がする。これまでの仕事と言えば、〈二〇世紀のシェイクスピア研究の土台作りはすべてこの人のお蔭と言っていい人にE・K・チェムバーズという人がいるが、この人の年代順作品年表によれば〉、まっ先に『ヘンリー六世』三部作と『リチャード三世』の歴史劇四本がきて、次に最初の喜劇『間違い続き』がきて、当時の流血復讐嗜好をぞんぶんに盛りこんだ悲劇『タイタス・アンドロニカス』がきて、そのあとに色違いも鮮やかな三本の喜劇『じゃじゃ馬ならし』と『ヴェローナの二紳士』と『恋の骨折り損』がやってくる。シェイクスピアの劇作家・第一歩の関心が歴史劇にあったことを思い出すとき、それも英国史の伝説的名君ヘンリー五世の死（一四二二年）から始まって、ひ弱な国王ヘンリー六世、悪漢・策士・蟇蛙《ひき》のイメージで蔽われたリチャード三世と続く乱世の世が、チューダー王朝の開祖ヘンリー七世の王位継承（一四八五年）によって幕引きとなるまでの期間（二世代、六十三年）を扱っていることを思い出すとき、この期間にイギリスはヘンリー五世がかちとったフランスの占領地をことごとく失い、白ばら（ヨーク家）と赤ばら（ランカスター家）が血で血を洗う抗争の日々を送っていたことに思いあたる。そして史実は、両家を代表する生き残りの者が結婚して両家の合体が実現したことを示している。新しい強力な支配者が現れて、貴族たちが王権に従順な臣下とならない限り、殺戮と混迷と悲惨は永遠に続く可能性があるとする、その政治道徳はきわめて明快である。もしそこに反目する貴族だけがいて、統率する権力者も融和させるに足るだけの理念も忍耐もないとしたら、どうなるか。『ロミオとジュリエット』は、シェイクスピアの出発点となった歴史劇から〈史実〉という箍《たが》をとりはずしたときに起こる恐ろしい循環運動の縮図でもある。〈愛〉にすがるしかない、〈愛〉しか溶かす力がないという、絶望的世界の縮図となる。他方、喜劇は結婚で終るとするエリザベス朝演劇ならではの考え方は、一五八〇年代に活躍したジョン・リリーの実作で根付き、ロバート・グリーンに引き継がれて芽ぶき、シェイクスピアによって花開いた。この線は、これから先、晩年のロマンス劇（『冬物語』『テンペスト』）に至るまでゆるがない。それだけに『ロミオとジュリエット』の初演に立ちあった観客は、若い二人が出会って恋して結婚して、二人とも自殺するという結末に度肝をぬかれたのではないだろうか。これは危険な賭けである。二度と使えない手である（『夏の夜の夢』で、両家の親の反対で愛しあいながら結婚できないピラマスとシスビは、二人とも最後に自殺する。はたから見たら滑稽で笑いがとまらない永遠の喜劇として、純愛の二人は劇中劇の中に封じこめられる）。

　二つ目にシェイクスピアは、この対立世界にふさわしい絶妙なバランスで人物構成と配置をしていて、そうすることで社会構造そのものを描ききっていることである。下々の連中がいて侮辱しあい挑発する。喧嘩が始まる。そこへ、対立する両家の当主の親戚筋の若者が二人（ベンヴォーリオとティボルト）出てきて剣を交える。そこへどちらにも与しない市民がでてきて、どっち側もくたばれ、と叫ぶ。そこへ、両家の頭が夫婦ででてきて、もっと力があればと残念がる。最後にヴェローナの大公が現れて、決然たる響きの英語で騒乱を叱責する、二度と騒ぎをおこしたら死刑だ、と。やっと静まりかえる、だがそれも一時《いっとき》である。そしてこの劇が終るまでに五人の若者が亡くなってゆく。ロミオの側では一人息子のロミオ（とその母親）が、ジュリエットの側では一人娘のジュリエットと従兄《いとこ》のティボルトが。そしてヴェローナの大公は親戚筋にあたる二人の若者に死なれる（マーキューシオはロミオの友達になりたがったことで、パリスはジュリエットの花婿候補になったことで）。両家の対立の根は巧妙にかくされたままである。「聞く耳を持たぬのか貴様らは――いまいましい両家！――」みんな手ひどい損害をうけながら、どこから手をつけていいのか分らない。そういう社会構造が目の前にある。そして三つ目に「ことばの大発見」と言いたいのだが、今はよそう。

テオ・アンゲロプロス監督の「ユリシーズの瞳」は、アメリカから三十五年ぶりにギリシャの古里へ戻った映画監督Aが、二〇世紀初頭に製作されて行方不明になっているギリシャ最初の映画作品を探す旅のかたちをとっている。幻のフィルム「失われたまなざし」を求めてギリシャからバルカン半島を転々として流れつく所が、ボスニア・ヘルツェゴビナの首都サラエボである。紛争と殺戮と束の間の休戦をくり返してきた二〇世紀の「闇」を実感させるサラエボ、その霧の中で起きる住民虐殺。その霧の中で演じられる束の間の「ロミオとジュリエット」。なぜ、いま、「ロミオとジュリエット」か？　なぜこの愛と死の物語は世界で最も愛される物語のひとつになったのか？　ロミオ、ロミオ、なぜあなたはロミオなのか？

――あとは開幕のベルを待つばかりである。

4　海からの贈り物、『十二夜』

シェイクスピアの喜劇十本の最後を飾る『十二夜』は、不思議な劇だ。ほんのちょっと秤りを右へ傾けるだけで、明るい面がぱっと広がって、歌あり酒あり踊りありの、祝祭の劇になってしまう。その秤りを、ほんのちょっと左へ傾けるだけで、暗い面が果てしなく広がって、飢えあり憂《うさ》ありいじめありの、メランコリックな劇になってしまう。『十二夜』のこの分れ道でどの演出家も一度は立ち往生して、それから絶妙なバランスのとり方に心を砕いてきた。

『十二夜』は、謎めいた劇だ。その題名は、シェイクスピアのもう一つの幸福な喜劇『夏の夜の夢』や晩年のロマンス劇『冬物語』と同じように、あの物語にあおつらえ向きの行事や祭りが催される特別の時を連想させる。だから十二夜は、クリスマスから数えて十二日目の一月六日を指差し、クリスマスからこの日まで続いた十二日間の無礼講、冬の歓楽の絶頂期とその終点を示している。この日を境に、明日からはまた、せわしない仕事の日々が始まる――遊びはおしまい、今宵限り、ということになる。ところが一度でも『十二夜』の上演を心ゆくまで楽しんだ人なら、この劇が、ひとつの巧みな比喩を借りれば、「春のうららかな陽射しと、夏の解放感にあふれた明るさと、秋のぶどうの濃紫色《こむらさき》の憂愁と、冬の初霜の底冷えとをあわせもった、いうなれば、その音色をすべてひとつに融かして統合した一大オーケストラの譜面」に変容していることに気づくだろう。そのとき私達はこの劇を『十二夜』というタイトルにとらわれずに楽しんで構わないことに、そしてシェイクスピアがこの劇につけた正式なタイトルが『十二夜、またの題名、お好きなように』であったことに、ふと、思いあたるだろう。

『十二夜』は、一風変った劇である。十年前、ローマ喜劇を下敷にして書き上げた、しみじみとした活劇『間違いの喜劇』をふりだしに、歴史劇九本と並行しながら書き上げた喜劇群はこの『十二夜』で十本を数えるまでになったが、これまでの喜劇九本には必ずどこかに老人がいた。ところが『十二夜』ではそうではない。これまでの喜劇では、人は、必ず一度は、別の土地、別の町、別の国に身を置くか、でなければ、必ず一度は、緑の森、緑の世界に触れるのが常だった。ところが『十二夜』ではそうではない。「ここはどこ？――イリリアです」。これが全部である。『十二夜』はどういう劇か知りたかったら、イリリアとは何かを問うてみよ、と言ったのは、いずれもRSC（ロイヤル・シェイクスピア劇団）で『十二夜』を上演した経験のある演出家三人、ジョン・バートン、テリー・ハンズ、ジョン・ケアド、である。難破して別れ別れになり、ともにイリリアの浜にうちあげられた双子の兄妹《きょうだい》、セバスチャンとヴァイオラ――海からの贈り物――がイリリアにもたらすものは、人違いの騒動と真夏の恋狂いだけではない。新しい生命の種子《たね》、生命の泉でもある。イリリアにとどまる、それがこの劇に登場するすべての人物の運命であるらしい。もしイリリアを離れる人がいるとしたら、それは文字通りこの世から消えてしまうということだろう。

『十二夜』は騙《だま》しの劇であり、騙すだけではなくて騙される劇でもある。私達観客までがまんまとその網にかかってしまう。のちに法律畑で活躍することになる一人の若者が、一六〇二年二月二日(聖燭節の名で知られる祝日で、一年間に使う蠟燭を祓《はら》い清めることからこの名があるとされるが、この日はまたこのシーズンの最後の饗宴の日とされていた)、ロンドンの法律専門学校の一つミドル・テンプルでこの劇の特別上演をみて、自分の日記に、イギリス初の『十二夜』の劇評を残した。ジョン・マニンガムというその若者は、『十二夜』の双子から、すぐに、シェイクスピア自身の『間違いの喜劇』と、古代ローマの喜劇の達人プラウトゥスの『二人メナエクムス』と、一六世紀半ばのイタリアで人気をえてフランスへ、イギリスへと流れ着いたイタリア産喜劇『騙し騙されまた騙し』を思い出したその後で、マルヴォリオに仕掛けるたちの悪いいたずらは《いい出来《でき》だ》とほめたたえた。この物識りの若者も、マルヴォリオいじめのあの部分は、さすがシェイクスピアとその真新しい趣向に舌を巻いたようだ。『十二夜』が「マルヴォリオ」というタイトルで上演された例もあるくらい、マルヴォリオは有名人になった。《ひどい、ひどい、なぶり者になった》、その通りである。彼の最後の捨てぜりふ、《一人残らず復讐だ》は、受けた傷に治療法も妥協もないことを示している。しかし、その悲惨の源が自分で自分をいちばん騙したマルヴォリオ自身にあることも確かだ。マルヴォリオの演じられ方次第で、『十二夜』のムードは真暗にもなれば明るくもなる。私達の人生もまた然りなのかもしれない。『十二夜』は、なんとも不思議な劇である。

5　『リア王』への長い旅路

——人間の鼻って顔のまんなかにあるよね、なぜだか知ってるかい？
——いいや。
——それはね、人間の目を鼻の両側に置くためなんだよ、鼻でかぎだせないことは、目で見つけろってね。

（『リア王』一幕五場）

シェイクスピアの『リア王』が書きおろされたのは一六〇五年と（推定）されている。これをわが国の年号に直すと慶長十年、ちょうど天下分け目の関ヶ原の合戦（慶長五年、一六〇〇年）から五年あとのことである。豊臣（秀吉）の時代から徳川（家康）の時代へ移りかわる節目の時節である。これをイギリスの歴史年表でいうと似たようなことが四百年前のイングランドにも起こっていて、一六〇三年には、生涯独身をつらぬき、四十五年にわたる長い治世で「メリー・イングランド（楽しい英国）」の名にふさわしい一時代を築きあげたエリザベス女王が、子供を残さないまま七十歳でこの世を去っている。女王の腹ちがいの姉弟《きょうだい》は二人とも子持たずで、とうの昔に亡くなっていたから、処女王の死はそのまま、祖父ヘンリー七世（即位一四八五年）に始まって百十余年続いたチューダー王朝そのものの断絶を意味していた。女王の座についた（一五五八年）ときは二十五歳の若さで美しかったエリザベスも、その三十年後、当時ヨーロッパ随一の強国だったスペインが送りつけてきた大艦隊、総数百三十隻からなる「無敵艦隊《アーマーダー》」を撃破した一五八八年夏には五十五歳を迎え、シェイクスピアが『ロミオとジュリエット』や『夏の夜の夢』を書く頃（一五九五―九六）には六十歳を超えていた。それでも女王は独身のままで、後継者問題は宙に浮いたままだった。このことから来る重苦しい雰囲気は、劇作家としてのシェイクスピアの名が人目をひきはじめた一五九〇年代初頭からずっと続いていて、女王が何度か重い病気にかかった、そのたびに、内乱の悪夢と危機感が国中に走った。それというのもイギリス中世末期の「ばら戦争」（一四五五―八五）のことが、白ばらのヨーク、赤ばらのランカスター両家の、つい祖父の時代の、血で血を洗う三十年戦争のことが、いやでも思い出されたからであった。女王は最後の土壇場で、周到で慎重な根まわしの末に、遠縁にあたるスコットランド王ジェームズ六世（改めジェームズ一世）を後継者に指名することで、当面の混乱は回避できた。一六〇三年の女王の死でチューダー王朝はとだえたが、新国王をいただいての新しい王朝（スチュアート王朝）が始まることで、希望の糸はつながった。とはいえ、かつて女王と国民のあいだにゆるぎなく存在していたあの目に見えない一体感は永久に失われて、この新時代に活躍する劇作家のほとんどは、晴れた日のあとで夕闇が訪れるように、変わりゆく世界を、白い霧の流れる暗黒の荒野、淫欲の鬼火がとびかう暗闇の迷路とみなすようになってゆく。シェイクスピアの『リア王』には一面にそのような雰囲気がただよっていて、シェイクスピアという劇作家は、常にその時代に立ちあってきた劇作家であることを実感する。しかし、それにとどまらない。この劇の始まりはおとぎ話のようでありながら、この劇の終わりは、絶望・無意味・空虚の寓話さながらであって、名前を持った主要人物（十人）のことごとくが息絶えて、名前のない「フール（道化）」は永久に行方不明、そして生き残ったほんの僅かの人々は、私たち観客もふくめて茫然自失のていである。そこで思い至ることは、シェイクスピアという劇作家は、時代に立ちあっている劇作家であるにとどまらず、時代が立ちあわされている劇作家だということだ。核時代・環境汚染・民族浄化の恐怖は曲がりなりにも「味わいつくした」

としても、『リア王』的な世界の破滅と崩壊に対しては、私たちはまだ何の備えもできていないというのが実情ではないだろうか。

「リア王」物語を伝える版は、一二世紀に活躍したウェールズ出身の修道士ジェフリーが書き残した『ブリテン王列伝』におさめられている神話風伝説を皮切りに、シェイクスピア以前だけで二十五種に及ぶことが分かっている。その共通点は、年老いた国王リアが国土を三分割して三人の娘に与えることに始まる。政治の一線からは身をひいて、娘の嫁ぎ先を順ぐりに訪ねて余生を送ろうと思う。そこで土地を分け与える前に父を思う娘たちの愛情テストを行う。一番美しい末娘の答えは、「父上がお持ちの分だけ父上には見返りがあり、その分だけ私は父上を愛します」であって、その心は「塩のごとくに父上を愛します」となるのだが、率直なあまり謎めいたその答えは父の怒りを買い、結局、からだ一つでフランス王の許へ嫁ぐことになる。しかし土地を手にした姉たちから邪険に扱われたリアは、耐えかねて末娘のもとへ逃れるが、末娘とその花婿に助けられてブリテン島に攻め入り、姉たちの軍を撃破、王座に返り咲いたリアは三年目におだやかな死を迎えた、というものである。

「リア王」物語が劇になった例は、シェイクスピアの作品に先立つこと十年ばかり前に上演された作者不明の『リア王年代記』があって、今も残っているその劇の結末は、からだ一つでフランスへ嫁いだ末娘とその夫（ゴール王）とリアの連合軍の大勝利で、つらい目には会ったが狂うことはなかったリアが一人一人の愛情に感謝する。もう一つ、今度はシェイクスピアの『リア王』から八十年ほど後のことだが、アイルランド系劇作家ネイアム・テートの改作版『リア王実話』（一六八一）が誕生した。文字通りの改作版で、しかも時代は王政復古期（一六六〇―八八）、悪は必ず滅び善は必ず栄えるとする〈理想的正義〉の見方が提唱されていた。この改作版は一七〇〇年過ぎから劇場に定着する。リアを逃した罰で両目をえぐりとられるグロスター伯、この伯爵の長男エドガーと、リア王の末娘コーディリアとは恋仲であるという新しい要素が考案されて、最後に二人は結婚して国を治めるというおまけまでつく。もちろんリアは生きのびる、その上、正気もとり戻す。テートの改作版は、その後役者たちによって次々と手直しされたものの基本線は変らず、一九世紀なかばまで、実に百五十年間もイギリスの舞台を占領して、その変種は四十種にのぼることが分っている。

ここで改めて注目していいことは、物語詩・教訓詩・歴史書・歌謡・劇と「リア王」物語を扱った版は五十以上もあるのに、そのすべてがハッピー・エンドの形をとっていて、最後は、健気《けなげ》な末娘コーディリアが生きのびて、結婚して、老いた父を看取るという構図である。そのなかにあって、シェイクスピアだけがただ一人、異色で異彩を放っている。シェイクスピアの『リア王』でだけ、コーディリアは牢屋でしめ殺され、その死骸にとりすがって吠えたける狂気のリアもまた、人の生き死にの区別くらいはつくと言ったのに、コーディリアの生き返りを錯覚して息絶える。これは、結局は、シェイクスピアの世界観に根ざしていると言ってしまえば簡単なのだが、そんな近道は許されまい。シェイクスピアのこの劇でそこに登場する人物は、一人残らず、奈落の底で、情容赦ない人間の条件を向うにまわして、いかんともしがたく無力であるようにみえる。しかしこの人々が、裏切りと拷問、狂気と死へ向かってあてどない行進を続け、希望のひとかけらも瞬《またた》いていない空虚で真っ暗な夜空の下を、限りなく裸になりながら、飢えと寒さに身をよじりながらひたすらに歩み続けてゆく、そのとき、あの人々は、人間としての力と品格をかちとってゆくように思える——このパラドックスは何だろう? 『リア王』までの道は遠い。

6 「ハーブ園の人々」

時うつり、人は去り、残るはただ、作品と、土地に根付いた名もない草花たち。

一九七〇年、ずいぶん昔の話だが、私がはじめてシェイクスピアの生れ故郷ストラットフォード＝アポン＝エイヴォンを訪ねたとき、そして、《真っ先に「ホールズ・クロフト」を訪ねなさい、その二階にブリティッシュ・カウンシルの事務所があって、あなたの下宿の世話とシェイクスピア・センターの入館証交付の便宜をはかってくれるはずです》と言われて、町の様子も東西南北も分からぬまま地図を便りにそこを尋ねあてて、木戸を押しあけて入ったのが（あとで分かったのだが）、シェイクスピアの二人の娘のうちの一人（長女スザンナ）が、ケンブリッジ大学出の医者ジョン・ホールと結婚して所帯を持ったところ、「ホールズ・クロフト」の庭であった。ここでいう「クロフト」とは、家屋敷と地続きになっている小さな畑・草地などのことで、これに塀をまわして庭の感じに作りあげたものをいう。実直で有能だったホール夫妻は、そこに薬草を植えて医療に役立てた。だから「名もない草花」などであるわけはなく、コゴメグサ、オトギリソウ、ヒエンソウ、ハービグラス、シモツケソウとれっきとした名前を持っているはずなのだが、ハーブ類に疎い私などには、ホール夫妻が手塩にかけた草花の直系の子孫かもしれないものを目の前にしながら、それをひとまとめに「名もない草花」と呼ぶ方が心やすらぐのである。

ピーター・ウエラン作、青井陽治訳の舞台劇『ハーブ園の出来事』の時代背景をなしている一六一三年という年は（わが国の慶長十八年、徳川二代目将軍秀忠の世になって八年がたつ）、イギリス・ルネサンス演劇のなかでも一つの大きな分水嶺になっている。明るいニュースとしては、この年の二月、時の国王ジェームズ一世（在位一六〇三～一六二五）の王女エリザベスがドイツのファルツ選挙侯フレデリックと結婚、国をあげての祝宴のなか、シェイクスピアの所属劇団は宮廷で十四本もの芝居を上演、『から騒ぎ』『あらし』『冬物語』『オセロー』などで百ポンド近い報酬を受けとっている。暗いニュースとしては、この年の六月二九日、グローブ座で『ヘンリー八世』を上演中、国王入場を祝って放った大砲の火の粉が劇場のわらぶき屋根に燃え移って、一瞬のうちに焼け落ちたことだった。これは、ただ単に、一つの劇場が失火で失われたというレベルの問題ではなかった。『ハムレット』を『リア王』を『マクベス』を初めて上演した劇場がいまはもうない、というレベルの問題でもなかった。役者が、劇作家が、作品の質そのものが、そしてもしかしたら肝心要の観客が、いま、一つの大きな曲がり角さしかかっていることを如実に物語る出来事だった。劇作家シェイクスピアの退場と、生れ故郷ストラットフォードへの住みかわりと、平凡な市井人としての生き方と。

そしてこの年の七月、ストラットフォードという小さな町にも、一つの奇妙な出来事があった。噂の主は、シェイクスピアの娘スザンナ。スザンナがストラットフォードの聖トリニティ教会で仕事熱心なきまじめな医者ジョン・ホールと結婚式をあげたのは一六〇六年六月五日（新郎三十二歳、新婦二十三歳）、あれから七年、一人娘エリザベスにも恵まれ、薬草の心得も上達して夫の有能な助手となり、貞操のほまれも高い三十歳の人妻スザンナが、ウスター大聖堂の教区法院に、名誉毀損罪で一人の若者を告訴している。当時二十三歳のジョン・レインという若者が、スザンナのことを、淋病にかかっている、おまけに所帯持ちのレイフ・スミスという男（当時三十五歳の小間物商人）とあやしい仲だといいふらした、というのである。昔から、火のないところに煙はたたぬと言うが、ジョン・レインの場合は、上流階級の出ではあったが、早くから身を持ちくずして、酒に酔ってはやたら暴言をはくという悪い癖があった。そして裁判の日にも出廷せず、やがて破門のうき目にあった。

一六一三年、シェイクスピアは、事実上ロンドンの演劇界から身をひいて「ただの人」に戻った。時に四十九歳。かなりの家屋敷と土地と財産を手にした彼の気がかりは、ごく平凡に、わが子のこと（三人のうち長男ハムネットは十歳そこそこで亡くなったのであとは娘二人、長女は嫁いだが二女ジュディスはまだ独身、三年後に三十一歳でやっと結婚、三人の子宝に恵まれるがみな二十歳《はたち》まで生きるのがやっと）、そして弟妹《きょうだい》のこと（男女四人ずつ八人、うち一六一四年を迎えたのは劇作家のシェイクスピアと妹のジョウンのみ）、――一六一六年三月、亡くなる一ヶ月前に弁護士フランシス・コリンズを呼んで作成した最終遺言状には、妹とその家族への、二人の娘とその子供たちへの遺産分配が淡々と適確に記されている。かなりの資産を手にしたはずの直系は、孫の代ですべて途絶えた。残るは作品とハーブ園。ホールズ・クロフトの草花たちは、今年も咲いているであろう。

7　イプセン・ショック

とに角、ショックだった。一九七〇年（昭和四五年）の夏、私は初めて訪れたロンドンで、あの北欧映画「不良少女モニカ」（一九五二）、「野いちご」（一九五七）、「処女の泉」（一九六〇）で国際的にその名を知られたイングマール・ベルイマンがイギリス国立劇場のために演出したイプセン劇「ヘッダ・ガーブラ」を観た。イプセン・ショックとしか言いようがなかった。私がイプセンとその劇について持ちあわせていた「常識」が、粉々に砕け散ってゆく一夜だった。——

これより先、ロンドン入りをする前に私はデンマークの首都コペンハーゲンに立ち寄った。ハムレットゆかりの城（クロンボルグ城）を一度この目で見たかったからである。でも、それだけではなかった。森鷗外の名訳『即興詩人』でアンデルセンの自伝小説を読んでからは、歌姫アヌンチャタの面影がずっと私にとりついていたからであり、思春期の私を直撃したキルケゴールのあのことば、《人間とは何か？　人間とは関係するところの関係である》[1]が、年経るごとに味のあることばになって、いつかこの人の墓をコペンハーゲンの墓地に訪ねてみようと思うまでになっていたからでもある。そしてもう一つ、ほぼ百年前、ここコペンハーゲンの王立劇場でイプセンの『人形の家』が初演された

（一八七九年、明治一二年一二月二一日）とき、幸せを絵に描いたような明朗で才知に恵まれた人妻ノーラが、八年の結婚生活と三人の子供と善良な夫をあとに残して、この劇の幕切れで、家を出て、表玄関の重い扉を、どんな思いで力強く閉めたのかを、あの町の石だたみでもう一度考えたかったからでもあった。イプセン劇二十五本のうち、『人形の家』はその十五本目にあたり、イプセン五十一歳のときに完成、上演された。この劇はシェイクスピアでいうならば『ハムレット』にあたるような転回点にある劇で、これに続く『幽霊』『人民の敵』『野鴨』『ロスメルスホルム』『海の夫人』『ヘッダ・ガーブラ』（一八八一—九〇）が私たちの知っているイプセンで、円熟期のイプセンの最大の成果とされている。

ロンドン入りした私がケンブリッジ劇場でみた「ヘッダ・ガーブラ」は、血の色の赤一色の舞台だった。ピアノ、長椅子、本棚、等身大の鏡に限定された装置は、自然主義（ナチュラリズム）の色合を排しながらこの家の文化的生活環境をあますところなく示していた。舞台を移動式カーテンで左右に仕切ったことで行き来可能な二部屋ができあがる。イプセンでは、半年近い新婚旅行から帰国、新郎は博士号までとってきたというこの家の若夫婦について、叔母と女中の二人が噂話に打ち興じるところから劇は始まるのだが、私たちは、この二人の登場前から、そして噂話の間じゅう、隣りの部屋でのヘッダを、己が姿を鏡に映して、妊娠と知ってやるせない憤りと絶望と退屈におそわれるヘッダを見てしまう。この新妻は、この女は、なぜこうなのか？　ベルイマン演出は、この劇の（この女性の）根源的な問題（ヴィクトリア朝中流階級の女性の、仕事・才能・愛情のフラストレーション）に深くかかわりながら、どの人物にも深い共感を覚えるように仕上げていて、私はイプセン劇のこわいほどの深みをはじめて思い知らされた。「悪女」のレッテルをはられ通しだったヘッダを、マギー・スミスは、ユーモアのセンスと王者の風格とクールな性格を兼備した本物の悲劇的ヒロインとして演じきり、私の心を捉えた。

イプセンと共に演劇の歴史は新たに始まったとされる。そう言われて久しい。一九世紀後半、イプセンがどんな地点から出発したかを考えれば、神々が人間界の出来事から手をひっこめた風景が浮かんでくる。神話もない、信仰もない、悪意にみちた宇宙の彼方からは冷たい風が吹きこみ放題である世界で、私たちは何をめあてに何を支えに生きればよいのか。『小さなエイヨルフ』（一八九四）に始まる晩年のイプセン作品は、苛酷な寓話にも似た形でかすかな手がかりを与える。括弧づきの「希望」という形で。

注

（1）今から六十年前の昭和二五（一九五〇）年に初めて岩波文庫の『死に至る病』（斎藤信次訳）に接した。出だしが鮮烈で呪文のように唱えたが、ほとんど理解できなかった。うろ覚えのままここに記したが、改訳版（二〇一五年）ではこうなっている。「人間とは精神である。精神とは何であるか？　精神とは自己である。自己とは何であるか？　自己とは自己自身に関係するところの関係である。」（22頁）。ちくま文庫版（桝田啓三郎訳）には注がくわしい。

8　シェイクスピアをめぐる航海
――一九八二年現在の二枚のシェイクスピア海図

一　はじめに

シェイクスピア批評は、それを今世紀に限ってみても、「無限ではないが果《はて》しがない」という宇宙空間そのままの状況にたち至っている。それも二重の意味でそうなのであって、一方では益々巨視的観点からのアプローチがなされる（例えば、文化論と精神史を巻きこむようなスケールでの、シェイクスピアにおける「王冠と道化」論のような、或いは、シェイクスピア喜劇にみる「祝祭性とその原型」論のような）、かと思うと、他方では益々微視的な観点からのアプローチがなされている（例えば、『恋の骨折り損』の洒落の大盤振舞いに同音異義語の可能性を最大限に探りあててこの喜劇の豊かな卑猥さを浮彫りにしてみせるような)。それと同時にシェイクスピアは劇場のものであって、例えばJ・C・トリウィンの本『イギリスの舞台でのシェイクスピア、一九〇〇—一九六四』(*Shakespeare on the English Stage, 1900–1964*)の巻末の付録には、ロンドンのウェスト・エンドで(一九〇〇—一九六四)、テムズ川を渡ったオールド・ヴィック劇場で(一九一四—一九六四)、そしてシェイクスピアの生まれ故郷ストラットフォード=アポン=エイヴォンの記念劇場での(一八七九年から一九六四年までの)年ごとのシェイクスピア劇上演演目がのっているが、それを足し算しただけでも、千六百十三にのぼる。これは演出の数であって、上演の回数ではないのである。中でも演出回数の多いものを順に六本あげれば、『ハムレット』(128)、『十二夜』(115)、『ヴェニスの商人』(104)、『お気に召すまま』(94)、『夏の夜の夢』(87)、『じゃじゃ馬馴らし』(81)と続く。シェイクスピア研究の最も定評のある年刊誌「シェイクスピア・サーヴェイ」(一九四八年創刊、ケンブリッジ大学)にのった一九五〇年から六五年までのイギリス国内での主だったシェイクスピア劇の上演目録をみれば、シェイクスピアが劇場のものであるという思いは、いよいよ募ってくる。戦後十六年間の演出回数は九百八十に及び、年平均六十一のシェイクスピア舞台が誕生したことになる。この期間の上位六本はと言うと、『十二夜』(97)、『ヴェニスの商人』(75)、『マクベス』(66)、『夏の夜の夢』(64)、『お気に召すまま』(58)、『ハムレット』(54)と続くはずである。

私はこの小論で二枚の地図を描いてみた。一つは現代のシェイクスピア風土の見取図であって、これを仮に百万分の一地図としよう。もう一つは、劇場におけるシェイクスピアを、そのひとつの変容を、『十二夜』を例にとってなぞったもので、その縮尺は一万分の一ということになろうか。その二枚の地図から私達の現在地点がいくらかでも見えてきたら、この小論の目的は達せられたことになる。

二　『ハムレット』への航海《みち》

シェイクスピア劇が、研究のうえでも上演のうえでも、今日的な意味でのひとつの決定的な転回点《ターニング・ポイント》を迎えたのは、一九三〇年代ではなかろうか、という気がする。勿論すでに一九一六年(大正五年)には、シェイクスピア没後三百年を記念して、白い皮表紙の五百五十頁をこえる大判の本『シェイクスピアに捧ぐる書』(*A Book of Homage to Shakespeare*)が出版されていて、ここに寄稿した百六十七人の顔ぶれを、アイスランドからアルメニア、モスクワから東京までの多彩な顔ぶれを眺めるだけでも、シェイクスピアの国際化が単なるお世辞ではないことが分かる。全体の三分の二を占める英米の学者・文人は別としても、残り三分の一の中には、ギリシアの首相(ヨーアーニィス・ジャネ

1938年の「ハムレット」（ロンドン、オールド・ヴィック劇場、タイロン・ガスリー演出）のヨリックの髑髏を手にしたアレック・ギネス

Audrey Williamson : *Old Vic Drama : A Twelve Years' Study of Plays and Players.* Rockliff : London 1950 より

ィディアス）、イタリアの首相（ルーイージィ・ルッツアッティ）に伍して、フランスのロマン・ロランにアンリ・ベルクソン、ロシアの詩人ヴォローシンにバリモント、当時の世界的ベスト・セラー『クォ・ヴァディス（汝いずこへゆく）』の作者でポーランド人（と言ってもポーランドが一つの国として地図の上に復活するのは、それも百二十年ぶりに復活するのは、もう二年先、第一次大戦終了後のことであるが）のシェンキェウィチ、インドの詩人タゴール、そして日本の坪内雄蔵（こと逍遙は、四頁にわたる英文のエッセイ「シェークスピヤと近松」を寄稿）の名がみえる。一九一六年といえば第一次大戦のさなかで、ここにドイツ人の名前が一つも見えないのは寂しい限りだが、それにも拘らずこの一書は、シェイクスピア劇の浸透度を示す一つのバロメーターになっている。しかし一九三〇年代に訪れる変化は、その後のシェイクスピア劇の運命

を決定づけるほどのものであったと言っていい。そこには二つの志向《ヴェクトル》がみられる。

その一つが、もっと広い展望に立ったアカデミズム志向である。一九三六年（昭和一一年）にアメリカで出版された一冊の本『「ハムレット」書誌と便覧』（*A HAMLET Bibliography and Reference Guide 1877–1935*）はその一例で、この本には『ハムレット』関係だけのそれも英・米・独に的を絞っての文献目録が簡にして要をえた解説《コメント》付きでのっていて、それも一八七七年から一九三五年（即ち、明治一〇年から昭和一〇年）までの五十九年間に発表されたものに限られているのだが、それでも二千百六十七点の『ハムレット』論が収められていて、曲りなりにも俯瞰図がえられるようになっている。この路線は、同じ三〇年代に出た二人のドイツ人学者エビッシュとシュキングの手になる貴重なシェイクスピア文献目録とその補遺（*Shakespeare Bibliography*, 1931 ; *Supplement*, 1937）と合流して水嵩を増し、第二次大戦のさなか、カナダのトロント大学に招かれてエリザベス朝文学全般を講じたイギリスの碩学F・P・ウイルソン教授の掛値なしに正鵠をえた言葉――《『ハムレット』関係の本を一つ残らず読んでみようと思いたった方がおられるなら、その人は他の本は何一つ読む時間がないでありましょう、肝心かなめの「ハムレット」劇を読むひまさえも》――を経て、一九五〇年（昭和二五年）にイギリスで出版された分厚い一冊の本『ハムレットの性格を読む』（*Readings on the Character of*

年　　度	1976年	1977年	1978年	1979年	1980年
総　件　数	1531	2184	2884	2857	3672
『ハムレット』関　　係	99	136	243	227	310
『十二夜』関係	12	13	51	59	60

HAMLET）につき当たる。クロード・C・H・ウィリアムスンの編纂した正味七七七頁に上るこの本には、イギリスで王政復古がなり劇場が二十年ぶりに再開された一七世紀中葉から、第二次大戦の少し後までの凡そ三百年間に発表された内外のハムレット論三百二十四が、——もっと正確に言うなら、知る人ぞ知る日記家のジョン・イーヴリンの一六六一年一一月二六日付の日記の一節から、一九四七年（昭和二二年）に出された三つのハムレット観まで、欧米各国にまたがる三百二十四人のハムレット論のさわりの部分が——年代順に収めてあって壮観の一語に尽きる。そしてこの年に創刊を見たシェイクスピア研究の専門季刊誌「シェイクスピア・クォータリ」（フォルジャー・シェイクスピア・ライブラリ刊）は、年四冊のうちの一冊（冬季号）を、前年度に出版・公表された世界各地のシェイクスピア関係の文献リストにそっくりあてていて、これ自体は便利この上ないのだが、同時にそれは、ここ二、三十年のあいだにシェイクスピアとその作品に関わるものの発表件数が鰻登りになったことを示していて、それに比べればかつてのF・P・ウィルソン教

授の言葉が懐かしくさえ感じられるほどである。試みに過去五年間（一九七六―八〇年）の文献リストを「シェイクスピア・クォータリ」で確かめるなら、表の数字が得られよう（上段は総件数。参考までに、中段と下段にはその年度に公表された『ハムレット』論と『十二夜』論の数を挙げてみた）。『ハムレット』論だけでもこの五年間に千十五点にのぼり、そのうち日本人の手になるものだけでも六十八点になる。人呼んでシェイクスピア産業《インダストリ》というのも無理からぬ大量生産ぶりである。事実その通りの表題の本が出たのが一九三九年（昭和一四年）で、アイヴァ・ブラウンとジョージ・フィアラン共著の『驚異の記念碑――シェイクスピア産業小史』（*Amazing Monument : A Short History of the Shakespeare Industry*）がそれである。この一九三〇年代は、E・K・チェムバーズの資料中心主義の手堅い二冊本『ウィリアム・シェイクスピア』（一九三〇年）の完成によって作品の制作時間表がほぼ確定した時期であり、キャロライン・スパージョンの『シェイクスピア形象群《イメージャリ》』（一九三五年）によって研究の新道が拓かれ、それにつれてアプローチの方法が鋭く意識されるようになってゆく時期であり、H・B・チャールトンの八年越しの講義が『シェイクスピア喜劇』（一九三八年）に結晶して、ここに初めてシェイクスピア喜劇についての本格的な足がかりが得られた時期でもあった。新発見と仮説を思いきってとりこんだ今世紀の最も優れたテキストの一つで、一九二一年から六六年（大正一〇から昭和四一）まで四十五年の歳月をかけて完成したクィラ＝クーチとドーヴァー・ウィルソン共編の新修《ニュー》ケムブリッジ版シェイクスピアが『十二夜』と『ハムレット』を送りだしたのもこの時期だった。

それと同時に、もう一つ、この一九三〇年代に起ってその後のシェイクスピア風土全域に一大変革をもたらしたものに、舞台でのシェイクスピアの甦りがある。勿論シェイクスピア劇の上演は、イギリスでは、一六六一年の劇場再開以来連綿と続いていて、二〇世紀の舞台の「ハムレット」一つとっても、一九〇〇年（明治三三年）からロイヤル・シェイクスピア劇団（RSC）が誕生する一九六〇年（昭和三五年）までの六十年間に、或る水準《レベル》以上の劇団がイギリスのどこかで「ハムレット」を演《や》っていない年は（私の知る限り）たったの二度しかない。ヴィクトリア女王の崩御によって国中が喪に服した年（一九〇一年）と、ドイツ軍の猛爆撃下で灯火管制の続いた第二次大戦のさなか（一九四三年）とである。にも拘らず一九三〇年代のオールド・ヴィック劇場でのシェイクスピアの甦りは画期的な事件であった。それは、信念と才能に恵まれた優秀な演出家（ハーカト・ウィリアムズ、ヘンリ・キャス、タイロン・ガスリ）と、若手成長株の役者達（ギルグッドにオリヴィエ、シビル・ソーンダイクにエディス・エヴァンズ、ラルフ・リチャードスンにペギー・アッシュクロフト）との見事なチーム・ワークの結実であった。一九世紀調スペクタクル上演の消滅した今、更に、熱烈な素人演劇愛好家《アマチュア》ウィリアム・ポールの唱える裸舞台のルネサンスへ帰れというネオ・エリザベス朝主義を経験し、前世紀の特別遺産リアリズムにシェイクスピア流ロマンスを接木した奇妙なネオ・ロマンチシズムを夢みた後では、とっておきの切札とは、優秀な演技とシェイクスピアの詩の復活にほかならなかった。私達はその面影を、オードリ・ウィリアムスンの丹念な記録『オールド・ヴィック・ドラマ』（一九四八年）、ハーカト・ウィリアムスンの貴重な記録『オールド・ヴィック物語《サガ》』（一九四九年）から、そこに収められた三百枚近い写真から、思いやることができる。シェイクスピア劇がこんなにもみずみずしく、こんなにもいいものだったとは！　そのことに初めて気がついたとは！　うかつだった！　そも一つおまけに、すべての登場人物が、これほど生き生きと生きているとは！　うかつだった！　そこで例えばこの世代の決定版と言われるくらい見る人の胸に焼きついたギルグッドのハムレット、——弱冠二十六歳のこのハムレット（一九三〇年）は、四年後の一九三四年にはロンドンの劇場銀座ウエスト・エンドへ移されてニュー・シアター座で百五十五回の再演を記録、三六年（昭和一一年）には海を渡ったニューヨークで百三十二回の公演記録を作るのだが、——そのニューヨーク公演を、夜毎、劇場に通って克明にメモした一冊の本、ロザモンド・ギルダーの『ジョン・ギルグッドのハムレット』（一九三七年）は、私なら今世紀屈指の「ハムレット」論に数えるところである。このような舞台成果の延長線上に、戦後のオールド・ヴィック劇団のシェイクスピア全曲上演達成の偉業があり、遂には、念願の国立劇場《ナショナル・シアター》の結成（一九六二年、昭和三七年）へと漕ぎつけるはずである。

他方、シェイクスピア生誕の地ストラットフォード＝アポン＝エイヴォンでは、一八七九年（明治一二年、といえば近代劇の父イプセンの『人形の家』が、クリスマスの四日前、デンマークの首都コペンハーゲンの王立劇場で産声をあげた年でもある）以来、そこの記念劇場で毎年フェスティバルの形でシェイクスピア劇が何本か上演されてはいたが、そしてここでも第二次大戦後には、総監督にバリ・ジャックスン（一九四六―四八年）、アンソニー・クェイル（一九四九―五六年）、グレン・バイアム・ショー（一九五三―五九年）を迎えて上演内容を格段に充実させてはいたが、一九六〇年（昭和三五年）に新たに監督の座についた三十歳のピーター・ホールは、勇断よくストラットフォードを休日の行楽地からシェイクスピア劇再生の前衛基地に転換した。RSCの結成がそれである。この劇団が、オリヴィエの国立劇場《ナショナル・シアター》と共に、一九六〇年代のシェイクスピア劇上演を、質・量ともに文字通り世界一級の舞台に創りあげていったことは、今さら喋々するまでもない。

こうして私達は、いま、ここにいる。一九三〇年（昭和五年）のギルグッドの「ハムレット」から、一九八〇年（昭和五五年）のジョン・バートンがRSCのために演出したマイケル・ペニングトンの「ハムレット」まで、五十年の歳月が流れた。この半世紀の間にシェイクスピア風土で起った最も根源的な変化は何かと問われるならば、私はためらうことなしに、劇場のシェイクスピアが（役者・演出家・劇評家の仕事も含めて）私達の鼓動にあわせて脈うつ存在になったことを挙げたい。一九三〇年当時は、シェイクスピアの本場イギリスにいてさえも、（シェイクスピア）学者が（シェイクスピア）劇をみに劇場へ出かけることは、うしろめたいことだったという。それが一九六〇年代になると、RSC（ロイヤル・シェイクスピア劇団）一つとっても、最初のシーズンの観客が三十八万五千人、それが、十年後の一九七〇年（昭和四五年）には、百万人を超えるまでになる。そしてここでも特筆大書しなければならないことは二つあって、その一つは、ピーター・ホールの創った劇団が至るところで演技の規範をうちたてたことであり、そしてもう一つは、シェイクスピアの個々の作品がその作品に特有の現代との相補関係の相の下で――例えばヤン・コットの『シェイクスピアはわれらの同時代人』の中の一章、「『リア王』――シェイクスピアの『勝負の終わり』」が、ピーター・ブルック演出の「リア王」の舞台（一九六二年）に投射されることによって、シェイクスピアとベケットとの相関関係が観客の現在時制の経験の中で増幅される、といった形で――とらえ直されたこと、である。もとより我々が劇場でシェイクスピアと触れあう経験は一過性のもので、劇評という形で記録されることはあっても、そのヴィジョンと衝撃は（書斎での理論よりも遥かに）後の人々には伝えにくい。しかし、今日のシェイクスピア論大洪水の中では、寧ろそうした具体的な舞台形象の記録と伝達が（余りにも少ない！）必要なのではあるまいかと思われる。ここ何年か前から、シェイクスピア批評では既にその方向模索が始まっていて、批評選集でも、一昔か二昔前の、書斎色濃厚な、ばらばらの力作、を集めただけの選集とはかなり肌合の異なるものが出始めている。ジョゼフ・Ｇ・プライス編の『三重の絆』（*The Triple Bond*, 1975）も、Ｊ・Ｒ・ブラウン編の『「マクベス」照射』（*Focus on 'Macbeth'*, 1982）もその良い例であって、ここには従来の評論選集には収録されることのなかった上演・観客・劇場という視点を通しての作品経験も収められている。並列ではなくて直列の効果である。上演経験の浅い私達日本人にとっては、そのような資料こそもっともっと紹介・咀嚼されてしかるべきではないだろうか。一九八〇年度に発表された「ハムレット」論三百十点の重みをいささかも軽んずることなしに私が言いたいのは、同じ年のジョナサン・プライスの「ハムレット」の、マイケル・ペニングトンの「ハムレット」の、その所作、その動き、その声の響きと抑揚も（見るのがかなわぬならせめて劇評ででも）知るに値する今日のシェイクスピアの顔である、ということだ。

そこで私は、劇場におけるシェイクスピアを、そのひとつの変容を、『十二夜』を例にとって辿ってみようと思う。一八八四年（明治一七年、といえば逍遥訳の『ジュリアス・シーザー』が『自由太刀《じいうのたち》余波鋭鋒《なごりのきれあぢ》』の題で出版された年である）のアーヴィングの「十二夜」から一九七九年（昭和五四年）のテリー・ハンズ演出のＲＳＣの「十二夜」までのイリリアをめぐる長い航海は、舞台の上だけの「十二夜」ではなくてイギリスそのものの長い航海だったことが分かる。それはまた、私達が私達なりに私達のシェイクスピアを持ってそれに関わるということの有様《ありよう》かとも思われる。

三　『十二夜』への航海《みち》

『十二夜』と言えば今日では、シェイクスピアの喜劇群の最後を飾るにふさわしい最も完成度の高い、最良の意味で散漫な、そしていささかもの悲しい作品、ということになっている。エリザベス朝本造り葡萄酒のタネである「約束事《コンヴェンションズ》、文体、主題、形象、技法」のまじりあいと、シェイクスピア的人物の釣合いが「まろやかに熟れて、カクテルとなった、極上品に達している」（アラン・ヒューズ、『ヘンリー・アーヴィング、シェイクスピア役者』、一九八一年、二〇二頁）という、これが恐らく、表現の差こそあれ、この喜劇についての大方の今日的印象であろう。しかしこのような見方は、王政復古期から一九世紀末までは殆どイギリス人にさえも馴染みのない見方であって、この劇自体、劇場では、とびとびにしか上演されてこなかった。『十二夜』を見る目に一石を投じたのは、第一次大戦の直前、サヴォイ劇場にかかったグランヴィル＝バーカー演出の「十二夜」で、この上演は、イギリス舞台の悪名高い欠点の一つだった役者達ののろのろしゃべりを切り棄てて上演時間を従来の三分の一ほど短縮したばかりでなく、牡蠣の殻のようにこびりついていた「伝統的な所作の一切合財を

1955年の「十二夜」（ストラットフォード、シェイクスピア記念劇場、ジョン・ギルグッド演出）の最終場面

Shakespeare Memorial Theatre 1954-56
Max Reinhardt ： London. 1956 より。写真は Angus Mcbean

海に投げ棄てた」（モーニング・ポスト紙、一九一二年一一月一六日号）点でも画期的であった。それは、《演出》という語が最大限に熱烈な拍手で迎えられた初日であった。詩人ジョン・メイスフィールドがバーカー宛に送った長い手紙には、この舞台についての最良の説明がぎっしり詰まっているが、その最後の方の言葉、「親愛なるハーリー（はグランヴィル＝バーカーの名前）、よくぞやってくれた。直観と共感とすばらしい詩的な感情。そして君は配役のすべてに新しい魂を与えてくれた、しかも、むかし昔からのひとつの伝統を破ってくれた。おめでとう、そしてありがとう」（C・B・パーダム著『ハーリー・グランヴィル＝バーカー』、一九五五年、一四三頁）は、バーカーの仕事の全容を言い当てている。

ところでここで言及される「むかし昔からのひとつの伝統」とは何なのだろうか。その手掛りが例えば『アーヴィング・シェイクスピア』（全八巻、一八九五年）にみられる。十年の下積み（地方巡業）時代に六百もの役を演じたヘンリー・アーヴィングは、なぜか『十二夜』の役は一つもやらず、彼がマルヴォリオ役でこの劇に初めて挑んだのは、ロンドンへ戻ってから二十年も経った一八八四年（明治一七年、ときに四十六歳）のことである。全集の第四巻に入っている『十二夜』には上演の際のカット部分が明示されているが、それによれば、道化フェステの唄うあの恋歌《おお、恋人《ミストレス・マイン》よ》〔Ⅱ・iii〕が、あの鄙びた哀歌《来れ、来れ、死よ来れ》〔Ⅱ・iv〕がバッサリ切り落とされている（今ならこれだけでも失格！　と言われるところだ）。加うるに、この劇の最後でフェステが唄う（はずの）歌、《おいらがチビで稚子《チンコ》のころにゃ》〔Ⅴ・i〕は、「コーラスですくいあげられる陽気なメロディー」となり、「行列とダンス」のための伴奏に用いられたという。同じ頃（一八九四年）アメリカでも、『十二夜』のエッセンスとは、ズバリ言って、この劇の外題（「十二夜」はクリスマスから数えて十二日目の神顕日《エピファニイ》という祝日の前夜祭）を酒と踊りで浮かれ騒ぐ文字通りの饗宴精神と連結させて陽気な気分をかきたてることにあったようで、当時の代表的な役者オーガスタン・デイリーの上演について、舞台研究の権威者オーデル教授はこう語る、——「月光がもちこまれた。今迄こんなことはこの喜劇ではなかったことだ。ヴァイオラはベンチの上で夢を見ていて、オーシーノーのお抱え楽士達がシューベルトの《オリヴィアは誰?》を口ずさんで歌った」(『シェイクスピア——ベタートンからアーヴィングまで』初版一九二〇年、再版一九六六年、第二巻、四四二頁)。《オリヴィアは誰?》は、言うまでもなく『ヴェローナの二紳士』で唄われる歌《シルヴィアは誰?》のことで、この歌詞には一八八三年までに十七以上もの曲がつけられた曰くつきの歌である(ピーター・J・セング『シェイクスピア劇の声楽』、一九六七年、一〇頁)が、中でも有名なシューベルトの曲(一八二六年)にのせてあのロマンチックな女性讃美のセレナーデが歌われるとき、それが『十二夜』の雰囲気とどんなに嚙みあわないかが、あそこでは殆ど問題にならなかった。この劇をしめくくるオーシーノーの台詞に、もう二行、一同を踊りの輪へ誘う言葉がつけ加えられて、最後は、飲んで騒いでのにぎやかなダンスで幕となる、というのが習わしだった。トービーにアンドルー、マライアにフェステが飲んで騒いで尻取歌《黙れ、こん畜生》を、《おいら、めでたの三人組》を、《昔バビロンに男ありき、姫さんヤェ、姫さんヤェ》を、《頃は師走の十二日》を歌いまくる場面〔II・iii〕が、かつては『十二夜』のパーティの活力の中心をなしていて(それゆえフェステの唄う物悲しい恋歌《青春は永くはもたぬ花衣裳《はなごろも》》という不協和音は削られる)、さればこの生の歓喜に水をさすマルヴォリオは五月の空の黒雲とみなされ、いうなれば『ヴェニスの商人』のシャイロックの悲劇性を背負って演じられる傾向があった。しかし、この重苦しさをひきずったままでこの喜劇の(結婚で終るというシェイクスピア喜劇の定石に倣って終るこの喜劇の）幕はおろしたくないという力学的な配慮が働いて、その終局でにぎやかなダンスがもちこまれたのだろう。グランヴィル＝バーカー以前の「十二夜」は、サミュエル・フェルプスの「十二夜」（一八七六年）にしてもビァボゥム・トゥリーの「十二夜」（一九〇一年）にしても、アーヴィングのは勿論のこと、マルヴォリオに過度の力点が置かれて、そこに観客の感情移入をはかるお膳立てがなされたきらいなきにしも非ず、である。そのためにこの喜劇のすばらしい美点、あの健康なとりとめのなさが、あの絶妙な人物のバランスが、とり崩されたのかもしれぬ。

二〇世紀の観客は、もっとパラドックスに満ちた世界に共感を覚える。一九三〇年（昭和五年）に出た新修《ニュー》ケムブリッジ版シェイクスピアの『十二夜』の序文でクィラ＝クーチがこの劇を評して言った言葉、これは「大文字の喜劇への大文字の訣別」である、は、この先、この劇を、夜の闇（四大悲劇）の迫りくる前の夕映えの輝きで包むことになる。夕べの噴水の中に吹きあげる喜びと、飛沫となって散り落ちる悲哀を同時に感じとる心構えが、こちら側（われわれ観客の側）にもできてくる。一九二〇年代の大戦余波、三〇年代の不況と不安、四〇年代の戦争と耐乏生活——その間に『十二夜』の人物達は、（シェイクスピア劇三十七本の中で、これほど革命的な上演になじまない劇はないと断言しても差支えない、にも拘らず）、そこに住みついている人物達は、それぞれに変貌をとげてゆく。

グランヴィル＝バーカーはサー・アンドルーを「クレチン病の白痴」（上演用台本、一九一二年、序文八頁）と決めこむのは断固拒否したけれども、一九二〇年代の初頭では殆どきまって、安っぽい耳ざわりなキーキー声を出すお人形で、ピンと糊のきいた襞衿《ラフ》をつけていた。もっと後になると女っぽい気取屋はやめて、子供のような純真無垢の人に作るのが実際のやり方になる。己惚れ病と、「お菓子と麦酒《ビール》」毛嫌い病（Ⅱ・iii）に罹ったマルヴォリオは、「苦虫嚙みつぶした厳めしい年長者、氷のように冷やかな沈黙をまとった黒幕的存在から、発音に、摩擦音（hの音）に難点のある成上り者、イリリア外務省から一時配置転換された傲慢な青二才の役人風情まで、へたをすると、半可通の道化師まで、いろとりどり」（J・C・トリウィン、『シェイクスピア通い』、一九七八年、一六四頁）であって、「鼻もちならない頭高《ずたか》男と躾のきびしい中年の女家庭教師」（ヒュー・ハント、一九五四年）を足して二で割ったような場合もあれば、苦心惨憺の末に出世した脣の薄い男で、外観《うわべ》は化粧板《ベニア》で飾りつけてもそのしゃべりから何となく素姓《おさと》が知れてくる、そして飾り板《ベニア》が突然ずり落ちると、呼び売り少年の発音がとびだしてくる（一九五五年、ローレンス・オリヴィエ）場合もある。

そして、変わりも変わったのがオリヴィアで、昔は風格のある伯爵家令嬢――三十女のハイ・ミス（というのも今世紀の前の方では主演級の女優は年齢がかなり高かったから、という）――であって、いつもたっぷりとしたからだつきの華やかさを持っていたから、実年齢四十歳のフィリス・ニールスン＝テリ嬢がオリヴィアを演《や》るのを見たサンデー・タイムズ紙の劇評家ジェームズ・エイガトは、彼女（とそれに連なるオリヴィア群）を弁護して、テリ嬢は「あの萎《しお》れゆく花オリヴィアに植物園の色香をそっくりもちこみ、そこにエリザベス女王の面影を一滴たらした」（一九三二年五月二五日、『東の間の年代記』一九四三年、二六頁）と言ったが、このオリヴィア（群）が、ピーター・ホール演出の「十二夜」（一九五八年、ストラットフォード）で一大変身をとげる。ジェラルディーヌ・マッキーワンのオリヴィアは、威風堂々の伯爵夫人でもなければ、楚々としたロマンチックなお嬢様でもなくて、くすくす笑いをするコケット、キンキラ声の、ふくれっ面《つら》するおきゃん人形、と評された。それ以来オリヴィアは、二度ともとの状態には戻らなくなって、なぜか人はオリヴィアのことを、とっても若いと、（手がつけられないほどのお馬鹿さんではないにしても）ひどく若いと、思うようになってくる。実年齢三十九歳のヴァイオラ・トゥリーのオリヴィアをキングズウェイ劇場で見たエイガトは、彼の理想とするオリヴィアは「火炎状に燃えあがるが如くに華麗にして、親に先立たれて一人残された、得がたくも滑稽な人物」（『現代演劇、一九二三年』、一九二四年、九九頁）と語ったが、このイメージが演出家のイメージになるのに三十五年の歳月が流れた。

道化のフェステは、定型では、道化用の耳長帽子をかぶり鈴をつけた、そわそわと落ち着かない、こうるさい男であった。丁度オリヴィアが劇場では若くなってきたように、フェステの方はゆっくりと老けていった。グランヴィル＝バーカーには（一九一二年のことだが）フェステは若者には思えなかった。曰く、「彼の言うこと為すことにはすべてあの皮肉な調子が流れている、そう、人生の敗残者と自他ともに認めた人によく見かける特徴だと言っていいあの皮肉な調子が」（前出、八頁）。フェステは今や（老熟ではないにしても）、おおむね、成熟している。リージェント・パークの屋外劇場《オープン・エア・シアター》でみられたジョン・ローリーのフェステ（一九三二年）は、「プロのたまらなくおかしい男であると同時に一箇の人間であることを、それにもう一つ、自分のくりだすおどけ冗談を彼自身ととことん楽しんでいるのだということを、お客に分らせてくれた」（ゴードン・クロス、『シェイクスピア劇通い、一八九〇―一九五二年』、一九五三年、一一五頁）ものだが、忽ちにしてそういう日は遠くなり、第二次大戦前夜あたりからは「悲しげなフェステたち」が増えはじめ、年をとりつつあるばかりでなく盛りを過ぎたフェステが、これまでの永い奉公に免じて馘首《くび》にならないでいるフェステが、そして時々、フェステが歌ってこの劇をしめくくるあの最後の歌《だって毎日、雨だもの》で、フェステは自分が目下失業中であることを知らせようとする、そんなフェステが（一九五〇年、オールド・ヴィック劇場でのレオ・マッカーンのような）出てくる。しかしその悲しみが神秘的な輝きを帯びるまでになった例は、ロバート・エディスンのフェステ（アレック・ギネス演出、ニュー・シアター座、一九四八年）を措《お》いて他になく、このフェステは、「陽気さと優美のなかを動く舞台、それでいて夏の盛りの一日に隠された憂愁を見過ごさない舞台、それを唄うためにそこにいた。……彼の目は、波立った、白くなりかけたあの髪の下で、夏の来し方行く末をまさぐることができた」（オブザーヴァー紙、九月一九日号）という。

サー・トービーもマライアも、フェイビアンもオーシーノー公爵も、そして勿論ヴァイオラも、（もはや単純《シンプル》ではなくなったこの劇の中で）舞台ごとに、今度はどう（なるの）かな、という思いをかきたてる変容をとげてきた。そしてRSCが辿りついたあの「十二夜」（一九六九年、ストラットフォード）、ジョン・バートンの演出で遙々日本にもやってきたあの「十二夜」（一九七〇／七一年、オールドウィッチ劇場、日生劇場）は、過去の様々な「十二夜」を知る人々からも惜しみない讃辞をかちとって、私達が、いま、洋の東西を問わず「十二夜」の季節にいることを思い知らせてくれたのだった（この「十二夜」については、私は既にほかのところで、「赤光《しゃっこう》のイリリア――RSCの『十二夜』（一九七〇／七一年）のこと」と題して心ゆくまで書いたので今は触れない）(1)。しかし、そこで終りではない。あの潮騒と海鳥《うみどり》のイリリア、秋の気配に花模様の透屏風《すかしびょうぶ》をめぐらしたイリリアは、ピーター・ギル演出のナルシシズムと両性性愛に染った、懊々として楽しまぬ「十二夜」（一九七四年、ストラットフォード）を経て、裸の木の立ち並び雪の降り積むイリリア（一九七九／八〇年、テリー・ハンズ演出、RSC）へと変わってきている。この半世紀の間に劇場の「十二夜」は、その雰囲気も、装置も、人物の年齢もその扱いも、徐々に、しかし確実に、変わってきたと言えるだろう。この「おだやかで温厚な劇」にしてこの通りである。そして一番変わったのは、言うまでもなく、イギリスとイギリス人そのものである。

二枚の海図の素描《スケッチ》は終った。ここで改めて思うことは、シェイクスピアはどんな状況にも耐えうる作家であって、これが今日のシェイクスピアの顔なら、私はそれを欣然として受け入れたいということである。明日はどういう顔になろうとも。

注

（1）『シェークスピアをめぐる航海』（早稲田大学出版部、一九九八年）、271—306頁に収録。

Ⅲ　いまを生きる

奇妙なめぐり逢い
――ウィルフレッド・オーウェンのこと、ハロルド・オーウェン氏のこと

1

イギリスの春は意外に短い。ロンドン南西郊外のウィンブルドンあたりでは、三月半ば過ぎから、赤れんがの家々の立ち並ぶ前庭にときおり連翹《れんぎょう》の花をみかける。フォーサイシアと呼ばれるその鮮やかな黄色い花が、芥子粒ほどの小さな四弁の花びらをおしひらいて空にふきあげるさまは、黄色い泡立てクリームのようで、そこだけがぱっと明るんでみえる。それもせいぜい二、三週間であろうか、四月のイースター祭のころともなれば、紫や白の花木蓮が薫りはじめ、うす紅《くれない》の桜がほころびかける。それも、五月早々には色褪せるか散り急いで、やがてくる薔薇《ばら》のために道をあける。するとそこに夏がある。じりじりと焼けつくような蟬しぐれと入道雲の夏ではなくて、さわやかな、すがすがしい夏である。

私がブリテッシュ・カウンシルから一通の手紙をもらったのは、まだ風もうそ寒い三月の中旬だった。長い長い冬にもまして長く思えた四十七日間にわたる郵便ストが終わって間もない一九七一年三

月一六日のことである。

「四月二十二日　木曜日。パディングトン駅十一時十五分発の列車に御乗車ください。オックスフォード到着は十二時二十分。駅の改札口に出迎えの者が行っております。地区の支部長R・H・パリ氏があなたと昼食をともにし、それからオーウェン氏の許へ案内することになります。」

これはごくありきたりの事務的な手紙にすぎなかった。無用な修飾語は一切用いないところがイギリス的だ。それでいて、一ヶ月先の予定を知らせてくれるだけでなく、必要事項は洩れなく伝達し、簡潔でゆきとどいた心くばりのあとがみえる。それだけに一層イギリス的な手紙だった。そしてこれを読み終えた瞬間、私には、とうとう会えるんだなという実感がどっとこみあげてきた。

いつかは会いたいと願っていた。いつかは会えると決めこんでいた。そうは思いながらも、この七年余り、ハロルド・オーウェン氏の住所を探しあてて手紙一通したためたわけではなかった。労を惜しんだからでも、気おくれのためでもなかった。ただなんとなく会えそうな予感がするままに、そっとうち棄てておくことで、いつかは会えるようになるのだという妙に屈折した感情が、私の胸のどこかに、埋れ木のように沈んでいたとでもいうほかはない。イギリスは遠い。そして私の期待は淡かった。それだけに、在外研究員を命じられて予期せぬ海外留学の決まった瞬間、私はこのためだけにでもイギリスへ行かねばと思った。

ハロルド・オーウェン氏について私の知っていることといえば、ごく僅かだった。オックスフォード大学から出版されている三冊本の『賤が伏屋からの旅立ち』（*Journey from Obscurity* 1883~1918）（一九六三―六五）の著者としか知らなかった。オーウェン一家の歴史を、兄ウィルフレッドを中心に自伝風に淡々と描きだした人としか知らなかった。第一次世界大戦で二十五歳の若さで戦死した詩人ウィルフレッド・オーウェンの四人兄妹《きょうだい》の一人としか知らなかった。しかし、それで十分であった。

ウィルフレッド・オーウェン――ごく平凡な鉄道員の父と、貧しい家計を黙々ときりもりする控え目な母とをもった彼が、休戦目前の（しかし、誰が知ろう！）一九一八年一一月四日、サンブル河の渡河作戦でドイツの銃弾に斃れたとき、あとには、六十篇にみたない詩が残された。幾つかは断片のままだった。二年後の一九二〇年の暮れ、そのうちの二十四篇が、先輩詩人サスーンの手で編まれて出版された。サスーンの序文をそえた、三十四頁の、えび茶色の表紙の、うすい、うすい詩集だった。――しかし、彼の作品を読んだ後では、オーウェンという名が私の心臓をからめとる呪文のように鳴り続けていて、それは例えば、ダンテの『神曲』の地獄篇でフランチェスカとパオロのくだりを読んだ後では、

――かの日我等またその先を読まざりき

（山川丙三郎訳）

と語るフランチェスカの言葉がいつまでも鳴りやまぬのに似ていた。さらに言えば、私の青春に焼鏝《やきごて》をあてたあのオーウェンの詩との出会いの意味をどこかでもう一度問いただすことを、おそれながら待っていたのかもしれなかった。ハロルド・オーウェン氏との出会いの意味は、ここヨーロッパでそういう機会が与えられたところにあるような気がした。

2

私がはじめてオーウェンの詩集を手にしたのは、全くの偶然からだった。もし偶然というものが、ポアンカレーの言うように原因が複雑すぎてわからないことの別名であるというなら、それはオーウェンの詩の題名そのまま、「奇妙なめぐり逢い」（*Strange Meeting*）とでもいうほかはない。

萩原朔太郎や中原中也の詩があれば友人のあるなしにいささかの痛痒も感じなかった私が、早稲田へはいったその年、どうしてか無性に自分を押し開いてゆきたい衝動にかられていた。そんなとき知りあったのが同じ英文科のAだった。深川育ちの彼は四人兄妹《きょうだい》の末っ子で、すでに両親はいなかった。髪はいつもオールバックにしていて、どこか大人びたかげがあったが、眼鏡の奥からのぞく目に不思議と少年の光があった。知りあってからしばらくした或る日、私はAに、何か一冊英詩集を買ってきてくれないかと頼んだ覚えがある。田舎からでたての私には、丸善も紀伊國屋も遠かったのだろう。一週間ばかりしてAは注文通り買ってきてくれた。「神田でね、みつけたんだ」というその詩集には、赤インキを水鉄砲ではじいたような絵入りの紙カバーがついていた。鉄条網に鮮血がはじけたようにからみつき、それが灰色の空を背景に千切れた雑巾よろしくとび散っている図だった。

——ウィルフレッド・オーウェン詩集。どこの詩人かな。

出版社をみると、たしかニューヨークのランダム・ハウス社となっていた。

——さあ、ねえ。イギリスだろ。

さらさらと頁をくりながらAは言った。

——英語だもの。それに、ほら、エドモンド・ブランデンさんの序があるし。

この話はそれきりで終わった。だから、いまもって私には、なぜ彼がこの詩集を選んだのか見当がつかない。もの識《しり》だった彼は、何もかも承知の上で私にそれを読ませたかったのかもしれない。或いは、ひょっとしたら、彼にとってもそれは偶然のいたずらに過ぎなくて、そして多分、「奇妙なめぐり逢い」だったのかもしれない。その頃の私ときたら、詩と名のつくものならなんでもよかったから、忽ちそれにとびついた。羅針盤なしで未知の海へ漕ぎだす猛々しい船乗り気どりだった。そのときの私には、この詩人が二度の世界大戦を通じて比較を絶した最大の詩人であることなど思いもつかなかった。辞書なしでは歯がたたなかったが、それでも、読むほどに私は魅せられ、巻きこまれ、圧倒されていった。

3

文字通り、砲弾炸裂のショックを、シェルショックを受けた。その驚きは、それだけで、私のなじんできた世界を一変させ、私の展望《パースペクティヴ》を根こそぎ変えるほどの激しいものだった。詩を読むことの手ごたえが実体のある一つの経験に等しいことを思い知らされたのはこのときが最初であった。そこには、悲惨極まりない、そして、どうしようもない戦場の地獄絵がそのままの形で表現されていて、氷の刃《やいば》のように透徹したリアリズムが私の皮膚を切り裂いた。白眼をむきながら毒ガスの海に溺れてゆく、そのわななく手足が私の魂を痙攣させた。それだけではなかった。煙幕と硝煙を通して、毒ガスと死人の臭いの彼方から、詩人の声がハムレットの父の亡霊のうめきさながら洩れてきて、そのまま一つの発見を私に強制し、一つの啓示のように私を襲った。そして「大地に」（*A Terre*）の

I suppose
Little I'd ever teach a son, but hitting,
Shooting, war, hunting, all the arts of hurting.
Well, that's what I learnt,——that, and making money.

生き永らえても息子にはろくなことしか教えられまい、ぶん殴り、射撃、戦争、狩りと殺しの
四十八手、それこそ僕の学んだことだ、——それと、金を儲けることと。

にでくわしたとき、私の脳天は鈍い痛みを覚えた。誰への嘆願ともわからぬ声が、たった一年でいい、空気を、もう一度の春でいい、風を、と訴えるとき、そのつましい願望に胸をつかれた。すべてのものに無感覚になった兵士たちの高笑い、バーバリズムの猖獗《しょうけつ》を謳歌する怪物のような大砲の轟音、あばた面《づら》の大地に鳴くこおろぎ、閃光に切り裂かれた闇が守りぬく不気味な沈黙、——それらが奇妙に唱和して、男たちの最後の希望をねじ切り、その夢をすり砕き、最後の絶望まで凌辱する。およそ人間的なと呼んできたどんな幻想も甘すぎる、そのむなしさに圧倒された。経験の直截性、氷のリアリズム、戦場の狂乱を多元的に反照する音響効果、英雄美談の足もとに仕掛けられたアイロニーの地雷、そして、たとえようもないあわれさ——こうしたオーウェンの詩の特質が、選びぬかれた一つ一つの

言葉を貫通していて、私はほとんど、これ以外に詩とよべるものがあるのだろうかという思いにとらわれたのだった。戦争という主題の単一性にも拘らず、ここには紛れもなく、誇張もされず割引もされず、ヨーロッパの地獄の季節の本質が露わにさらされていた。これは一級の詩人のみがなしうる離れ業だと思うよりほかなかった。

第一次世界大戦中、イギリス軍の死者は百万になんなんとし、フランスはその倍近い戦死者をだした。ソンムの戦闘だけで、イギリスは四十二万の兵を失い、フランスは十九万四千を、ドイツは英軍に対して二十八万を、仏軍に対して四十六万五千の兵を失った。一九一八年十一月十一日午前十一時を期して休戦が発効したとき、負傷や毒ガスのために不治の身体障害に悩む者が百五十万人も残された。私たちはいまその断片を、例えば、Ａ・Ｊ・Ｐ・テイラーの『第一次世界大戦』（*The First World War* ペンギン版　一九六三年）に収録された多数の写真で垣間みることができる。《もっと大きな昼からもっと巨大な夜へ、長い、わびしい、無慈悲な道を行軍する》（ウィルフレッド・オーウェン、「無感覚」Ⅳ）兵士たちの靴音を想像することができる。茶褐色に色褪せた一枚の写真から、軍服を着たままのほぼ完全な姿で白骨化した男の眼窩から、私たちはヨーロッパの沼にたちのぼる死の匂いを嗅ぐことさえできる。ウォータールーの橋を渡ってテムズ川南岸のオールド・ヴィック劇場へ行った人は、もう少し足をのばせば、ランベスの戦争博物館につきあたるはずである。この博物館は、博物館にしては珍しく、季節のいかんを問わずに、月曜から土曜までは朝十時から夕方六時まで、日曜日も午後二時から六時までと開館し通しである。私が訪れた日、そこには、たどたどしい文字で記された軍事郵便から実物大の飛行機まで並んでいて、小学生の一隊がはしゃいでいた。

だが、オーウェンの詩はそれ以上のものである。ここには、写真や歴史書がいかに跡づけようとしても遂には辿れない一つのうごめく魂があり、凄惨な地獄を見とどけた者の語る一つの真実、《語られざる真実》（ウィルフレッド・オーウェン「奇妙なめぐり逢い」）がある。それは、できることなら次に挙げる第一次大戦で戦死したイギリスの戦争詩人のリスト、数百万の戦死者のほんの一かけらにすぎない戦死者のリストとともに、読むに値するものである。

ジュリアン・グリンフェル　一九一五年五月戦死　27歳
チャールズ・ソーリイ　一九一五年十月戦死　20歳
ロバート・パーマー　一九一六年一月戦死　28歳
ルパート・ブルック　一九一六年四月戦病死　29歳
W・N・ホジスン　一九一六年七月ソンムの戦闘にて戦死　22歳
T・M・ケトル　一九一六年九月ソンムの戦闘にて戦死　36歳
E・W・テナント　一九一六年九月戦死　19歳

レスリー・コゥルスン　一九一六年十月ソンムの戦闘にて戦死　27歳
ジェフリー・デイ　一九一七年二月戦死　22歳
エドワード・トマス　一九一七年四月戦死　39歳
R・E・ヴァーネィド　一九一七年四月戦死　41歳
フランシス・レドウィジ　一九一七年七月戦死　26歳
E・A・マッキントッシュ　一九一七年十月戦死　24歳
R・B・マリオット＝ワトスン　一九一八年三月戦死　享年不詳
アイザク・ローゼンバーグ　一九一八年四月戦死　28歳
ウィルフレッド・オーウェン　一九一八年十一月戦死　25歳

このようなリストは、一見、無味乾燥に見えるかもしれない。もしそうだとしたら、なおのこと、映画「マラー／サド」や「リア王」でその名を知る人も多い現代イギリスの代表的な演出家ピーター・ブルックの試みた二つの朗読例を思い起こしていただきたい。彼はある講演会のあとの有志の集まりで、一人の青年に出てもらい、ペーター・ヴァイスのアウシュヴィッツについての劇『追求』の中からガス室の死体描写の部分をタイプで打った紙きれを渡して朗読させる。はじめは肴《さかな》にされた青年を笑っていた聴衆だが、彼らにも、やがて彼の真剣な緊張が伝わって、そのすさまじい内容とそれに対する読み手の反応とが呼応して、聴衆はたちまちそれを理解し、せりふと青年と聴衆は一体になり、アウシュヴィッツからの生《なま》の証言がその場を圧倒してゆく。これは、ずぶの素人が自分の声の抑揚や厄介な自意識にわざわいされずに自分が肌で感じたことをそのまま聴衆に伝え、せりふのイメージと内容をそれにふさわしい格調と高さをもって完璧に発見した例だった。そのあとでブルックは、もう一人の有志をつのって朗読を依頼する。「こんどはシェイクスピアの『ヘンリー五世』からフランス軍とイギリス軍の死者たちの名前と人数を列挙するくだりを与えた」(ピーター・ブルック『なにもない空間』一九六八年　高橋・喜志共訳　晶文社刊　三一頁)。その青年が朗読を始めると、シェイクスピアだという意識からか、ことさらに抑揚をつけた発声で舌がもつれ、こんぐらかる。素人俳優の欠点がさらけだされて、観客の注意は散漫になり、落ち着かなくなる。「彼が読み終わって、わたしは観客にたずねた。アジンコートの死者たちの名前を、アウシュヴィッツの死者たちの描写と同じように真剣に受けとれなかったのはなぜだろう?」(同上)と。この質問は活発な議論を誘発する。〈アジンコートは過去のことだ〉〈アウシュヴィッツだって過去だ〉〈でも十五年しか昔じゃない〉〈じゃ何年経てばいいことになるんだ?〉〈死体はいつ歴史上の死体になるか?〉——こうしたやりとりの後でピーター・ブルックは一つの提案をする。これらの名前もかつてはかけがえのないひとりひとりの人間だったことを実感して、この大量殺戮がまだ昨日の事件であるかのように想像力を働かせてほしい、と。聴衆と読み手との間に濃密な沈黙が支配し、朗読者の注意力は自分自身をそれて語る言葉の中身へ注がれる。その抑揚は簡潔となり、そのリズムは適確に戦死者の名前をとらえ、聴衆の関心を受身から能動へと振幅させる。「終わったとき、もはやなんの解説もいらなかった」（同上三二頁）。これは舞台への観客の集中がどんなに役者を左右するかについての人工的な実験に過ぎないかもしれない。しかし、私たちが改めてあのリストの中身へはいろうとするときに一つの手掛かりを与えてくれよう。そのとき私は自問する、なぜ彼らはあそこにいてここにいないのか、なぜ彼らの魂が小さな嘆きをしゃくりあげて乳離れする日を待つだけなのか、と。

4

このような接近法《アプローチ》はセンチメンタルで、戦争の悲惨さを見誤らせる危険なやり方だと反論されるかもしれない。肝心なのはオーウェンの詩のメッセージだ、彼の詩を支える反戦の思想だ、と。いまの私にはそのような未熟な見方に反論してオーウェン論を書く意図はない。私が『詩人の態度――ウィルフレッド・オーウェン小論』を同人誌「現代行動詩派」（2、3、4号）に載せて、彼の詩の言葉と形象《イメージ》、その主題と技法にふれたのはもう一昔以上も前のことであるが、私の基本的な考えは今もって変わらないからである。少なくともオーウェンは、単純な平和論で武装した反戦詩など一篇も書いていない。戦場へ行く前に知的に戦争を体験した、そんなものわかりのいい詩人ではなかったからである。このことは、もっと痛烈な皮肉をこめて戦闘的な告発の戦争詩を書いたシーグフリード・サスーンについても、また、屠殺場の血腥さよりは戦闘の終わった後の沼地の葦のそよぎに見入り夜っぴて降る雨の音に聞きいることで戦争に触れることのできたエドワード・トマスのような詩人についても言えることである。期せずして彼らにそういう詩を書かせた原点へ立ち帰れば、そこには腿まで水につかった泥沼の塹壕戦線があり、それがそのまま現実であって、そこにも生活があるのに変わりはなく、それゆえ、それがイギリスの田園生活と比べてどんなに厭わしいかは、戦争経験の有る無しに拘らず私たちの日常経験から十分に感知できることである。問題はもっと別のところにある、という気がする。

一九七〇年一〇月一九日の夜、私はBBC第3放送でオーウェンの詩「呪われた青春に捧ぐる讃歌」（*Anthem for Doomed Youth*）の朗読を聞いた。キーツの研究家でも知られるロバート・ギティングズ氏の解説で、その詩の成立過程を克明に追ったものだった。大英博物館に所蔵されている四枚の草稿をもとにして、初稿の「死んだ若者への讃歌」（*Anthem for Dead Youth*）からあの最終稿まで、オーウェンの精神が、どのように自分の詩的ヴィジョンにふさわしい言葉を選びぬこうとして苦しんだかを辿ったものであった。その最終稿は次のようなものである。

What passing–bells for these who die as cattle?
　Only the monstrous anger of the guns.
　Only the stuttering rifles' rapid rattle
Can patter out their hasty orisons.
No mockeries now for them ; no prayers nor bells,
　Nor any voice of mourning save the choirs,——
The shrill, demented choirs of wailing shells ;
　And bugles calling for them from sad shires.

What candles may be held to speed them all?
　Not in the hands of boys, but in their eyes
Shall shine the holy glimmers of good–byes.
　The pallor of girls' brows shall be their pall ;

Their flowers the tenderness of patient minds,
And each slow dusk a drawing-down of blinds.

家畜のように死んでゆくこの人々にうち鳴らす弔い鐘がどこにある？
　大砲のじだんだ踏んで荒れ狂う怒りのほか　いったい何があるものか。
　どもりながらまくしたてるがらっぱちのライフル銃が
ただぺらぺらと早口に祈禱を吐きだすだけなんだ。
嘲笑なんかよしてくれ　この人たちにはいらぬこと　祈りも鐘もやめてくれ
　哀悼の声もよしてくれ　合唱隊でたくさんだ、——
金切声で泣きじゃくる気違いわめきの合唱隊　弾丸の雨でたくさんだ。
　悲しい野づらを呼びたてる喇叭《ラッパ》のひびきでたくさんだ。

この戦死者の冥福を祈るにともす蠟燭《ろうそく》は、どんなものがにつかわしい？
　少年の手にではない　その眼にあふれる
さようならの聖らかな涙の光をともすのだ。

血の気の失せた蒼白い少女の額で亡骸《なきがら》を包む衣をつくるのだ
耐ゆる心のやさしさを　その花束に捧げるのだ
昨日も今日もまた明日も　暮るるにおそい夕暮を　鐙戸がわりに降《お》ろすのだ。

「呪われた青春に捧ぐる讃歌」とは何という皮肉な題であろう。この詩にあらわれる幾重もの対比《コントラスト》とその深まり、この詩の絶妙な音響効果と間然する所なき形象《イメージ》、それにまたこの詩は、たとえようもなくあわれである。これは秀れて有機的に完結した一個の世界であり、真の芸術作品がそうであるように、作者を離れて完全にひとり立ちしている作品である。

その夜私は、一つの問いにとらわれていた。いったいあの大戦は、誰にとっての、何であったのか、と。

5

いったいあの大文字の戦争は、誰にとっての、何であったのか。ヨーロッパ・ナショナリズムと軍備拡張の発熱を狂信的《ファナティック》なまでにひきおこした病根は、例えば、果して、ヨーロッパ列強の軍事外交上の力関係の乱れ、植民地開拓とその権益保持をめぐる確執、領土的野心と民族自決の気運の衝突といった外在的な要素に主として由来するものだったのだろうか。政治の力学が何であれ、また、第一次大戦が何をめぐって戦われたにせよ、また、参戦した人々が同時に激しく戦争を憎むようになったそのパラドックスの意味が何であったにせよ、私にはそう易々とは、通り一遍の事件の記述では満足できなかった。それはかえって一層私をもどかしい思いに駆りたてた。

私は何を苛立っていたのだろう。それを問う前に、ここで幾つかの事実を列挙しておく必要があろう。例えば、戦争詩人のほとんどは大学で学んだことのある人達で、その死亡率が非常に高いのは彼らがイギリスという国の見識に従って大抵が下級将校に任ぜられ、最前線に赴いたためである。大戦を生きのびた詩人がいないわけではない、——シーグフリード・サスーン、ハーバート・リード、デヴィド・ジョーンズ、ロバート・グレイヴズ、エドモンド・ブランデンのように。しかし一般に青年将校の平均余命は九ヶ月、一夏《ひと》の突貫、一夏《ひと》用の埋め草と相場が決まっていた。もっと重要なことは、彼らのほとんどが志願兵だったことである。イギリスで実質的な徴兵制度が採用されたのは一九一六年四月の末で、それもイースター最後の月曜日（四月二五日）にアイルランドの首都ダブリンで叛乱があって下院が愛国心にかきたてられたその三日後、タウンゼンドがトルコ軍に降伏したとのニュースが伝わって下院の熱がさらに昂じた、いわばどさくさにまぎれての首相アスクィスの戦術だった。

事実、一九一六年の末までは、陸相キッチェナーが人差指をぐいと突き出しているあの有名な志願兵募集のポスター、「イギリスが君を必要としている」('BRITONS WANTS YOU')に群がる男たちで武装可能な兵員数を補ってあまりあったからである。「一九一六年三月、志願兵募集がおわるまでに、総数二五〇万をこえる人々が入隊していた」(A・J・P・テイラー『イギリス現代史　I』都築忠七訳　みすず書房)。ウィルフレッド・オーウェンが志願入隊したのは一九一五年一〇月二一日だった。

　ここでどうやら、あの大戦の意味を求めてもう一歩踏みこめそうな一つの手がかりが浮かんでくる。それは大戦が三ヶ月の短期決戦という予想を裏切って塹壕戦にもつれこんだとき、キッチェナーが当惑して語ったという言葉、「いったいどうしたらいいんだ。これは戦争じゃない」に象徴されているものである。陸相キッチェナーがそう洩らしたとき、彼は、塹壕戦という発想についてゆけなかったという点では、前時代的な戦闘経験しか持ちあわせていない旧式の将軍であることを思わず自白してしまっている。だが彼の狼狽ぶりは彼だけのものではなかった。ドイツ軍がイープルの第二次戦闘(一九一五年四月〜五月)で初めて毒ガスを使用し、Uボート、戦車、機関銃が科学の粋を集めて威力を発揮し、ロンドンが初空襲を受けて(一九一五年四月)千五百人近い死者をだし、しかもその八割が民間人であって、また燈火管制が全国で実施されたという、そのどれもが近代戦の新しい様相を帯びていた。王様の戦争ごっこの時代は終わった。そして、この戦争そのものが、まさに、不貞のクレシダを目のあたりに見て己が目を疑いながら、己れの存在そのものを問題にしながら叫ぶトロイラスの悲痛な発見、

――あれはクレシダであってクレシダではない

（シェイクスピア『トロイラスとクレシダ』五幕二場）

をこだまするように思えるほど、これまでの戦争の常識をはみでた何か途方もないものにみえたとして不思議ではなかったはずである。あれは戦争であって戦争ではない、と。そんなことがありえようか。それがそうであったのだと考えない限り、「戦争を終わらすための戦争」という、あの有名な第一次大戦の合言葉は通用しなかったであろう。そのような標語でも発明しない限り、ヨーロッパが自分自身に対して抱きはじめていた不安の空洞はますます巨大に口開いていっただろう。

この機会にもう一つ事実をつけ加えておく方がいい。第一次大戦以前は、直接戦闘に参加した人々によって戦争詩の書かれることは稀だった。戦争詩は、いわゆる専門の職業詩人に委されていた。そして、戦争について、「恐るべき美」について、愛と英雄について、その精神について、勇気と雄々

しさについて、自然と生と死について、数々の武勲《いさおし》と栄光について、その悲しみについて詩を書くということには、何かしら荘重な人間的なひびきがあった。しかし、例えば二十八歳で戦死した一兵卒アイザク・ローゼンバーグが書いた如くにとブライアン・ガードナーが適確に指摘しているように、「死んだ男の顔を踏みつぶして通る荷車の車輪について一篇の詩を書くということは、まるで何か新しいことだった――W・B・イェイツにとってはまるで新しすぎた。以前の戦争に恐怖がなかったというのではない。僅かな例外は別として、詩人たちがじかに恐怖にからめとられたことがなかったということだ」（*Up the Line to Death, The War Poets 1914–1918* 序文二三頁）。あの戦争がヨーロッパにとって全く新しい経験であったとすれば、それに直接手をふれた多くの詩人にとってもまた、新しい言葉を探すのでなければ表現できない新しい経験であったはずである。しかも、心しておきたいことは、戦争詩の多くは封筒や電報や通達文書の裏に書きとめるとか、手紙に同封して本国へ送られたことである。多くは改作や修正の機会に恵まれなかった。しかも、作品に言い訳のきかないことは、戦争詩人だからといって、紙がない、インキがない、ローソクがない、時間がないといったいいわけの許されないことは、詩人自身が一番よく知っていた。詩人は、いかなる状況にあろうとも、第一義的に詩人でなければならないからである。死後に手帳の中でみつかったり、軍服のポケットからみつかったものもある。オーウェンの詩の幾つかは、どうしても納得のゆく言葉の見つからぬままに、一語が、一行が、空白のままの未完の詩である。ここでもブライアン・ガードナーの指摘は正しい。すなわち、「ジュリアン・グレンフェルの記しているように、戦争詩人たちは誰もが承知していた、――詩心《インスピレーション》を良い詩に転化するのに必要な時間と傾注の欠乏にも拘らず、それが自分の最後の一行かもしれないのだから、どの一行も良いものでなくてはいけないということを」(同上。一三三頁)。まさに至難の業である。この試練に耐えて、なお且つ一級の作品であることは、それが存在するだけで驚嘆に値する。そしてそれがウィルフレッド・オーウェンただ一人だとしてもかまわないのである。そのとき再びキッチェナーの言葉が聞こえてくる、――「いったいどうしたらいいんだ。これは戦争じゃない」と。

6

それならば、いったい、あれは何だったのだろう。一九一四年六月二八日、ボスニアの首都サラエボで一人の少年が発砲したあの音は？　その弾丸は、この日結婚記念日を迎えたオーストリア＝ハンガリーの大公フランツ・フェルディナンドとその愛妻を即死させた。それとともに、突然、あの長いヨーロッパの夏が、一八一五年から一九一五年までの一世紀間にわたる黄金の夏が終わった。それは、しかし、ヨーロッパが百年このかた患っていた熱病をその頂点へもってゆくためのほんのきっかけに過ぎなかった。二〇世紀は二度の大戦を経験したというような言い方は正確ではない。それは、一つの熱病の二度の発作にうなされたヨーロッパにとっては真でありえても、地球全体《グローバル》なものかどうか、私には疑わしい。あの発熱が主として外的緊張に由来する幼児の突発的な知恵熱であっても、もしそれだけのことに過ぎなかったのならば、なぜヨーロッパはアウシュヴィッツの大虐殺に驚愕する必要があろうか。あの桁はずれの戦争を経験した後で、もっと桁はずれの戦争が起こったというのであれば、それが想像を絶したものであればあるほど、想像を絶することが起こりえたとしても不思議ではなかったはずである。第一次大戦では、ドイツ軍残虐行為の流言にも拘らず、オーウェンの予想は正しかった。

D'you think the Boche will ever stew man-soup?
独乙兵《ボッシュ》が人間の煮こみスープを作るとでも思うのか？　（オーウェン「大地に」）

だが第二次大戦では事情が違っていた。そのことをテイラーはこう記している——「第一次世界大戦では、ほとんど誰もがドイツ人残虐行為の物語を信じていた——比較的少数の物語が真実だったのだが。第二次世界大戦では、ほとんど誰もそうした物語を信じようとしなかった——その物語は真実であったし、ドイツの犯罪行為は文明国民によっておかされた最大の残虐行為であったのだが」(前掲書。都築訳　二一頁)。これによって生の最深部にまで戦慄の走るのを感じたのは、どこよりもヨーロッパだった。いや、厳密には、ヨーロッパだけだった。一九世紀を通じて、その中葉から世紀末へかけては、ほとんど欣求《ごんぐ》ともいえるほどの熱気をはらんで浄めの火に憧れていったヨーロッパの知性と感情が、第一次大戦の業火とそれに続く大虐殺《ホロコースト》を自らの内部に巣くった疾病の兆候とみなすようになったのは、つい最近のことである。

この発癌現象を外側から証明してみせたのがI・F・クラークの『戦争を予言する声々』(*Voices Prophesying War 1763–1984*)(オックスフォード大学　一九六六年)であって、この本は、一八世紀中葉からヨーロッパに芽生えた一つの予感を、一八七〇年以降一段と加熱して遂に頂点に達するまでの世界的規模の闘争の予感を、詩と小説を中心にして、ものの見事に描いてみせる。ヨーロッパの一九世紀は、自分の時代がどの時代よりも高みにあると信じて疑わなかった世紀であり、過ぎ去った時代を、古代ギリシアやエリザベス朝の時代をさえ、恰も神亡きあとの裁判官のように裁くことができたし、優越感からくる微笑さえ浮かべて歴史を語ることができた。クラークが引用している次の有名なマコーレーの言葉は、自らの成果に酔いしれたヴィクトリア朝人が科学の新たな水平線にもろ手をあげて祝福をおくる感情をあらわしている。だがそれだけではない。精神の自己実現という教養を根幹としたヘーゲルの歴史主義、オーギュスト・コントの実証主義、クロード・ベルナールの哲学的科学主義といった同じダイナミックな推進力を土台とするメカニズムへの信頼を、事実が展開する優秀な新地図への全幅の信頼を裏書きしている。

「それは寿命を延ばしてくれた。苦痛を和らげてくれた。病気を撲滅してくれた。土地の肥沃さを増してくれた。船乗りに新たな安全保証を与えてくれた。軍人に新兵器を提供した。大河川に我々の祖先の知らなかった形の橋を架けてくれた。雷電を空から大地へ無害に誘導してくれた。晝の輝きで夜を照らしだし、人間の視力の範囲を広げ、人間の筋肉の力を何層倍にもしてくれた。速度をあげ、距離をなきものにしてくれた。交渉を、通信を、あらゆる友好業務を、あらゆる事務処理を便ならしめた。人が海底にもぐり、空を飛び、有毒な大地の底へ安全にもぐりこみ、馬なしで突進する車体に乗って陸を突っ切り、風に向って時速一〇ノットで走る船で大洋を横断することを可能にしてくれた。以上はその成果の一部にすぎず、しかも初生《はつなり》の実のひとかじりにすぎない。なぜかなら、それは休むことなきひとつの哲学、達成されることのないひとつの哲学、完成をしらないひとつの哲学だからである。その法則たるや、すなわち進歩である。」

（前掲書六九頁）

多数の図版とともにクラークがとりあげている山なす予告的幻想のなかで、H・G・ウェルズの小説『解き放たれた世界』（*The World Set Free*）だけが、恐るべき正確さで、その哲学のゆきつく果てを、地球が火だるまになる様を描いている。「一九五九年の春までにはほぼ二百ヶ所から、しかも毎週その数を増しながら、原爆の手のつけようのない紅蓮《ぐれん》の炎がとどろいていた」（同上。一〇二頁）。大戦勃発の前の年に出版されたこの小説は、不気味なほど正確に大戦の規模の大きさを予見している。にも拘らず、当のウェルズ自身でさえ、あの大戦の中で瓦解してゆく様々な規範、破産してゆく人間的な希望、《最後の海と幸《さち》うすい星をまえにした人間》（オーウェン「無感覚VI」）の嘆きを予見できなかった。

あの大戦の意味に思いを馳せるときに、私たちが多分一様に感じる或るもどかしさに対して（或いは私が覚える苛立ちに対して）、一つの決定的なヴィジョンを差し出してくれたのはジョージ・スタイナーであった。『青髭《あおひげ》の城で——文化の再定義のための若干の覚書』（*In Bluebeard's Castle*——*Some Notes Towards the Redefinition of Culture*）と題する彼の連続講演がケント大学で行われたのは一九七一年の初めだった。その副題はT・S・エリオットの一九四八年の『文化とは何か』（*Notes Towards the*

Definition of Culture）を記念してつけられたものだった。講演の録音はその年の春ＢＢＣの第3放送で四回にわけて放送され、週刊誌「リスナー」には五回にわたって分載された。第一回目の〈巨大な倦怠《アンニュイ》〉の放送された夜、スタイナーの論点は、彼の迫力のある太い確信にみちた圧倒しさる声のひびきとともに、ロンドン市内の或る酒場《パブ》のおしゃべりを完全に黙らせるほどの興奮をよびおこした。スタイナーはその講演で、うわべは光輝燦然《さんぜん》として清く澄んでいるかの「美しき時代《ラ・ベル・エポック》」のヨーロッパが、二つの全く相反する車輪、高らかに鳴りわたる自由主義的科学的進歩主義の突撃ラッパと、いよいよ内に深く侵蝕しながら肥大増殖してゆく〈巨大な倦怠《アンニュイ》〉のモチーフというこの両輪を軋らせながら〈変身《メタモルフォーシス》〉をとげて〈巨大都市国家《メガポリス》〉のジャングルの中へなだれこむ様態《すがた》を俯瞰したのち、〈地獄の季節〉の大虐殺と〈文化以後〉の空洞を経て、ヨーロッパがいまや青髭の城の最後の戸口に立っていることを告げる。スタイナーの該博な知識とその鋭い洞察力と強靭な論理性によって、ヨーロッパの知性と感情が「文字通り、浄めの火に魅せられていった」過程が剔抉《てっけつ》される。ロンドンで大博覧会の開かれた一八五一年は、パクストンの水晶宮が天下の耳目をさらった年であるが、この年はまた、ボードレールがいみじくも「地獄の辺土」（*Les Limbes*）と題して発表した荒寥たる秋の詩の発表された年でもあって、一九世紀の神話、あの夏の黄金時代の内側で予言的につきまとっていた叫びは、スタイナーにとっては、ゴーチエのひねくれた願望、「倦怠《アンニュイ》よりも残虐《バルバリ》を！」である。彼が一九一五

年から四五年までを、あの欣求《ごんぐ》していた浄めの火が夜また夜の闇の中で紅蓮《ぐれん》地獄を現出するあの季節を、ヨーロッパ三十年戦争と呼んでいるのは意味深長である。なぜならそれは、スタイナーにとっては、ヨーロッパ文化の基底岩盤に直接手を触れる根源的な意味での宗教戦争といってもよいものだからである。彼のいう〈地獄の季節〉とは、ランボーの詩集のそれではなくて、ダンテの『神曲』の地獄篇そのものである。浄めの火への飽くなき渇望が、何に由来し、何をもたらし、何を意味したか——まさしくこれこそスタイナーの最も重要な論点の一つであった。形象《イメージ》への、偶像化された存在への強い傾向をもった人間精神にとって、「測りしれないひとつの不在」「自分のうちに想い描くことのできないひとつの偏在」たるモーゼ神が、キリスト教を軸とするヨーロッパにとってどれほど危険極まりない無意識の圧力を加えてきたかをスタイナーはときほぐしてみせる。ユダヤ人虐殺の心理的背景が、ヨーロッパ文化の広大なひろがりの中で論じられる。それは純然たる一個人の病理学的結果でもなければ、一国民全体が国をあげて神経衰弱にかかった結果でもないのだ、とスタイナーは言う。それは、西洋文化の織り地のなかにある或る不安定な要素、本能的生と宗教的生との関係のなかにある幾つかの不安定な要素とわかちがたく結びついているものだ、と。「地獄篇三十三曲の」とスタイナーは言う、「あの

Lo pianto stesso li pianger non lascia,

e 'l duol che truova in sugli occhi rintoppo,
si volge in entro a far crescer l'ambascia——

その涙は涙に禁じて曰く　な溢れそ　と。彼らの苦悩《なやみ》は己が目に浮ぶ障碍《さわり》に遮られて内面《うち》へ向
えり　己が苦しみをいやまさんとて。

の意味を全的につかめる人ならば誰でも、強制収容所《キャンプ》世界の存在論的形態を把握したであろう。」彼が更に、「バーバリズムへの郷愁《ノスタルジア》は高度文明の内部で繁茂できる。世俗文化にとってどうにも我慢ならないのは、もしかすると、天国の欠如というよりはむしろ地獄の欠如なのだ」と言うとき、私は、事の重大さに深い驚きを禁じえない。

私はこれ以上深入りするつもりはない。スタイナーの講演は昨年秋一冊の本となってロンドンのフェイバー社から出版されており、私の要約よりは遥かに納得のゆく論調で訴えかけてくるはずである。一つはっきり言えることは、あの戦争を、あの大文字の戦争を、ヨーロッパ文化の中枢神経からとらえ直すのでなければ、「地獄」のイメージすら、ちゃちな平和論の前で色褪せてしまいかねないことである。私たちはときどき明日を考える。未来とは実に魅力的な処女地である。その魅力にとりつかれそうになるとき、私たちはときどき、キルケゴールが一九世紀を概観しながら述べた言葉を思い返す必要がある。彼は事態の推移をこう占ったのだった、——未来を闘いとろうとする人は危険な一人

の敵を有している。未来は存在しない、未来はその力を人間自身から借りうけているのであって、未来が人間からこれを瞞しとったあかつきには未来は人間の外側に人間が遭遇しなければならない敵として出現する、と。

私が敢えて脱線したとすれば、それは、ハロルド・オーウェン氏を訪ねる前にもう一度、ウィルフレッド・オーウェンが自分の詩集につけるつもりで走り書きしていた次のような序文にどんなひびきがあるかを聞きとり、確かめるために必要だったからである。

> この詩集は英雄に関するものではない。イギリスの詩はまだ英雄を語るにふさわしくない。
> この詩集はまた、勲功にも領土にも関知せず、栄光、名誉、力、主権、支配権、権力とは何の関わりもない。**戦争**は別である。
> とりわけ私は**詩**を問題としない。
> 私の主題は**戦争**である、そして、**戦争**の憐れみである。
> **詩**は憐れみのうちにある。
> しかしこれらの悲歌は、今の世代には、いかなる意味でも慰めにはならない。次の世代にとってはそうなるかもしれない。今日、詩人になしうることは警告だけである。それゆえにこそ、真

の詩人は真率でなければならない。

7

その日はよく晴れた穏やかな一日だった。五月とともに訪れる爽やかなイギリスの夏はそのままずっと九月までも続く。そのためであろうか、四月下旬のイギリスの春には一種独特の雰囲気がある。日本の早春の気配のなかに逝く春のためらいに似た重たさが感じられてと言ったのでは言いすぎになるかもしれないが、こういう春のあり方に、私はふと、一期一会《いちごいちえ》という言葉を思いだしたりする。そうとでも言わないことには、イギリスの春の魅力は伝えてみようがない。

パディングトン駅を離れて列車がひとたび郊外にでると、そこには、萌えでた若草のみどりの限りなく美しい田園がある。柔らかなみどりがひたひたと野を越えて、ゆるやかに高まり、遥かの丘をのぼりつめ、そして静かに視界から消える。自然といえば、見慣れた日本の山と川と針葉樹の自然の原像しか浮かばないのだが、それがここではまるで違ってしまう。まばらに点在する樹木が一様に低く丸い背をしているところなどは、うずくまった緑の羊のようにみえ、その樹々がときに色濃くかたまったところなどは、群をなした緑色の羊が永遠に止まっているようにみえる。それだけに時折見かけるポプラ樹が一直線に天を指す見事な立姿は、巨大な牧人の巨大な杖のように見えたりする。列車の窓から見渡すと森とか林とかいう語感からはおよそ縁遠くて、樹々はゆるやかに起伏する丘の波にさからわずに静かにそこに在るというより他はない。山脈によって視界を遠く遮られることもなければ、さりとて、ただ茫洋と広がっているといった空漠感とも異なっていて、ここイングランド中部の田園は、自然が奏でるゆるやかな曲線の交響楽のように飽きさせない。シェイクスピアの生れ故郷ウォリックシャーや、その南隣りにあってコッツワルド地方をかかえたグロスタシャーも中部イングランドにあって、そこへゆけば自然の中に同じような主旋律が聞けるはずである。北の湖水地方とハーディの南部イングランドとではまるで景観が違うとしても、イギリスのこういう自然を見ていると、なぜイギリスに自然詩人といわれるような詩人がいて田園を歌うのか、なぜローレンスのような小説家がいて、この環境《ミリュ》に息づきを感じるのかがわかるような気がしてきて、「四月はもっとも残酷な月だ」というあの有名な一行で『荒地』を書きだしたときのエリオットは、そんな自然をひどく嫉んでいたのではないかという妙な思いにとらわれたりする。

オックスフォードに着いた私は、予定通り出迎えられ、車でブリテッシュ・カウンシルへ行き、そこから支部長のパリ氏に伴われてジーザス・カレヂを訪れて、そこで昼食をともにした。私は、パリ氏の案内でカレヂを一巡し、パリ氏の顔なじみの人に会うたびに紹介され、そのたびに二言三言挨拶をかわして別れた。私の心は、しかし、ハロルド・オーウェン氏の許へととんでいて、この風格のある気品にみちたオックスフォード、歴史と伝統の中にどっしりと腰をすえている大学街にも、深くは這入ってゆかなかった。

車で三、四十分走ったろうか、野中の道が二つに分れるところで車は左へ進み、やがて林の中を通った。その道はまだ舗装されていなくて、こういう土の匂いのする道はイギリスでは見たくても滅多に見られないものである。パリ氏は地図をたしかめた。五十五、六であろうか、運転手は温厚そうな人で、静かに、ほとんど百八十度近く車を左へ回して、砂利道を進んだ。桜並木の道だった。少し散りかけていたが、真白な花びらが緑に映えて目に沁みた。その並木のつきるあたりに、桜の花の間から赤レンガの家が見えた。明るい空間の中に一軒だけ建っていた。右手には緑の広野《ひろの》がゆるく斜面をくだって、遠くの丘にのぼり、そのまま青い空に続いていた。

車は止まった。パリ氏が降り立ち、運転手が私のドアを開けてくれた。家から人の出る気配がした。〈ハロルドさんだ〉私は気を落ち着けようとして、いま来た桜並木を振り返った。パリ氏の挨拶するのが見えた。白髪《はくはつ》の小柄な老人がまっすぐ私の方へやって来て、両手を差しのべるのがみえた。握手ではなかった。開かれた両手に私の肩はすっぽりかかえられ、私の両手もまたハロルドさんのからだを抱いていた。ほとんどそれは挨拶ぬきの一瞬のできごとだった。初対面の人にこのように迎えられることは夢にも思っていなかった。このようにいきなり溢れる親しみを覚えたこともついぞなかった。

玄関の戸口のところで奥さんが待っておられた。白と黒の狆が私のまわりを二、三回めぐって吠えた。奥さんに叱られて、低いうなり声になり、それからもう一度吠えると私をじっと見詰めていた。

パリ氏と私は右手の広々とした居間に通された。三方がガラス窓になっている明るい部屋だった。左の壁の中央にマントルピースがあり、小さな人形がいくつか並べられていた。ここで初めて私は紹介され、改めて握手をし、さまざまな思いをこめて初対面の挨拶をした。

――お会いできてうれしいです、オーウェンさん。

このときほどこの言葉が、この言い古された決まり文句が、これ意外には言いようがないというひびきで私の口から洩れたことはなかった。

――お天気がよくて何よりでした。

私が背にした窓からは午後の陽射しがいっぱいに流れこんでいて、床に淡い縞模様を作っていた。白いカーテンをすっかり開いた窓からは、やわらかな緑の野が心ゆくまで見渡せて、空の青にまぶしく続いていた。私は日本から持参した小さな品を差し出した。一つは黒檀の扇で、もう一つは真白な無地の扇だった。

――オーウェンさん、私はあなたのお兄さんウィルフレッドの大ファンでした、今もです。それで扇《ファン》に決めたんです。

ハロルドさんの青い目がほほえみ返す。ハロルドさんとフィリス奥さんのお礼の言葉を聞きながら、私は長いこと背負ってきた肩の荷がとれたように深く息を吸った。ハロルドさんの着ておられる薄茶の背広が、えんじ色の地に白い水玉模様を散らしたネクタイにとてもよく映えていた。本当の苦労人は自分の苦労を人に感じさせないものだ。ハロルドさんの柔和な青い青い海のような目をみつめていると、これはきっと、絵の先生になりたかった望みを絶たれて美術学校を中退し船乗りになったあの十五歳の少年が海で覚えた色ではなかったかと思う。

——お兄さんのお墓はどこなんですか。

——フランスですよ。もうずうっと。

私はオーウェンの詩集を初めて手にした頃のことを思いだし、そのときの衝撃を口ごもりながら話していた。

——ブランデンさんの序文がついていました。

——そうでしたか。ブランデンさんといえば、あれはその方からの贈り物です。

部屋の奥の壁に浮世絵が一枚、額にいれて飾ってあった。

——そういえば、桜並木が見事でした。

——あの道は、東京通りというんですよ。

ハロルドさんと奥さんと、顔をみあわせ、肯きあっての説明だった。嬉しそうな御主人の顔をみて、

——あの白い桜の花が大好きなんですのよ、ハロルドったら。

という奥さんは、今度は、ハロルドさんをうらむような言い方だった。

——お茶の支度をしますから。どうぞアトリエへ。

準備のできるまで、ハロルドさんと私とパリ氏の三人はアトリエへ移った。アトリエは一旦廊下へ出て、すぐ右側にあった。居間の壁と隣りあっている小部屋だった。正面が窓になっていて、ここからもゆるやかな緑の起伏が見渡せて、少し先には何本かポプラの樹が空高く独特のポーズで立っていた。右手の壁には大きな仕事机があり、左の壁には本箱が二つ並んでいて、古びた背文字の本がぎっしりつまっていた。

——これはウィルフレッドの本でした。

私にはその大半が昔の小型のエヴリマンズ・ライブラリーであることがすぐに分った。豪華な金文字入りの皮革本などは目につかなかった。みんな小さな本にみえた。私はその背文字をぼんやりとながめ渡すだけで確かめる気にはなれなかった。その一冊に指ふれる気にもならなかった。C・D・ルーイスの編した『ウィルフレッド・オーウェン詩集』（一九六三）の序文に、そのささやかな蔵書の

ことが記してあって、それ以上のぞきこむ必要はなかったからだ。それにはこう記されている。

「オーウェンが死んだとき彼は三百二十五冊の本を残した。小遣いらしい小遣いもなかった一人の若者にしては立派なものだった。その中にはいろいろな詩人の作品があった――ダンテ、チョーサー、ゲーテ、サウジー、グレイ、コリンズ、クーパー、シェリー、キーツ、コウルリッジ、バーンズ、ブラウニング、テニスン。フランスの古典とテキスト・ブックがかなりあった。シェイクスピアの作品は殆ど全部揃っていた。ジェイン・オースチンからハーディまでの小説がぽつぽつと混っていた。そして文学以外にも彼の心がそそられたことを示す雑多な本があった。オーウェンの読書はゆきあたりばったりだったのだろう（えてして詩人の読書がそうであるように）、そして、これといったこだわりはなかったのだろう。しかし彼はそのほとんどを読破していた。」

（C・D・ルーイス編『オーウェン詩集』序文一四頁）

オーウェンの家がどの程度に貧しかったかは言うまい。長男としての期待を一身に集めた彼がロンドン大学に入学を許可されたのは一九一一年九月だったが、その学業も僅かで断念しなければならなかったことも、言うまい。鉄道員の父トム・オーウェンがいつになくハロルド少年を夜の散歩に誘って美術学校をやめて自活の道を探すようにすすめなければならなかったことも。それはみんなハロルドさんの著書『賤が伏屋からの旅立ち』に記されている。

私たちはしばらくオーウェンのことを、二〇世紀の英詩のことを話した。パリ氏はエリオットが好きそうだった。オーウェンは、イェイツ、エリオットとは比較にならぬほど、また近代にあらわれた恐らくどの詩人よりも範囲の狭い詩人である、私はそれを認めるのにやぶさかではなかった。エリオットは遥かに偉大であり、そして多分イェイツは、リルケ、クローデルと並んで二〇世紀の生んだ最大の詩人である。

——でも、オーウェンを戦争詩人とは呼べないと思うんですよ。短い生涯でしたね。

私はいつになく雄弁になっていた。

——いいえ、謙虚だったあなたのお兄さんは、たかが戦争詩人というレッテルを甘んじて受けるでしょう。でも、ほんものなんですね、大事なことは。

——兄の詩を高く評価していただいてうれしいです。

——ありのまま申しあげただけです。後の人がもっと正しく評価してくれるでしょう。オーウェンの詩を読んでいると、『リア王』のエドガーのせりふを思いだささずにはいられないんです。〈不幸な時勢の圧迫には、拠《よんどころ》なく従はねばなりません。当座の感じは言ふとも、当然のことは言はれません。

――〈坪内逍遙訳〉

深い沈黙が続いた。それからハロルドさんは、やおら椅子から立ち上がり、ちょっぴり羞ずかしそうにして自分の描いた絵を見せてくださった。原画は手許になくて複製の絵だったが、ブレイクを思わせる筆致の「海底」と「不思議な訪問者」という油絵だった。

居間に戻った私たちはお茶をご馳走になった。パリ氏は、外で待っている運転手さんにお茶を運んだ。とどけて戻ったパリ氏はオックスフォードの近況を語り、私はここイギリスでの十ヶ月間の生活ぶりを話した。「よい主人になるにはよい料理が作れること」と宿の人におだてられて、一生一世《いっせ》の大決心で始めた自炊生活のことを、『10分間で料理する法』という便利な本のことを話した。どうしてか、日本の盂蘭盆《おぼん》の話もした。オーウェン御夫妻は聞き役にまわって、おだやかに時々質問された。とりとめもない雑談だったが、そのくせ、こういう何気ない対話を楽しむことの幸せがひたひたと私の胸をうった。そろそろ失礼しなくては。もう五時過ぎだった。

――ご住所を教えて頂けますか。

私が手帳をとりだすと、

――ちょっと待って。

と言ってハロルドさんは立ち上がり、アトリエから一冊の本を持ってみえた。前の年にオックスフォ

1971年４月22日、ブリティッシュ・カウンシルのオックスフォードの支部長 R. H. Parry 氏の案内で Oxford 郊外にハロルド・オーウェン氏を尋ねたときの写真。
（写真撮影は R. H. Parry 氏）

ード大学から出版されて、その書評をオブザーバー紙でみかけたことのあるハロルドさんの自伝『二番刈り』（*Aftermath*）だった。扉に私への献辞が記されていて、その下にハロルドさんの署名と住所が入っていた。玄関へ来たとき、ハロルドさんがさりげなくトイレをすすめてくださった。その必要はなかった。不意にパリ氏が言った。

——ミスター・オオイはカメラを持ってきているのですが、頼みにくそうなので代ってお願いします、一枚撮らせてもらえますか。

——ええ、いいですとも、

フィリス奥さんは「大変！」といって退散されたが、ハロルドさんは快くそれに応じて、私の右腕をぐいとつかむと玄関の前に並んで立った。パリ氏は、私が車の中に置いてきたカメラを早速持ってきて一枚撮り、念のためにともう一枚写した。思いがけないパリ氏の心くばりであった。できることならとは思っていたが、そうと頼んだわけではなかった。ほのめかしもしなかった。ハロルドさんの腕がもう一度私の腕をぎゅっととらえた。しっかり寄り添わないとカメラの目からこぼれてしまいますよと言わんばかりの力であった。そのからだつきからはとても信じられない強さだった。来たときと同じようにフィリス奥さんは玄関で手をふり、ハロルドさんは車寄せまで出てみえた。私たちはもう一度抱擁して別れの挨拶をかわした。さようなら、ハロルドさん。さようなら、フィリスさん。

桜の並木道があっという間に遠ざかっていった。

テムズ川の流れに沿ってオックスフォードへ向う途中、薄曇りはじめた空が夕陽をさえぎって、ゆるやかに重く流れる川水の色を深緑《ふかみどり》よりも色濃くしていた。オックスフォードの街中へはいると、すでに落ち着いた気品の漂う夕闇の気配が迫っていた。かなりの人通りだった。そのとき、車の進行方向に沿った左側の歩道を、一人の浮浪者じみた格好の五十男が、どた靴をはき、よれよれのカーキ色の布カバンを肩からつるして歩いている後姿が目にとまった。こげ茶の外套が重そうで、それもよれよれだった。この大学街《まち》とは妙なとりあわせだった。くたびれた帽子がかしがったまま落ちそうで落ちないのも妙だった。

――この街《まち》にふさわしからぬ人物がいるものだね。

誰にともなくパリ氏が憮然とした表情で言った。オックスフォードの名誉にかけても、こんな男は私に見せたくなかったのかもしれぬ。

——みんな、あんなでしたよ、二〇年代の終りは。

運転手さんが言った。

——そう。あの時分はね。失業者だらけだった。私もひどかったなあ。

パリ氏は今度はもっとやわらかい調子で、ひとりごとのようだった。それもこれも私にはみんなかけがえのないものに思えて仕方がなかった。

それから数ヶ月後の一九七一年八月に、私は東京へ帰って来た。私の手紙に対して確実にハロルドさんからの便りがとどいた。ロンドンのナショナル・ポートレイト・ギャラリー(国立肖像画博物館)に飾ってあるウィルフレッド・オーウェンの軍服姿の写真の絵はがきであった。日本の秋も終わるころ、しばらく途絶えていたハロルドさんからの返事があった。しかし筆蹟が違っていて、私は一瞬どきっとした。フィリス奥さんからのものだった。

「悲しい思いでこの手紙を書いております。愛する夫が亡くなりました。十一月二十六日のことです。もう何年も前から健康がすぐれなかったのですが……」

まさか。あんなにお元気だったのに。何年も前から具合が悪いなんて、ひとこともおっしゃらなかったじゃないか。そんなことってあるものか。私は、折角拾ったかけがえのない小さな宝の貝殻を波打際で失くした少年のように、おろおろと、やるせない、くやしい気持に襲われた。その夜私は、あの玄関での最後の写真を同封して便りを書いた。私の腕をかかえてかすかにほほえんでいるハロルド氏が、いまようやくウィルフレッド・オーウェンを離れ、ハロルドさんその人となって私のそばに立っているのを感じた。

一九七二年九月三日

ウィルフレッド・オーウェン（1893－1918）。写真は1918年ころ。この絵はがきは1971年暮れに届いた。その絵はがきには、「愛しきわが夫（ハロルド・オーウェン）は11月26日に他界しました。ずっと病気だったのですが」と記されている。

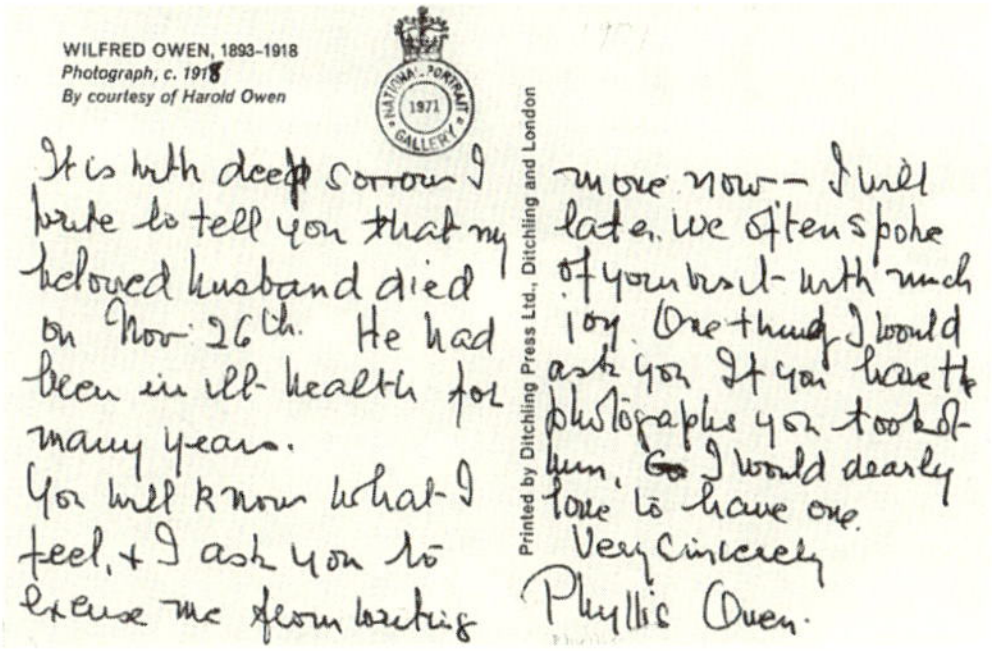

WILFRED OWEN, 1893-1918
Photograph, c. 1918
By courtesy of Harold Owen

NATIONAL PORTRAIT GALLERY 1971

Printed by Ditchling Press Ltd., Ditchling and London

It is with deep sorrow I write to tell you that my beloved husband died on Nov. 26th. He had been in ill-health for many years.
You will know what I feel, & I ask you to excuse me from writing more now — I will later. We often spoke of yourself with much joy. One thing I would ask you, If you have the photographs you took of him, I would dearly love to have one.
Very sincerely
Phyllis Owen.

その絵はがきに記された文面。フィリス・オーウェン（Phyllis Owen）奥さんからのもの。

呪われた青春に捧ぐる讃歌
——ウィルフレッド・オーウェンのこと

イングランド中西部、シェイクスピアの生まれ故郷ストラットフォード＝アポン＝エイヴォンから北へ三十キロほど行ったところに、人口三十万都市のコヴェントリーがある。その昔、中世にあっては、強力なギルド（同業者組合）に支えられた街で、そのギルドが中心になって上演した聖書物語にもとづく宗教劇が四十二本も今に残る文化都市でもあった。一七世紀には毛織物産業で、その後、リボン・時計・ミシンの生産で、一九世紀後半からは自転車・自動車の生産中心地として賑わった。そして第一次世界大戦（一九一四―一九一八年）と第二次大戦（一九三九―一九四五年）のあいだは、イギリス軍需産業の一大拠点となった。そのためであろう、戦時下の一九四〇年一一月四日の夜、ドイツ空軍の猛爆撃をうけて街は壊滅、その爆撃のすさまじさは一つの新しい動詞「コヴェントリーにする（根こそぎ破壊する）」を生みだすほどであった。これほどの猛爆撃にもかかわらず、この街のシンボル的存在だった大聖堂の尖塔、高さ二百九十五フィート（八十八メートル）の尖塔だけは、戦禍をまぬがれて倒れなかった。

戦後、不死鳥のようによみがえったコヴェントリーに大聖堂再建の気運がたかまり、一九六二（昭和三七）年五月、二年がかりの大聖堂が完成した。そして五月三〇日、この日のために用意されたベンジャミン・ブリテンの記念すべき大曲「戦争レクイエム」が初演された。

ブリテンはこの曲で百行を少しこえるラテン語の典礼文を使ったが、このレクイエム（死者のための鎮魂ミサ曲）が「戦争レクイエム」としてとりわけ特異なのは、典礼文の長さをさらに三十行も上回る英語の詩を、それも現代詩を、全部で九篇、十六ヶ所にわけて挿入、独唱者《ソリスト》たちに歌わせたことである。その九篇はすべて、第一次世界大戦で二十六歳の若さで戦死したウィルフレッド・オーウェンの詩であった。あの二度の大戦のあいだ、特に第一次大戦のあいだ、実に数多くの戦争詩人が生まれていて、最近オックスフォード大学から出た『コンサイス文学年表』（二〇〇四年）によれば、大戦勃発の年（一九一四年）からオーウェン詩集の初出版（一九二〇年）までの七年間だけでも、イギリスではかっきり百冊の英詩集が世に送りだされている。そのなかからブリテンがオーウェンを、オーウェンただひとりをとりあげた理由は何だろうか。なぜウィルフレッド・オーウェンなのか。そもそもオーウェンの詩とはいったい何なのか？

その問いに迫るいちばんの近道は、彼の詩にじかに触れることだろう。説明はいらない、できれば原詩を、でなければせめて訳詞を、声にだして読んでみることだろう。ブリテンがとりあげたオーウエン詩九篇、その真っ先にくるのが次に掲げる「呪われた青春に捧ぐる讃歌（Anthem for Doomed Youth）」である。

家畜のように死んでゆくこの人々にうち鳴らす弔い鐘がどこにある？
大砲のじだんだ踏んで荒れ狂う怒りのほか　いったい何があるものか。
どもりながらまくしたてるがらっぱちのライフル銃が
ただぺらぺらと早口に祈禱を吐きだすだけなんだ。
嘲笑なんかよしてくれ　この人たちにはいらぬこと　祈りの鐘もやめてくれ
哀悼の声もよしてくれ　合唱隊でたくさんだ、――
金切声で泣きじゃくる気違いわめきの合唱隊　弾丸の雨でたくさんだ。
悲しい野づらを呼びたてるラッパのひびきでたくさんだ。

この戦死者の冥福を祈るにともす蠟燭《ろうそく》は　どんなものがにつかわしい？
少年の手にではない　その眼にあふれる
さようならの聖らかな涙の光をともすのだ。

血の気のうせた青白い少女の額で亡骸《なきがら》を包む衣をつくるのだ
黙《もだ》す心のやさしさを　その花束に捧げるのだ
昨日も今日もまた明日も　暮るるにおそい夕暮れを鎧戸《よろいど》がわりに降《お》ろすのだ。

オーウェンのこの詩は初め、「死んだ若者への悲歌（Elegy to Dead Youth）」と題されていた。敬愛する先輩詩人シーグフリード・サスーンの助言を受けて「エレジー（悲歌）」は「アンシーム（讃歌）」に改められ、さらに、「死んだ若者」ではないだろう、これから死んでゆく若者ではないのかというサスーンの忠告に啓発されて、「死んだ（Dead）」は、「死んでゆくように運命づけられた」という意味の「呪われた（Doomed）」青春に訂正された。こうして四度の書き直しの末にこの詩はようやく、彼が戦死する一年一ヶ月ほど前の一九一七年九月二五日までに完成していた。

それにしても「呪われた青春に捧ぐる讃歌」とは、何と皮肉な題であろう。それにこの詩は、たとえようもなくあわれである。将来の出版に備えて下書きされた「序文」のなかでオーウェンが、私の詩の主題は「戦争、そして戦争のあわれさ」であると記したとき、彼の心情は常に兵士たちに注がれていた。兵士たち、あの者たち、あの若者こそが、オーウェンの詩の主題であった。

戦争という極端に限られた主題、それに約五十篇どまりという作品の数の少なさもあって、オーウェンの詩が学会の話題になることはなく、わが国ではその名前さえほとんど知られていないのだが、その詩はイギリス本土では、一九二〇年代からほぼ十年ごとに新しい編者を得てくり返し出版されてきて、何よりの強みは、現代詩など一度も読んだことのない人々にも共感を得て、新しい世代に読みつがれてきたことである。なぜだろうか。そこには何か特別の事情が、イギリスならではの事情がありはしないか。

イギリス人にとってあの「第一次世界大戦」は、ひとことで言うなら、王様の戦争ごっこの時代は終わったことを骨の髄まで思い知らせてくれる戦争だった。ここで改めて一つの事実に注目しよう。それは、九月の開戦当初イギリスの志願兵は五フィート八インチ（百七十二センチ）なければ入隊できなかったのに、一〇月一一日にはその基準が五フィート五インチ（百六十五センチ）に、一一月五日には五フィート三インチ（百六十センチ）にまで下げられたことである。その背後には桁はずれの人的消耗という事実がある。ソンムの戦闘（一九一六年）ひとつとっても、英軍は四十二万の兵を失っている。仏軍は十九万四千を、ドイツは英軍に対して二十八万を、仏軍に対して四十六万五千の兵を失っている。ただし、イギリスの場合、その深い傷の記憶には特別な残像が焼きついていた。それというのも、大戦に参加したイギリス兵五百万の生き残れる可能性は五〇パーセントとされたが、高等教育をうけた人達の死亡率は並外れて高かったからである。イギリスという国の見識に従って（紳士たる者はほかの兵士の模範でなければならない）、彼らは将校に任ぜられ、最前線に赴き、真っ先に突進してなぎ倒されていったからである。鉄道員一家の長男に生まれたオーウェンは、貧しくて、折角入学したロンドン大学も中退せざるをえなかったが、志願入隊した翌年（一九一六年）には早くも青年将校（少尉）に任ぜられ、暮れにはフランスの最前線にいた。

一九一七年正月、初めて実戦に参加したオーウェンはいきなり、大地をゆるがす大砲の轟音を、腿《もも》までつかる塹壕の泥水を、毒ガスを、機関銃を体験することになる。この年の五月、負傷して「シェル・ショック（戦争神経症）」と診断されてエディンバラの軍事病院送りとなったオーウェンは、同じ病名で入院中の六つ年上の詩人サスーンと運命的な出会いをする。オーウェンが詩人として急成長をとげるきっかけを作ってくれたサスーンは、オーウェンの死後に出版された最初の詩集に序文を書いた（一九二〇年暮れ。二十四篇を三十頁に収めた）。翌年夏、前線に復帰したオーウェンは、秋の激戦での戦功により十字勲章を授与された。そして一九一八（大正七）年一一月四日早朝、霧と硝煙と毒ガスのまじりあった朝もやのなか、フランス北部の運河サンブル川の渡河作戦の陣頭指揮にあたっているさなか、とび来る銃弾がこの青年将校の命を奪った。大戦の終結するわずか一週間前、二十五年と七ヵ月と十六日の短い生涯だった。オーウェンがとても残念がっていたことは、フランス語には堪能であった彼も、戦場に残されたドイツ兵の手紙が読めなかったことだ。

私事で恐縮だが、私が初めてオーウェン詩集に出会ったのは今からちょうど五十年前、一九五五(昭和三〇)年のことである。雪深い田舎から上京して早稲田の英文科に入ったばかりの私は、全くの偶然からオーウェン詩集(エドモンド・ブランデン編)を入手した。難しかったが、それでも読むほどに、私は魅せられ、巻きこまれ、圧倒されていった。彼の描く戦場の地獄絵のなかで、誰への嘆願ともわからぬ声が、たった一年でいい、空気を、もう一度の春でいい、風を、と訴えるとき、そのつましい願望に胸をつかれた。

オーウェン詩集をまるまる一冊読んで訳して「詩人の態度」という評論まで書いて同人誌に発表したあとで、さらに彼の愛読したキーツを、そのキーツが愛読したシェイクスピアを、とさかのぼるうちに私はいつしかイギリス・ルネサンス演劇の深みにはまりこんでいったが、一九七〇(昭和四五)年、早稲田大学の在外研究員を命じられたとき、ブリティッシュ・カウンシルを通じて私が会いたいと切望した人は、『賤が伏屋からの旅立ち』(全三巻、オックスフォード大学刊、一九六五年)の著者ハロルド・オーウェン氏であった。詩人オーウェンの弟さんで、翌年四月、オックスフォード郊外に訪ねたとき、満開の桜並木が私を迎えてくれた。そのハロルドさんも私が帰国したあとの一一月下旬に他界され、私の手許にはハロルドさん愛用の革の財布が、形見にと、フィリス奥さんから送られてきた。

オーウェンは自分の詩についてこう記している、私の詩は「もっと後の世代には慰めになるかもしれないが、今の世代には何の慰めにもならない」と。ブリテンが「戦争レクイエム」のなかで五番目に引用したオーウェンの詩「むなしさ（Futility）」のなかで投げかけられた問いは、その答えが見出せないまま今も地球をめぐっている、――

――ああ、間抜けな太陽にさんざん無駄骨を折らせて
大地の眠りを破らせたのはいったいなにものだ？

――O what made fatuous sunbeams toil
To break earth's sleep at all?

Ⅳ　結びに代えて——三つの短文

ラーンの町を訪ねて

Laugharne と書いてラーンと読むのだと覚えていた。それが、LARN（ラーン）と読んで Laugharne と書くのだと教わったのは、その町を訪ねる二日前のことだった。ヘンリー七世の生まれた城、ペンブルク城を訪ねた折に、ゆきずりの喫茶店で出会った五十がらみのイギリス婦人が教えてくれた。一度訪ねたことがあるというその人は、「静かないい町ですよ」と言う。それから、あわててこうつけ加えた、「静かにしていればね」。その意味がはかりかねた。

ラーン、南ウェールズの田舎町。海に面した、陸のなかの孤島のような町。奇習と伝説にいろどられた確執の町。ディラン・トマスの墓どころ。ラーンについての私の知識はそれきりであった。それだけでありながら、私は、是非いちどラーンを見たいと思っていた。

それがはからずもかなえられたのは、去年のクリスマスの翌日だった。ブリティッシュ・カウンシルがクリスマスの休暇用に準備した十六のコースのなかに、南ウェールズのテムビイ・コースがあったからだ。

テムビイからラーンまで、車で四十分くらいであろうか。途中で目にうつるものといえば、冬の陽をあびてゆるやかに起伏する緑の牧場と、大西洋の波に洗われてうす黒くるいるいと横たわる子供の頭ほどもある石ころだった。

岡をまわり、やや急な坂道をカーマーザンの入江へ突っこむようにくだると、そこにラーンの町があった。コーチを降りた私たち、二十ヶ国四十二名の一行は、タウンホールの二階に集まり、この日の特別解説者ブラッドショーさんの話をきいた。五十がらみの「ラーン人」という感じで、彼がひときわ高い司法官席の中央に陣どると、私たちは陪審官よろしく、口の字形に作りつけたベンチに腰をおろした。彼の話はディラン・トマスから始まった。ディランが英国放送協会のために書いたラーンの町についての美しい文章を読むことから始まった。ディランの話の呼吸を知っているのだろう。その読み方は、文章のうねりに身をまかせてたゆたい、その声は、どこか遠く、海の向こうから聞こえてくるようであった。

Off and on, up and down, high and dry, man and boy, I've been living now for fifteen years, or centuries, in this timeless, beautiful, barmy（both spellings）town, . . .

その内容を私の訳で伝えるとすれば、次のようなものだろう。

「折ふしに、意気軒昂のとき、意気消沈のとき、ほろ酔いの日を素面《しらふ》の日を、大人の今を子供の昔を、私はもう十五年、いや千五百年も、この時（とき）なしの、美しい、酵母の泡だつ（頭のいかれた）町に住んでいる。人里遠い、この忘れっぽい、侮りがたい町、青鷺と、この土地では長クチバシガモの名で知られる鵜《う》の鳥と、お城、教会のある墓地、かもめ、亡霊、鴨《かも》、確執、傷あと、醜聞《スキャンダル》、桜の木、神秘、煙突に巣くう小がらす、鐘楼にやどる蝙蝠《こうもり》、戸棚に陣どるしゃれこうべ、数軒の居酒屋、ぬかるみ、ムギナデシコ、鰈《かれい》、ダイシャクシギ、雨、そして、人間らしい、往々にしてあまりにも人間臭い人間——そんな町に住んでいる。そして私は、相変わらずいたって余所者《よそもの》であるけれども、通りで石をぶつけられることも稀となり、従って、この町の住人の何人かを、そして二三羽の青鷺を、クリスチャンネイムで親しく呼んでもかまわないというわけだ。

ところでラーンには、この町で生まれたことだし、よそへ引越すしかるべき理由もみあたらぬからラーンに住んでいる、といった人がいる。そうかと思うと、あれこれ奇妙な理由があって、まさかと思うような遥か彼方から、トニーパンディやイングランドからさえここへ移り住み、今では土地の人に吸いこまれてしまった人もいる。かと思えば、夜陰に乗じてこの町へはいり、たちまち姿をくらました人もいて、静まりかえった闇夜のあばら屋でときおり物音をたてるのが聞こえたりするが、ひょっとすると、それは、寝たきりの亡霊よろしく、白フクロウが身を寄せあって息をしているのかもしれない。そうかと思えば、紛れもなく国際警察の追手を逃れ、あるいは女房を逃れて、ここへやって来た人もいる。それからまた、どうして自分がここにいるのか皆目見当つかずで、これからもつかぬであろう人もいる。さらにまた、何曜日であろうと、ウェールズ流の阿片吸飲者よろしく、ひどくうろたえた茫然自失の状態で、寝ぼけまなこのまま、通りをゆるゆるぼんやり行きつ戻りつさまよう人をみかける。それだけではない。私みたいに、或る日、その日限りのつもりでぶらりとやって来て、それきり立ち去らず、バスを降りてバスに乗ることを忘れた人もいる。私たちがこの町にいる理由が何であれ、理由なんてないのだが、仮にあるとしても、時《とき》なしの、このおだやかな、七軒の居酒屋と、使用中のチャペル一つと、教会が一つ、工場が一つ、玉突き台が二つ（ブランデーなしの）、サン・ベルナール犬一頭、警官が一人、川が三つ、訪れよせる海が一つ、魚とポテトチップスを売るロールス＝ロイスが一台、（鉄で作った）大砲一門、（生身の）司法官《チャンセラー》が一人、ポートリーヴと呼ばれる市長格の町長さんが一人、ダニー・レイが一人、それに雑多な鳥の群――私たちはまさしくここにいて、このようなところはどこにもない。

もし君が、ここに近いどこかの村か町で、ラーンの町からやって来たと言ったとしよう、あの一種独特な町、あの待伏せするような年をとった忘却の町、仕事を始めないうちに人々の引退し出す町、長い長い旅を、二百か三百メートルの旅行を、しばしば自転車に頼るだけですませる町ラーンから来たと告げてみたまえ、すると、どうだろう、うさん臭そうにジリッジリッと後じさりして、ひそひそ囁きかわし、鼻をひくひくさせ、持ち運べる品はそそくさと片付けられてしまうだろう。君の耳に聞こえてくるのは、《さあ行こうぜ、道の明るいうちに。》《ラーンてところは、ボートをたぐりよせる鉤竿をふりまわして喧嘩をするところだぞ。》《あそこの女ちゅう女の足にゃ、水鳥の水かきがついているんだ。》《悪魔の目には用心しな！》《満月の夜にゃ、あそこへ行かぬこった！》

彼等はやたらに嫉んでいるのだ。ラーンが自分のことにしか、妙ちきりんな自分のことにしかかかわりをもたず、他人のおせっかいをしないのを嫉んでいるのだ。」

ブラッドショーさんはここまで一気に読み終わると、しかし、釘をさすようにつけ加えた。ラーンはディラン・トマスのラーンではない。ラーンのゆえのラーンである、と。土地は中世の区割りそのまま、みんなが少しずつ土地をもっていて、しかもその土地を測る尺杖《ロッド》の長さが人それぞれに異なるという町。人口は三桁どまりの、カーマーザン湾の入江と丁の字に位置する町。ポートリーヴという耳なれない役名を今にとどめる町長さんの年収は三十ポンド（約三万円）そこそこ、それも一二月の末に開かれる町会の飲み代に消えて、さらに、タウン・ホールを三回めぐってから（なぜまわるのだろう？　なぜ三回なんだろう？）出かける居酒屋めぐりに、年収と同じ額の軍資金を準備しないとその役職がつとまらぬという町。実質の裁判機能は果たさぬながらも、古き日のしきたりを守り、独立の司法官と十三人の陪審員から成る司法部があるという町。そして、罪を犯した者がでても無罪に決まっているという町。三歳以下の男の子を「大人《おっちゃん》」（man）と呼び、十八歳以上の男子を「坊々《ボンボン》」（boy）と呼び、娘や母親をひとまとめに「お女中」（maid）と呼びならわしている町。石を「投げる」（throw）といわずに「ぶつ」（pile）という町。牛乳を「こぼす」（spill）といわずに「まける」（shed）という町。〈聖ヨハネの丘〉（St. John's Hill）がいつしか〈軍曹の丘〉（Sergeant's Hill）となり、〈聖アンの丘〉（St. Anne's Hill）が〈叔母丘《オバキュー》〉（Aunt's Hill）となってしまった町。

ブラッドショーさんの話が熱してくると、みんな狐につままれたような顔で聞きいる。その話も終わって呪文から解き放たれた誰かが質問した。「四十人の町会議員のなかに女性は何人いますか」。すかさずブラッドショーさんは答えた。「ラーンの男たちは、センスがありますよ」。私は思わずふきだした。ラーンの男の心意気とでも言おうか。

この誇り高い「ラーン人」の案内で、私たちはまずディランの小屋を、ついで、ディランの墓を訪ねることになった。

タウン・ホールを出て、身を切る冷たい潮風の中を歩いた。五分もすると、右手に海、左手に冬枯れの茂みの続く崖があって、「ディランの道」という立札があった。海へ降りる石段のつきあたりに、木造二階建ての小屋がある。これが一九三八年五月、ディランが、結婚して十ヶ月後に、妊娠初期の妻キャトリンと住みついた「舟小屋」であった。ディランがその年の夏、カーマーザン州あたりに家を借りたい、なるべく家賃の安い家を、と友人の小説家リチャード・ヒューズに書き送ったことから、見つけてもらった小屋という。詩人のヘンリー・トリース宛の手紙（五月一六日）によれば、「ちっぽけな、しめっぽい、家具つきの漁師小屋——壁紙の派手な真っ赤な森のなかから緑色の腐敗菌が芽をふきだしている。くしゃみをすると椅子がギーギー鳴る」、ガスも水道もない舟小屋だった。晩年の僅かな期間は別として、生涯、貧乏と借金に追いかけられたディランにとって、このあばら屋さえ友人のヒューズの力添えがなければ借りられなかったであろう。

この小屋には四部屋しかなくて、それに、バースがかろうじておさまっているだけの浴室がひとつ。一、二階に二部屋ずつ、いずれも四畳半か六畳程度の広さで、部屋というよりは、大きな道具箱を仕切ったような感じである。家具はすっかりとり払われていて、むきだしの床板は歩くたびにきしみ、壁の塗りもはげおちて、人住まぬ家のあわれさを覚える。小屋の真下まで入江の波が打ちよせていて、海を望むテラスに立つと、テラスとは名ばかりのあぶなっかしい板張りの突き出しだが、自分があたかも弓なりにくいこんだカーマーザン湾の入江の頂点に立っている心地がする。左右はるかに岬がせりだし、入江を抱きかかえるように伸びていて、西の山に傾きかけた夕陽が海と小屋を燃やし続ける。

手袋なしでは指の千切れそうな寒風がたえまなく吹きあげ、白い鷗が乱舞する。このような小屋ですごす夜はどんなに長いことだろう。ディランがよく妻のキャトリンにディケンズの小説を読んでやったという、それはこの小屋の中であったろうか。

ふたたび石段をのぼり、「ディランの道」に出た。その道は巾一間ほどの山かげの舗装道路で、青い苔のところどころ張りついた道には氷が薄く張っていた。

人よりおくれて私がタウン・ホールの裏手まで来たとき、一番あとからやって来たブラッドショーさんが白い三階建ての家を指さしてくれた。〈あれが「海の眺望《シィー・ヴュー》」です〉。ディラン夫妻が一九三八年八月初旬に、舟小屋から移り住んだ家である。それはディランの言う通り、「高い堂々たる構えの家」で、「この小さな町のすてきなはずれ」にあった。その夏、友人フランシス・ヒューズがこの家に夫妻を訪ねたとき、二人とも漁師が頭からかぶるセーターを着てベッドにころがり、ディランが妻にシェイクスピアを朗々と読み聞かせていたという。しかし、その年の一〇月、借金のかさんだディラン夫妻は逃げるようにラーンの町からとびださねばならなかった。

この町のもう一方の「すてきなはずれ」に教会がある。木立に囲まれたその教会の左手には古い墓石が雑然と立ち並び、右手のなだらかな丘には新しい墓石が整然と横たわっていた。いずれも畳一枚ほどの大きな石を土に埋めたものだった。ディランの墓も夕陽をあびた丘の中腹にあった。しかし、その墓には石はなく、真っ白な木の十字架が立っているだけだった。「ディラン・トマスを記念して」という文字と死んだ日付のみが黒々と記されていた。高さ五十センチばかりのその十字架に手をふれると、石の肌ざわりとは違うぬくもりに似たものが伝わってくる。ディランのむくろの横たわる大地は心もちせりあがり、枯れ残った青草がまばらに生えていた。

ラーン。この町で『若き日の子犬の肖像』が書かれ、『ミルクの森で』の構想がねられた。ディランがこの町に住んでいたのは、ブラッドショーさんによれば、とびとびの期間をあわせて約八年間という。でも、どうしてディランの墓は、生れ故郷のスウォンジーではなしに、この汽車の便さえない片田舎にあるのだろうか。ひょっとしたら、彼の短い三十九年の生涯を伝説と神秘が染めているように、この奇妙な頭のおかしい町に己れの骨を埋めることで、忘却の町にもう一つの忘却と神秘をつけ加えるためだったのだろうか。誰からも乱されず、誰をも乱さず、ラーンの町の一部となることで、ラーンの栄えある忘却を生きんがためだったのだろうか。それとも、ここに眠ることに理由などおよそいらぬのかもしれぬ。

コーチに乗りラーンの町を後にしたのは夕方の五時過ぎだった。タウン・ホールから少し坂を下った波打際に、ノルマン時代の海の古城がそびえていた。一面に苔むして浅黒い緑の甲冑をまとったかにみえるその古城は、中世の緑の騎士グリーンナイトのようでもあり、荒波と闘う巨大なドン・キホーテのようでもあった。

気のふれた町ラーンを、しかし、他の町に比べたらずっとまだ正気を宿しているらしい町ラーンを薄闇のなかにみとめたとき、ラーンはラーンゆえにラーンであると納得した。

（一九七一年一月　ロンドンにて）

旧友・栗林喜久男君を偲んで

思いだすことども　跋にかえて

同じ町の同じ字《あざ》に生まれ育ち、百メートルも離れていない所に住みながら、栗林君とぼくとは、戦争ごっこにせよ蟬取りにせよ、少年時代を通じて一度も遊んだ覚えがない。戦時中で、字ごとに少年団があったから、あるいはいっしょに神社の清掃やイナゴとりはしたかもしれない。しかしぼくは二つほど年上であったし、当時は長幼の序がずっときびしかったから、栗林君とは顔に見覚えがあるだけの間柄で行きすぎても不思議はなかった。それが一生続いても不思議はなかった。ところがどうしたことか、栗林君とぼくとは、点と線のつながりでふれあうようになっていった。

ぼくの記憶では、小学校時代栗林君と話をかわしたのは、あとにも先にも二度しかない。どうしてそうなったのかは忘れたが、一度は本を借りたときで二度目はそれを返したときだ。山中峯太郎の『敵中横断三百里』と海野十三《うんのじゅうぞう》の『浮かぶ飛行島』であった。どちらもすごくおもしろかった記憶がある。栗林君とはそれきりで、ぷっつり会わなくなった。

やがてぼくは旧制の長岡中学へ入ったが、その年の八月、長岡は空襲で焼け、二週間後に日本は無条件降伏をした。そしてこの年の一二月にぼくは右膝の関節炎に仆れて、戦後のどさくさの時代を寝たきりですごした。五年後、ぼくが松葉杖をたよりにやっと歩けるようになったころには、学制がすっかり変わっていた。ぼくは新制中学の第三学年からやり直して、昭和二六年の春に、もとの長岡中学、いまの長岡高校へ入った。ここではからずも同じ新入生の栗林君にぼくは出会った。何年ぶりかでみる彼は、たくましく成長していて、ハンサムで、背丈にもめぐまれ、松葉杖にすがるぼくにはまぶしかった。でも、その頃のぼくときたら、親許を離れての下宿生活がずっと続いていて、別に友達を求める気はなかったから、栗林君との再会にも特別の感慨は湧かなかった。ぼくらにはまだ語るに足るだけの過去がなかったからである。それに彼もまたひどいはにかみ屋であった。ぼくらは互いにシャイであった。それが、いつからか、どちらからともなく近づいて休み時間に立ち話をするようになった。やがて昼休みには校庭の芝生にねころがって、もっと長く話すようになった。早熟だった彼はハイカラでもあって、ぼくの知らないエリュアールやアラゴンを読んでいた。そして彼のポケットにはいつも何かしら本がしのばせてあって、それは丸山薫であったり、吉田一穂、北園克衛、岡崎義恵であったり、ランボーとプーシキンであったりした。ぼくはぼくで詩の形をしたものは手当たりしだいに読みあさっていたが、高校三年間、肌身離さず持っていたのは朔太郎の詩とリルケの『ドゥイノーの悲歌』であった。この三年間での栗林君とのかかわりでいちばんありありと覚えているのは、これまたどうしてそういうことになったのかは忘れたが、またしても一度だけ本を借りたことである。今度も二冊であった。ショーペンハウエルの『女について』とヴァン・デ・ヴェルデの『完全なる結婚』であった。そして栗林君のことを何のためらいもなしに「栗林君」と呼べるようになったのは、校内雑誌の「柏葉《はくよう》」に彼の詩が数篇のったときからである。ここには〈のたうつ人間〉がいる——これがその頃のぼくに思いつける最大級の讃辞であった。

栗林君といちばん接近したのは浪人時代の一年間であった。ぼくは何年ぶりかでわが家へ戻って初めて受験勉強らしいものを始め、栗林君は山奥の小学校へ代用教員として赴任した。担任のクラスは五年生、中学の英語も教えていると知ったのはずっと後のことである。そこでの彼の経験はのちに『追憶の村』の連作に結晶するのだが、ぼくはそこへ一度だけ泊りがけで出掛けた。村の石ころ道をゆくとき、たまにすれちがう生徒達は十九歳の栗林先生にピョコンとおじぎをした。かなかな蟬《せみ》が鳴いていた。

この年の大晦日《おおみそか》に、ぼくは栗林君とふたりだけで日本海にのぞむ間瀬《まぜ》という寒村にでかけた。いまは廃線になった長岡鉄道にのって、越後線、バスと乗りつぎ、さらに雪道を峠ひとつ越えての漁村であった。てれくさかったのだろう、ぼくらは少し離れて、めいめい、日本海の砂浜に一人の少女の名前を書いた。しかし砂文字はじきに波にさらわれていった。佐渡はみえず、ひとっこ一人《ひとり》いない浜に風ばかりひゅるひゅると唸《うな》っていた。その夜ぼくらは、栗林君の同僚の下宿先に泊めてもらって年を越した。振仮名《ふりがな》がついているので聖書《バイブル》だけは読めるという八十過ぎのおばばが一人ぼっちで暮らしている家であった。そのおばばは、生んでも生んでも女の子ばかりで、九人目に男の子が生まれたときは「おらァほんとに、その子のおおまたおっぴろげてたしかめたがのし」と話してくれた。娘はみんな遠くへ嫁ぎ、男の子は戦死したという。

暖房もない帰りの汽車の中で、いちめんの雪野原をみやりながら栗林君はシベリアの雪はもっと茫洋としていると言った。『カラマーゾフの兄弟』か『復活』の最後の場面が彼の頭をかすめたのだろう。すると隣りあわせた五十がらみの男の人が「あんたシベリア帰りかえのお」と話しかけてきた。栗林君は大きな手のひらをだして、「はい、苦労しましたいね」と言った。それから、あの国はでかいから汽車も客車もでっかくて切符なんかこれくらいでしたてと言って外套のポケットから文庫本をとりだした。レールモントフの『現代の英雄』であった。「そうだろうのお」と五十男は感心した。ぼくはとうとうこらえきれずにふきだしたが、栗林君は真顔《まがお》で話し続けた。

この年の春、栗林君は立教大学の文学部へ、ぼくは早稲田の英文科へはいった。東京へ出てからは滅多に会えなくなった。長岡商業高校から一足先に上京して國學院へ通っていた吉岡君（吉岡又司氏、現在長岡高校教諭、「北方文学」同人）がぼくらの上京を待ちかねたように都内の大学生を誘って「現代行動詩派」を発刊した（吉岡君とぼくとは、長岡市内の高校生十五人ばかりで始めた謄写刷りの同人誌「魔宴」以来の旧知、というよりも激論をたたかわす仲だった。栗林君も「魔宴」の二号から参加していたが、合評会には一度も出席しなかった）。半年に一度、「現代行動詩派」の出るたびに栗林君も合評会には顔をだしたが、その雑誌も資金難と吉岡君の帰郷で四号雑誌に終わってからは、ぼくらはいよいよ会わなくなった。栗林君も卒業と同時に実家の鮮魚商と料理屋を継ぐために帰郷した。東京に残ったぼくは、たまに田舎へ帰れば必ず彼を訪ねはしたが、包丁片手にゴム長靴でせわしなく立ち働く彼をみては一、二分の立ち話できりあげた。二年に一度くらいは「北方文学」同人の吉岡君とぼくと栗林君とで酒をくみかわした。栗林君にはすでに二人の子供があって、吉岡君にはまだ一人しかいなかった。「吉岡さん、あんたまだ人の子の親だなんて言えんさね。二人なくっちゃ」。ぼくにはまだ一人もなくて論外であった（今なら大手をふって、ぼくも人の子の親だよ、栗林君、と言えるのだが）。酔うと栗林君は江差追分を歌って眠った。まろやかな、飄々とした声であった。詩はめっきり書かなくなっていた。

やがてぼくは栗林君が入院したとの話を聞いた。手術を受けたとも聞いた。それから入退院をくり返して、その病名をたしかめえぬままに十年の歳月が流れた。何度か見舞ったが、会うたびに彼は痩せて伏目がちになっていった。ここでも立ち話しかできなかった。そして今年の四月、奥さんからの電話で栗林君の死を知った。四十二の厄年であった。

どこがどうまちがっていたのだろうか。もう一度やり直せたら！　そう、もう一度やり直せたら！　そのとき彼は言うだろうか、トニオ・クレーゲルのように言うだろうか――《もう一度やり直す？　しかしそれはなんにもなるまい。やり直した所でまたこうなってしまうだろう……一切は今まで起って来た通りにまたなってしまうだろう》

「わがままいっぱいに生きた人ですて」と、ぼくが訪れた夏の日に万千未亡人《まち》は、恨《うら》むでもなく羨《うらや》むともなく、淡々と話していた。かたわらには中学生になった忘れ形見、千夏子ちゃんと幹生くんがいた。黒枠で囲まれた写真の中からは、在りし日の栗林君が、羞恥《はじらい》と磊落《らいらく》をまぜあわせたかすかな微笑をみせていた。彼は、もしかしたら、十九歳の春に中学三年の多田万千さんと初めて出逢った「追憶の村」へひっそりと帰っていったのかもしれぬ。ぼくらの持っている地図にはないあの等高線ばかりが渦巻いている山峡《やまあい》の村へ。そして彼の詩を読めば、まぎれもなく青春の声が聞こえる。その声に、今更何をつけ加える必要があろう？

（一九七七年九月二七日）

追記・栗林喜久男について伝えたいこと

栗林喜久男は私より二年あとの昭和一〇年（一九三五年）七月生まれ。新潟県三島郡関原町（戦後の合併で今は長岡市関原町）の鮮魚・料理屋「魚久」の一男三女の長男に生まれた。地元の中学を卒業後、新潟県立長岡高等学校を経て、立教大学文学部英文科を卒業（昭和三四＝一九五九年）。郷里へ戻って家業を継ぎ、二年後、多田万千と結婚、一男一女を儲ける。長男の生まれた年（昭和三八＝一九六三）に父（喜代作）が膵臓がんで他界。そのために栗林喜久男は二十八歳にして一家の長として母（キヨ）と三人の妹と自分の妻子三人の暮らしを支えることになる。その二年後あたりから彼の体調すぐれず、市内の重立った病院での入退院をくり返し、十二年に及ぶ闘病生活の末に他界した。ときに昭和五二年（一九七七年）四月、肺炎、肋膜炎、糖尿病、膵臓炎、肝炎を併発しての最期であった。享年四十三。

身長・体軀に恵まれた栗林喜久男は、中学・高校時代、野球のピッチャーとして名を馳せた。その反面、とびぬけて瀟洒で繊細で鋭い語感に恵まれていた彼は、早熟でもあって、関原中学校を卒業する直前の昭和二六年（一九五一年）二月、十六歳にして自家版の詩集『幻想』と歌集『青光』を五十部ずつ、限定出版していたと仄聞している。

私がいくらかでも彼に親しみを覚えて少しずつ、ほんの少しずつ話を交わすようになったのは、長岡高校の二年生の夏ごろからであった。きっかけは、高校の生徒会誌「和同会雑誌」や文学部誌「柏葉」、さらに市内のいくつかの高校の生徒を同人とした謄写刷りの同人誌「魔宴」にのった彼の詩を見たからであった。その頃の私は萩原朔太郎の詩と鮎川信夫らの『荒地詩集』とリルケに夢中で、彼は丸山薫の詩と太宰治の小説とアラゴン、エリュアールなどフランスの詩に入れこんでいたから、話の糸口がつかめたのだろう。大学受験のための勉強なんかそっちのけであった。

私たちふたりが、いちばん身近に接したのは、長岡高校を卒業した年、昭和二九年（一九五四年）のことだった。この年の春、ふたりとも大学受験に失敗した。浪人時代のあの一年間、それは、今にして思うと、何ものにも代え難い至福の一年、挫折でありながら、初めて真の友を得た青春そのものの一年間であった。一日一緒に過ごしたのは、ほんの三回か四回だったが、長年右膝のリューマチ性関節炎に苦しみ、松葉杖生活が中学・高校（そして大学）と続いていた私にとって、丘陵をめぐり、海や山を散策、逍遙しながら語りあう喜びは、ほとんど歓喜に近かった。

この年、栗林君（と、ここからは呼ぶことにする）は、深刻な教員不足の時代だったから、長岡高校を卒業したばかりの十八歳と八ヶ月で、四月から翌年の昭和三〇年三月までの一年間、栃尾の奥の山間の西谷小学校に代用教員として勤務、五年生を担当することになった。中学の英語も教えているとのことだった。このときの経験こそ、栗林君の詩才を稔り豊かな次元へと開花させる原動力となった。立教大学へ進んだ彼が、立教大学文芸部発行の「St. Paul's 文学」や、東京での同人誌「現代行動詩派」にのせた詩は、私には、うらやましいまでの驚きであった。のちに栗林君の妻となる中学生の多田万千さんとの出会いも、あの村での、あの一年間のできごとであった。十余年にわたる栗林君の闘病生活を支え、二人のお子さんをしっかり育てあげ、女手ひとつで家業を守りぬいたのは、その万千さんであった。いつも明るくはずんだ声で健気に立ち働く万千さんをみるとき、栗林君よ、私は、『マハーバーラタ』に出てくるあの謎かけの一つ、「人間、誰しも、避けることのできないものは何か?」に対するユディーシティラの絶妙な返答、それは「しあわせ」、を思いださずにはいられないのだ。

最後に、この機会に、栗林喜久男の詩を一篇だけかかげておく。今を去る四十年前、彼の亡きあとすぐに、旧友吉岡又司と私とで共同編集した彼の詩集『追憶の村』で初めて人目にふれることになった一篇である。

手紙

二十九人の子供達に

憎しみと背中合せの苦しい愛しか知らなかったぼくに、子供達よ、君たちは愛することが楽しく嬉しいだけの愛を教えてくれた。ぼくが時々黙って笑っていたので、君たちは不思議がったね。あの時ぼくの胸に、満ちてくる潮のようにこみ上げてきた温い塊を知っているかい。

エロスだのアガペェだのと、ぼくが黒板に書いたのを憶えていますか。五年生の君たちには少し難かしすぎましたね。けれど、好きなら好きと、何故こころ弱くもぼくはいわないでしまったか。人を愛したために負うた傷のまだ癒えなかったぼくは、愛にたいして用心深かったのです。これ以上傷つくことが怖かったのです。けれども今ではその臆病を口惜しく思います。人は一生、愛のために喜び、悲しみ、傷つき、そして豊かになってゆくといいます。話が少し難しくなってきました。君たちが大きくなれば次第にわかることです。

もう君たちは中学生。あれから二年たちました。男の子は白い条を巻いた帽子をかむって威張っているでしょう。女の子は新調のセーラー服を着てすましているでしょう。そう思うとぼくは少しおかしい。ぼくもいまは黒い学生服のかわりに、青い背広を着ているのです。煙草も吸うのです。君たちもおかしいですか。

旧友・吉岡又司君を偲んで

吉岡君、聞こえますか、ぼくの声？

――吉岡又司氏告別式弔辞――

吉岡君、聞こえますか、ぼくの声？　こんなに早く、一人さっさと旅立ってしまうなんて、うそでしょう？　電話でときおり話しかけると、きみはいつも律儀に答えてくれた。不思議ときみはいつも電話の向こう側にいて、明るくひきしまった声で話してくれた。それがこの五月三一日の朝に限って、掛けた電話はリンリンと鳴るばかりで、受話器の向こうにきみの声はなかった。また後でと思って受話器を置いた。それが最後だった。

吉岡君、覚えていますか？　きみとの出会いはすべて同人雑誌がとりもつ縁で始まった。住まいも、通う学校も、中学・高校・大学とすべて違っていて、ふつうならぼくらは決して交わるはずがなかった。そんなぼくらが初めて会ったのは、昭和二〇年（一九四五年）八月のあの長岡空襲の爪跡がまだあちこちに残っている昭和二〇年代後半のことだった。魔法の魔に、宴会の宴、うたげという字を書いて「魔宴《まえん》」と読む、ガリ版ずりの同人雑誌の合評会のときだった。ぼくら高校生は、互いに身構えながら果てしない論争に熱くなった。

吉岡君、きみは憶えているだろうか？　きみは、一足先に上京する前の晩に、まだ車もバスもない時代に、降りしきる雪のなかを来迎寺から長岡のぼくの下宿先まで来てくれた。別れのことばは短くて、ぼくはそっけなかったと、何年か後できみがうちあけてくれたことを。國學院大学に進んだきみは、人集めの名人で、都内の大学のあちこちから巾広く文学青年を集めてきて同人雑誌「現代行動詩派」を発刊した。ぼくの上京を待ちかねたようなみごとなタイミングで。昭和三一年（一九五六年）のことだった。四号雑誌に終わったけれど、この雑誌のおかげでぼくは、第一次世界大戦の終わるほんの一週間前に二十五歳の若さで戦死したイギリスの詩人ウィルフレッド・オーウェンのことを百五十枚書き上げて活字にする機会を得た。きみのオーラにあたると、「おれだってやれる、きっとやれる」と、誰もが思いこんでしまうのだ。きみはすばらしい人生の応援歌の歌い手で、人の胸に火をつける達人だった。

吉岡君、きみは覚えていますか？　ぼくはきみの剽軽な隠し味が大好きで、きみは、自分に好きな人ができたということを告白するのに、こう言ったじゃないですか——「世田谷の家に帰ってみたら、ぼくの下着が洗って干してあるじゃないですか、たまげましたねぇ」と。國學院を卒業して郷里に戻ると、下着をひそかに洗濯してくれたその人、四国出身の脇静《わきしず》さんという人と、きみは結婚しましたね。披露宴の席で、酔うほどにきみがうたう絶妙な山形民謡「おれとゆかねか、あの山こえて」。それにあわせてぼくも歌ってしまいました、「月の砂漠をはるばると、旅のらくだがゆきました」。

吉岡君、きみは種まきの達人だった。高い見識と、心の底にとぐろする深海魚のような情念をもって、苗木を育てる名人だった。覚えていますか、吉岡君、忘れもしない昭和三六年（一九六一年）四月、同人わずか十人で出発した「北方文学」第一号創刊の日のことを。ひとりではちゃんと立てない薄い雑誌だったけれど、それは吉岡君待望の背文字のある雑誌だった。あれから五十年、「北方文学」はいま、その息の長さと充実した内容で、全国どこへ出しても恥ずかしくないものに成長してきた。何よりの驚きは、この「北方文学」に五十年間、一度も休むことなく、きみが詩を書き続けてきたことです。今日、二〇一一年六月四日は、創刊五十周年を記念する「北方文学」第65号の発売日、その直前に、それを見届けることなく旅立つなんて、ぼくは悔しくて仕方がない。それだけに、きみを思い出すたびに浮かんでくるきみの詩の一節が、今日は、ひときわ強くこみあげてくる――

《もうじきあったかくなる。うるるさむさむ。だがもうじきあったかくなるさ。あったかくなったらこんどはおれがふぶきのようにあれにあれてびゅうびゅうがたがた稼いでやる。もうじきあったかくなるさ。》

きみはいま、どんな眠りを眠り、どんな夢を夢見ているのだろうか？　詩人の夢は一つしかない、自分のみる夢を人に信じてもらうことだ。「もうじきあったかくなるさ」、それがきみの夢だった。吉岡君、ぼくの声が聞こえるかい？　「君《くん》」付けで呼べる大事な大事なわが友を失くしたむなしさは、どう表現したらいいのだろう？　いまはただ、蕪村の詩をかりて言うしかない。

君あしたに去りぬ
ゆうべの心千々に何ぞ遙かなる。

君を思うて岡の邊に行きつ遊ぶ。
河の邊《べ》なんぞかく悲しき。

安らかな眠りを。

平成二三年（二〇一一年）六月四日

友人代表　大井邦雄

追記・吉岡又司について伝えたいこと

吉岡又司は私より一年あとの昭和九年（一九三四年）一二月生まれ。新潟県三島郡沢下条村本屋敷の材木商の家に生まれたが、四年後に一家は事業拡大のため同じ三島郡の来迎寺に転居（現在は市町村合併で長岡市来迎寺）。来迎寺中学校の三年間は野球部に属し、三塁手として地域チームに貢献したという。新潟県立長岡商業高等学校を経て、國學院大学文学部を卒業（昭和三三＝一九五八年）。在京中は家業の出張所である世田谷区桜上水での平家住いであったが、生活は楽ではなくアルバイト生活に明け暮れる。それでいながら、「詩同盟」「檻」「現代行動詩派」など都内の大学生を中心としたいくつもの同人雑誌に加わり、次々と詩をのせていた。高校時代から親しんでいた詩と詩論は小野十三郎のもので左翼思想に共鳴、大学時代は、学生運動の先頭に立ったかと思うと、紙芝居のおじさんになったり、街を流すサンドイッチマンになったりした。卒業論文のテーマは「万葉集」の修辞法に関するものだったという。卒業の翌年に結婚することになる香川県出身の脇静さんと出会うのも、このころ、詩を書く友としてであった。

大学卒業後、郷里に戻った吉岡又司は、この年の五月から長岡農業高校山本分校に国語教員として赴任。ここをふりだしにして歴任した新潟県下の県立高校は、栃尾高校（昭和三七―）、母校の長岡商業高校（昭和四〇―）、柏崎高校（昭和四三―）、長岡高校（昭和四六―）。長岡高校に十四年間在籍したあと、教頭として糸魚川高校（昭和六〇―）、小千谷高校（昭和六二―）、校長として分水高校（昭和六三―）、新津南高校（平成三―）、三条高校（平成五―七）。三条高校で定年退職。退職後は、法務省の人権擁護委員、長岡市立中央図書館嘱託、小千谷西高・長岡高校などの非常勤講師を歴任している。

三十七年に及ぶ高校教師としての、またその生涯を通じての、吉岡又司の特筆すべき活動は四つある。

一つは、持前の強烈な個性とたぐい稀な指導力によって多くの生徒を啓発し、愛育したことである。「吉岡先生」の名は着任先の学校の生徒間で伝説のように語り伝えられたという実績がある。

二つ目は、年を重ねるごとに生来の研究熱心さに拍車がかかり、赴任先の土地柄に応じて、民話採集、小林虎三郎、相馬御風、良寛といった越後の逸材に目をとめての著書編纂を手がけていることである。

三つ目は自選詩集の出版である。第一詩集『北の思想』（書肆山田、昭和四八＝一九七三）にはじまる詩人としての足跡は、第二詩集『雪下流水抄』（彌生書房、昭和五五＝一九八〇）、第三詩集『冬の手紙』（書肆山田、平成八＝一九九六）、第四詩集『野叟独語』（玄文社、平成一四＝二〇〇二）、第五詩集『蛇を仕留めて』（書肆山田、平成一七＝二〇〇五）、第六詩集『夢分小舟』（玄文社、平成二一＝二〇〇九）と、途切れることなく続いている。

そして四つ目は「北方文学」の創刊である。「北方文学」の誕生は、吉岡刃司が國學院大学を卒業したあと三年目の昭和三六年（一九六一年）のことであった。これより先、昭和三〇年代初頭、立教の栗林喜久男、國學院の吉岡刃司、そして早稲田の私と三人そろったところで、詩の同人雑誌の刊行を強く働きかけてきたのが吉岡刃司であった。郷里での同人雑誌「魔宴」のときから顔は見知っていたが、合評会の席では意見の対立することはあっても、共鳴することはなかった。それにもかかわらず彼は私を誘ってくれた。私が賛同したのは、早稲田に入ったその年（昭和三〇＝一九五五年）、まったくの偶然から手にしたイギリスの詩人オーウェン、あの第一次世界大戦の末期に二十五歳の若さで戦死した詩人ウィルフレッド・オーウェンの詩にたたきのめされるような衝撃を受けていた私には、このオーウェンの詩を何としてでも活字にして紹介したいという熱い思いがあったからである。私の訳したオーウェンの詩「雨曝し」を読んだ吉岡君（と、ここからは「君」づけで呼ぶことにする）は、即座に、のせましょう、やりましょう、と言ってくれた。度量の大きい目利きの人というイメージがこのときに始まり一生続くことになった。これはやがて百五十枚におよぶ「詩人の態度――ウィルフレッド・オーウェンのこと」へと熟成していった。同人誌の名は「現代行動詩派」。名付けたのは吉岡君で、その第一号は昭和三一＝一九五六年に刊行された。吉岡君の集めた同人は、私ら三人のほかに十名。三十八頁の薄い薄い雑誌だったが、吉岡君の願い通り、背文字のある雑誌だった。

長々と私一人の例を挙げて東京での同人誌の旗上げの模様を記してみたが、それというのもこのことは、いくらか「北方文学」についても言えるのではないだろうか。「北方文学」の同人は当初十人で、初めのうちは年一回のペースであったが、ずっと東京暮らしだった私は、そんな合評会にも欠席がちで、もっぱら投稿であった。それでも、編集兼発行者の吉岡君は、いつも声をかけてくれて、たとえばアイルランドを代表する劇作家ショーン・オケーシーの『銀盃（*Silver Tassie*）』全四幕の翻訳（大井邦雄・山田英教共訳）を二度に分けて（「北方文学」第10号、昭和四四＝一九六九年。第11号、昭和四六＝一九七一年）掲載するという離れ業をやってのけた。第50回芥川賞候補になった今は亡き木原象夫（本名・荒木彌彦）の「雪のした」（「北方文学」第4号、昭和三八＝一九六三）、あるいは、第52回芥川賞候補作になった「雪残る村」（初出「文学北都」18号、昭和四〇＝一九六五）の作者・高橋実を同人に迎えての「北越奇談論——橘崑崙の韜晦——」（「北方文学」第13号、昭和四七＝一九七二）などに惜しげもなく頁を割く。普通の同人誌では考えられないことである。多くの同人に執筆の機会を与える、会うたびごとに熱っぽく「書いてくださいよ」と語りかける、そして自分は、創刊号から第65号（二〇一一）まで一度も休むことなく詩を書き続ける、――そんな吉岡君が動脈瘤破裂で急逝したのは、平成二三年（二〇一一年）五月三一日の朝であった。享年七十八。

今にして思えば、吉岡君の口ぐせだった「文学は地方のものである」には、二重の深い意味がこめられていたような気がする。ただ単に、土着にうらうちされた「本物」を書いてほしいという願いにとどまらず、もっとずっと遥かを見据えた高遠な発言ではなかったか。そうでなければ、オケーシーの劇や、私の訳したオルテガ・イ・ガセットの「芸術の非人間化」のような評論を三回にわたって（「北方文学」第4、5、6号、昭和三八、三九、四〇）載せるわけがない。吉岡君のあの発言の根底には、「根なし草のようなものは書くな」という強い思念がこめられていたのではなかろうか。創刊号（昭和三六＝一九六一）から第43号（平成七＝一九九五）まで編集兼発行人を一人でつとめてきた吉岡君は、文字通り、イギリスの詩人ワーズワースの言う「暮らしは低く想いは高く」を生きてみせた人だった。

栗林君に続いてわが生涯の友といえる吉岡君にめぐりあったことは、私に与えられた天の恵みであった。私にとって吉岡君は、一二世紀の古くからイギリスに伝わる一つの諺の生き証人にほかならない。

A friend in need is a friend indeed.
「まさかの時の友こそ真の友」であった。

〔吉岡又司の郷里での活動事項については、「北方文学」第66号に収められた長谷川潤治・米山敏保編の「吉岡又司略年譜」に負うところが大きい。〕

初出一覧

I　シェイクスピアを読むとはどういうことか

1　大井邦雄編『「ハムレット」への旅立ち』（早稲田大学出版部、二〇〇一年）

2　冬木ひろみ編『ことばと文化のシェイクスピア』（早稲田大学出版部、二〇〇七年）

3　大井邦雄編『「ハムレット」への旅立ち』（早稲田大学出版部、二〇〇一年）

4　大井邦雄編『Good night sweet prince――「ハムレット」講座を終えて』（早稲田大学エクステンションセンター、二〇〇九年）

〔付記〕『Good night sweet prince――……』の「あとがき」

5　その（1）グランヴィル＝バーカー　大井邦雄訳述『シェイクスピアはどのようにしてシェイクスピアになったか』（玄文社、二〇一一年）の「第8章『ハムレット』」につけた私の長い注（7）（194―202頁）より一部変更・追加して再録。

その（2）グランヴィル＝バーカー　大井邦雄訳述『『ハムレット』の「ことば、ことば、ことば」とはどんな「ことば」か』（玄文社、二〇一三年）の「第四節　6　ハムレットの場合」につけた私の長い注（48）（371―376頁）より一部変更・追加して再録。

その（3）グランヴィル＝バーカー　大井邦雄訳述『『ハムレット』の「ことば、ことば、ことば」とはどんな「ことば」か』（玄文社、二〇一三年）の「第四節　6　ハムレットの場合」につけた私の長い注（1）と（2）（318―330頁）より一部変更・追加して再録。

6　「公明新聞」（一九九五年一一月から一九九六年四月まで二十回にわたり掲載された「現代に生きるシェイクス

ピアのことば」から「ハムレット」関係の六回分。のちに、大井邦雄著『シェイクスピア　この豊かな影法師』（早稲田大学出版部、一九九八年）に再録）。

「公明新聞」へのこの寄稿に先立ち、私は、NHK青山文化センターでの公開講座に招かれて、一九九三年三月から五回にわたりシェイクスピアを講じた。それは、同年に、NHKラジオ第二放送で十三回に分けて放送された。放送が終わったところで、それを聴取されていた公明新聞の生活欄担当の方から寄稿を依頼された。「文化欄」ではなく「生活欄」なので、シェイクスピアのことばを中心にわかりやすく、という要望で、あとは自由にお好きなようにお書きくださいとのことであった。そのご要望にこたえて私は、NHKの放送での内容を一新して、的をシェイクスピアの四大悲劇にしぼり、『マクベス』『リア王』『ハムレット』『オセロー』の順にとりあげていった。なるべく掲載時そのままの文章を心がけた。

Ⅱ　現在《いま》に架ける橋

1　一九九八年　日比谷みゆき座にてロードショー。その折のパンフレット『ハムレット』に掲載。オフィーリア（ケイト・ウィンスレット）、クローディアス（デレク・ジャコビ）、ガートルード（ジュリー・クリスティ）、レアティーズ（マイケル・マロニー）

2　一九九七年　RSC（ロイヤル・シェイクスピア劇団）の名監督トレヴァー・ナンの映画「十二夜」。オリヴィア（ヘレナ・ボナム・カーター）、ヴァイオラ（イモジェン・スタッブス）、フェステ（ベン・キングスレー）。早川書房の月刊誌「悲劇喜劇」（一九九八年、6月号、560号）に掲載された。

3　一九九六年　サザンシアター開場記念公演「ロミオとジュリエット」のパンフレットに掲載。訳・小田島雄志、ロミオ（内野聖陽）、ジュリエット（島田歌穂）

4　一九九二年　新大久保・パナソニック・グローブ座での「十二夜」のパンフレットに掲載。訳・演出／安西徹

雄。ヴァイオラ（松本留美）、オーシーノー（有川博）、オリヴィア（高林由紀子）、マルヴォリオ（佐古雅誉）

5　一九九九年　池袋・サンシャイン劇場での「8人で探すリア王」のパンフレットに掲載。原作／ウィリアム・シェイクスピア、翻訳／松岡和子、演出・構成／鴨下信一。出演（白石加代子、池畑慎之介ほか）

6　二〇〇〇年　俳優座劇場での「ハーブ園の出来事」のパンフレットに掲載。作／ピーター・ウェラン、訳／青井陽治、演出／西川信廣。出演（三田和代、山本道子、清水明彦、内田稔ほか）

7　一九九九年　両国・シアターχ《カイ》での「小さなエイヨルフ」のパンフレットに掲載。作／ヘンリック・イプセン、飜訳／毛利三彌、台本・演出／安西徹雄。出演（藤田宗久、高林由紀子、磯西真喜ほか）

8　一九八二年　早稲田大学大学院『文学研究科　紀要　第二八集』

Ⅲ　いまを生きる

1　同人誌「北方文学」第13号（昭和四七＝一九七二年）。発行・（長岡市）北方文学会。編集兼発行者・吉岡又司

2　二〇〇七年三月、横浜の神奈川県民ホールでベンジャミン・ブリテン作曲の「戦争レクイエム（War Requiem）」の演奏会の催された折のパンフレットに掲載。パンフレットにはブリテンの曲に挿入されたラテン語典礼文（一〇八行）とウィルフレッド・オーウェンの詩九篇とが対訳形式で収められた（ラテン語訳・三浦淳史、オーウェンの詩の訳・大井邦雄）。これはその後、「北方文学」第59号（二〇〇七＝平成一九年）に再録された。

Ⅳ　結びに代えて　――三つの短文

1　「北方文学」第12号（昭和四七＝一九七二年）。発行・北方文学会。編集兼発行者・吉岡又司

2　栗林喜久男詩集『追憶の村』（長岡・文進堂書店、昭和五二＝一九七七年）。編集／大井邦雄・吉岡又司。巻末に掲載されたときの原題は「思いだすことども　跋に代えて」

3　「北方文学」第66号　吉岡又司追悼号（北方文学会、二〇一一年一一月）。発行者・柴野毅実。掲載時のタイトルは、「吉岡君、聞こえますか、ぼくの声？——吉岡又司氏告別式弔辞——」

あとがき

この本にまとめた文章は、（今回、特別に書き加えた幾つかの短い文章は別として）いずれもすでにあちこちに発表したものばかりである。しかしこの一冊は、発表ずみの文章をただ単に集めただけの本ではない。ものを書くとき私は、心して、話を聞いてくださる、あるいは読んでくださる方々のことを思い浮かべるようにして筆をとってきた。そのことが、この本では、順を追ってはっきり目に見えるように文章を配列してみた。

そこで真っ先に、私の意図した所を明らかにしておく。ここには四十年前の文章からつい最近のものまでとりあわせてあるから、それにめり張りをつけるために、起承転結の四部構成とした。

第Ⅰ部「シェイクスピアを読むとはどういうことか」は、すべて「ハムレット」関係のものばかりで、第1章から第4章までは、いずれも教場での（大学の教養講座であったり、英文科の演習授業であったり、大学が一般の方々に門戸を開放している公開講座であったりとさまざまながら）すべて私自身の担当したシェイクスピア研究の授業の様態《さま》をありのままに示したものである。

それに対して第5章の「『ハムレット』の積年の課題について思いめぐらしたこと」のような文章で私が想定している読者は、シェイクスピア研究を目ざしている大学院以上の学究徒、もしくはシェイクスピア研究に孜々として努めてきた方々である。私としては、ここでとりあげた三つの課題を通じて、大上段に剣を構えての「ハムレット論」とはいささか趣きの異なる「ハムレット研究」もありうるのではなかろうかということを言ったまでである。忘れてならないのは、「神は細部に宿り給う」ということで、空理空論にふける時間《ひま》があったら、テキストと真摯に向き合う時間《とき》を作るということに尽きる。その必要不可欠さを私に教えてくれたのは、ハーリー・グランヴィル＝バーカーであった。

彼の著作のほんの一部を、訳述という文体《スタイル》で翻訳して、

『シェイクスピアはどのようにしてシェイクスピアになったか』（玄文社、二〇一一年、A5判三三一頁）

『「ハムレット」の「ことば、ことば、ことば」とはどんな「ことば」か』（玄文社、二〇一三年、A5判四四〇頁）

の二冊として出版したとき、綿密なテキスト検討がシェイクスピアの「すごさ」を知るうえでどんなに大事かを思い知らされていたからであった。

第Ⅰ部第6章は、初出一覧で示した通り、ある新聞からの依頼をうけて、その「家庭欄」に肩の凝《こ》

らない読み物としてのせた「現代に生きるシェイクスピアのことば」の一部であって、私の想定した読者は、知的好奇心に富んだごく一般の方々や考える年頃の若者だった。

第Ⅱ部は、映画館や劇場に足をはこんで、その折にパンフレットを買い求める方々のための文章であるから、変わった視点や思いがけない情報が一つ二つと得られて、それで「得《とく》」をした気分になれば、あとは舞台とスクリーンがすべて引き受けてくれるはずである。

第Ⅲ部と第Ⅳ部は、趣きを一変して、先の第Ⅰ部と第Ⅱ部とはかけ離れた印象を与えかねない。それを百も承知の上でこの第Ⅲ部を設けたのは、ここにとりあげた私の四十年前のこの文章こそ、そしてここにあげたウィルフレッド・オーウェンこそ、私をシェイクスピアへと導いてくれた道標《みちしるべ》にほかならないからである。早稲田の文学部へ入ったその年、神田がどこかさえ知らない私が、初めて知りあった級友《クラス・メイト》の一人にお金を渡して英詩集を、何でもいいから一冊買ってきてと頼んだ。何日かして彼の手から受けとったのが、名前さえ聞いたことのない『ウィルフレッド・オーウェン詩集』だった。読むほどに魅せられ、これまでに経験したことのない深い深い感銘をうけた。オーウェンを理解するためにはオーウェンが愛したジョン・キーツを、そのキーツを理解するためにはキーツが愛してやまなかったシェイクスピアを、と、夢中で読みふけったのも、ウィルフレッド・オーウェンへののめりこみが激しかったおかげであった。オーウェンとの出逢いがなかったら、キーツとの、そしてシェイクスピアとのめぐり逢いはどうなっていただろうか。

第Ⅳ部は、もしかすると、この本に収めるには、ほとんど異質に近いかもしれない。にもかかわらずここに「ラーンの町を訪ねて」をいきなり持ってきたのは、これもまた四十年前の文章で、これもまた、第Ⅲ部のウィルフレッド・オーウェンにまつわる文章同様、「北方文学」という越後の一地方の同人誌がなかったならば、私が書き残すことのなかった文章だからである。

それにしても、なぜここに「ラーンの町を訪ねて」があるのか。

私が、南ウェールズの片田舎の町ラーンを訪ねたのは、一九七〇年（昭和四五年）のクリスマスのことであった。ブリティッシュ・カウンシルがクリスマスの休暇用に準備してくれた十六のコースのなかから、何のためらいもなく私がこのコースを選んだのは、今は廃墟となっているヘンリー七世（エリザベス一世の祖父、テューダー王朝の開祖）のお城見たさよりも、ラーンの町に眠るディラン・トマスの墓石にそっと触れたかったからであった。ディラン・トマスといえば、ウィルフレッド・オーウェンについての見事な文章を残していて、レコードで彼の詩の朗読を聴いたら、その声のすばらしさに病みつきになること必定である。私の訳したオーウェンの詩を、またディラン・トマスの詩をためらわず載《の》せてくれたのも「北方文学」（第4号、昭和三八＝一九六三。第5号、昭和三九＝一九六四）だった。

「北方文学」の取りもつ縁ということになれば、第Ⅳ部の2と3で挙げた「旧友・栗林喜久男」と「旧友・吉岡又司」の、今は亡きふたりのことに触れないわけにはいかなくなる。その理由《わけ》は、右の二つの文が賢明な読者の目にとまるなら、おのずと分かっていただけよう。

最後に、この本のタイトルについて。この本の題名『シェイクスピアをもう一度』は、次の一行に触発されたものである。

Reade him, therefore ; and againe, and againe :
然《さ》れば、彼を読みたまえ、何度でも

これは、今から四百年ほど前の一六二三年（シェイクスピアが亡くなってから七年ほどあと）に、シェイクスピアと同じ劇団に所属していた旧友の役者ふたりが、シェイクスピア劇の不滅の価値を信じるふたりが、作品の散逸を恐れて、身銭《みぜに》を切って、劇の収集・編纂にのりだし、出版ずみの劇十八本といまだに一度も出版されていない劇十八本のあわせて三十六本を、九百頁をこえるフォリオ判(縦34センチ、横22センチほどの大判の本)にして出版した、そのとき、ふたりの編者(ジョン・ヘミング **John Heminge 1556–1630** とヘンリー・コンデル **Henry Condell ?–1627**)が、「さまざまな読者諸賢に」宛てて書き記した推薦文のなかにでてくることばである。'**Reade him therefore**'(然《さ》れば、彼を読みたまえ)の「彼」とは、言うまでもなくシェイクスピアのことである。「然《さ》れば」とは、「それゆえに」という意味であり、「それゆえに」とはシェイクスピア劇は無限の宝の山だから、という意味である。

そのことばにあやかって、私もまた、宝さがしの旅に出よう。

「現在は過去の総量である」という。パスカルのこの言葉を思いだすたびに、「いま現在の私とは何?　これまでに出会ったすべての人たち」という思いを強くする。そのときはそれと気付かなかった恩恵、それにまさる恩恵はない。このたびのこの本に限って言えば、忘れ得ぬ面影ふたつがしきりに思い浮かんでくる。一つは、昭和三〇年(一九五五年)五月、『ウィルフレッド・オーウェン詩集』を私に出会わせてくれた級友・相澤吉之助君である。そしてもう一つは、昭和三四年(一九五九年)

四月、大学院に進んだ私にグランヴィル＝バーカーを読むようにと強くすすめてくださった指導教授の今は亡き飯島小平先生である。そのときそれと気付かなかった恩恵は、五十年の歳月を経て、いまは渾々《こんこん》と湧きでるものの源となっている。おくればせながらいま言える精一杯のことばは、級友・相澤吉之助君には「ありがとう」、恩師・飯島小平先生には「ありがとうございました」である。

さいごに、本書の出版に際して、いつもながらの支援を惜しまず、こころよく手を貸してくださった玄文社・社主の柴野毅実氏に、心からの御礼を申しあげる。

二〇一六年三月八日

大井邦雄（おおい・くにお）
1933（昭和８）年新潟県長岡市生まれ。1959（昭和34）年早稲田大学第一文学部英文科卒業。1964（昭和39）年早稲田大学大学院文学研究科英文学専攻博士課程修了。早稲田大学教授を経て、現在、早稲田大学名誉教授。
著　書　『シェークスピアをめぐる航海』（1984年，早稲田大学出版部）．
『シェイクスピア・この豊かな影法師』（1998年，早稲田大学出版部）．
監　修　「エリザベス朝喜劇10選第Ｉ期（全10巻）・第Ⅱ期（全10巻）」（早稲田大学出版部，1988～1998）／「イギリス・ルネサンス演劇集Ｉ，Ⅱ（全２巻）」（早稲田大学出版部，2002）．
訳　書　〔イギリス・ルネサンス期のすべて本邦初訳による翻訳劇25本のうち次の７作品を担当〕　ジョージ・ピール『お婆ちゃんの冬物語』／ヘンリー・ポーター『アビントンの焼きもち女房たち』／フランシス・ボーモント『ぴかぴかすりこぎ団の騎士』／ジョン・リリー『マザー・ボムビー』／ジェームズ・シャーリー『快楽夫人』／ロバート・グリーン『ジェームズ四世』（これのみ共訳）．ジョン・フレッチャーとウィリアム・シェイクスピア共作『二人の貴公子』
編　書　『「ハムレット」への旅立ち』（2001年，早稲田大学出版部）／『Good night sweet prince—「ハムレット」講座を終えて』（2009年，早稲田大学エクステンションセンター）．
分担執筆　『シェイクスピア辞典』（倉橋健編，東京堂出版，1972年）／『シェイクスピア辞典』（研究社，2000年）／『シェイクスピア大事典』（日本図書センター，2002年）の第Ｖ章「（シェイクスピアと）同時代の演劇」を担当．
訳述書　ハーリー・グランヴィル＝バーカー『シェイクスピアはどのようにしてシェイクスピアになったか』（2011年，玄文社）／同じくグランヴィル＝バーカー『『ハムレット』の「ことば，ことば，ことば」とはどんな「ことば」か』（2013年，玄文社）／同じくグランヴィル＝バーカー『ブランクヴァースはなぜ勝ち残ったか』（これのみ共訳．2014年，玄文社）．
編注書　John Lyly, *Mother Bombie*（1996，青山社）．Henry Porter, *The Two Angry Women of Abington*（2002）／James Shirley, *The Lady of Pleasure*（2002）／John Fletcher and William Shakespeare, *The Two Noble Kinsmen*（2004）／Francis Beaumont, *The Knight of the Burning Pestle*（2006，劇中歌40曲のうち18曲を現存する当時の楽譜より水野しのぶ編曲で再現収録，Ａ５判574頁）：以上４点は武田書店．
受　賞　2009（平成21）年「スタンリー・ウェルズ・シェイクスピア賞」〔学習院大学・山茶花賞の学術賞として〕／2014（平成26）年「日本翻訳文化賞の特別賞」〔グランヴィル＝バーカーの訳述書の『シェイクスピアはどのようにしてシェイクスピアになったか』（2011）と『『ハムレット』の「ことば，ことば，ことば」とはどんな「ことば」か』（2013）の２冊セットに対して，ユネスコの日本代表機関である日本翻訳家協会より受賞〕／〔平成26（2014）年秋の叙勲で〕瑞宝中綬賞．

シェイクスピアをもう一度

二〇一六年七月三〇日初版第一刷発行

著　者　大井邦雄

＊

発行者　柴野毅実

発行所　玄文社
新潟県柏崎市小倉町一三—一四
郵便番号　九四五—〇〇七六
振替新潟〇〇六三〇—三—一六九七〇

印刷　有限会社　めぐみ工房

製本　株式会社　幸成

定価　本体価格六〇〇〇円＋税

ISBN 978-4-906645-31-2